古典詩歌研究彙刊

第十四輯

龔鵬程 主編

第12冊

陳子龍研究（下）

張亭立 著

國家圖書館出版品預行編目資料

陳子龍研究（下）／張亭立 著 — 初版 — 新北市：花木蘭文化出版社，2013〔民 102〕
目 2+168 面；17×24 公分
（古典詩歌研究彙刊 第十四輯；第 12 冊）
ISBN 978-986-322-455-6（精裝）
1.（明）陳子龍 2.明代詩 3.明代詞 4.詩評 5.詞論
820.91   102014987

ISBN-978-986-322-455-6

9 789863 224556

古典詩歌研究彙刊
第十四輯　第十二冊　　　　　　　ISBN：978-986-322-455-6

陳子龍研究（下）

作　　者　張亭立
主　　編　龔鵬程
總 編 輯　杜潔祥
出　　版　花木蘭文化出版社
發 行 所　花木蘭文化出版社
發 行 人　高小娟
聯絡地址　235 新北市中和區中安街七二號十三樓
　　　　　電話：02-2923-1455／傳真：02-2923-1452
網　　址　http://www.huamulan.tw 信箱 sut81518@gmail.com
印　　刷　普羅文化出版廣告事業
初　　版　2013 年 9 月
定　　價　第十四輯 17 冊（精裝）新台幣 24,000 元

陳子龍研究（下）

張亭立　著

目 次

第六章　陳子龍「詞以言情」的詞學主張及影響

第一節　明詞衰微與詞的文人化進程

　　清代的陳廷焯在《白雨齋詞話》裏說：「詞興於唐，盛於宋，衰於元，亡於明。」這種把文學史的發展同王朝更迭同步的做法雖然並不科學，卻一針見血地道出了自清以來學術界對明詞的普遍看法——明詞衰微。

　　淩廷堪：「詞者，詩之餘也，昉於唐，沿於五代，具於北宋，盛於南宋，衰於元，亡於明。」〔註1〕謝章鋌說：「明代詞學，譬諸空谷足音，而海濱樸習，更無有肄業及之者。」〔註2〕吳衡照《蓮子居詞話》也說：「金元工於小令而詞亡，論詞於明代並不逮金元，遑言兩宋哉。」在他看來，金元的詞學就已然開始衰落了，到了明代，則更是等而下之，不值置喙了。這種觀念一直持續到後來。不要說在一般文學史中沒有明詞的位置，就是在詞學批評史的專著中對於明詞的介

〔註1〕〔清〕謝章鋌《賭棋山莊詞話》續編卷三引，《詞話叢編》本，中華書局 1986 年版，第 3510 頁。以下所引清人詞話出自《詞話叢編》者，皆只注頁碼。
〔註2〕《賭棋山莊詞話》卷三，第 3353 頁。

紹和評論也多是局限於明初與明末有限的時間範圍之內。這種現象，非常符合學術界對明詞的一般評價：明初和明末尚稱可觀，中期的詞則一片荒蕪，所以多數對於明詞的評論都集中在兩頭，明詞衰微，幾成定論。

如果僅僅從明代詞人和詞作的數量上來看，明代的詞學並非一片荒蕪，僅《明詞彙刊》輯《惜陰堂叢書》刊刻的明詞別集就有 257 家。晚明時期，由錢允治選編、陳仁錫箋釋，成書於萬曆甲寅（1614 年）的《類編箋釋國朝詩餘》5 卷，收明初至萬曆時詞人凡 27 家及無名氏作品，共 461 首；由顧璟芳、李葵生、胡應宸合選，刊行於康熙元年的《蘭皋明詞彙選》8 卷，共選錄詞家 231 人，詞作 605 首；由王昶選編，成書於清代嘉慶年間的《明詞綜》12 卷，共收錄明代詞人 380 餘家，詞作 500 餘首；20 世紀 30 年代，由趙尊嶽輯刻的大型詞集叢刊《惜陰堂彙刻明詞》（又稱《惜陰堂明詞叢書》，上海古籍出版社 1992 年影印本題為《明詞彙刊》），共收入明詞文獻 268 種，其中詞話 1 種，合集、倡和集 3 種，總集（詞選）6 種，詞譜 2 種；其餘為明詞別集，計 256 種，詞作達一萬餘首；張璋先生主編的《全明詞》共收明詞作者 1300 餘家，詞作 2 萬餘首，儘管尚有不少遺佚，但已經非常接近宋代詞人詞作的數量了。固然數量多不一定代表質量高，但是在一定程度上，數量卻是質量的基礎和保證，如此多的詞人拋心擲力於此，其間不可能全無佳作。而後人所謂的「明詞衰微」，則主要是就明代沒有產生有成就有影響的詞人、詞派和上好的詞作而言的。

明詞創作看起來走過的是一條馬鞍形的曲線。明初詞人不少由元入明，生活在社會動盪變化的轉折期，遭際往往坎坷，所以作品中較多家國之感而少淫哇之氣，稱得上「風雅猶存」，所以王國維《人間詞話》云：「有明一代，樂府道衰，《寫情》、《扣舷》尚有宋元遺風。」像張以寧的詞《明月生南浦》「千古興亡知幾度，海門依舊潮來去。」意境就很高遠，全無元末纖縟之習。這時期可稱得上代表人物的是劉

基和高啓。劉基的詞，感情強烈，雄渾壯麗，比如他最著名的《沁園春》：「萬里封侯，八珍鼎食，何如故鄉？奈狐狸放夜嘯，腥風滿地，蛟螭晝舞，平陸沉江。中澤哀鴻，苞荊隼鴞，軟盡平生鐵石腸。憑欄看，但雲霓明滅，煙草茫茫。不須矚目涼涼，蓋世功名百戰場。笑揚雄寂寞，劉伶沉湎，嵇生縱誕，賀老清狂。江左夷吾，隆中諸葛，濟弱扶危計甚長。桑榆外，有輕陰乍起，未是斜陽。」縱筆直書，鏗鏘坦誠，傳達了身處元末亂世，雄心崛起的剛大之氣。葉蕃《寫情集序》說他「其蓋世之姿、雄偉之志，用天下家國之心。」恰是此詞寫照。相比之下，高啓的詞則在曠達之中融入了婉轉，「青丘樂府大致以疏曠見長，而《石州慢》又極纏綿之至。」〔註3〕其《念奴嬌‧自述》中「勳策萬里，笑書生，骨相有誰曾許，壯志生平還自負，羞此紛紛兒女。酒發雄談，劍增奇氣，詩吐驚人語」，頗有南宋辛詞之風，而《石州慢‧春感》中「辭鶯謝燕，十年夢斷青樓，情隨柳絮猶縈惹。難覓舊知音，託琴心重寫。」又多纏綿之致，故趙尊嶽甚至說：「劉高諸詞，竟可磨兩宋之壁壘……不可不謂開國風氣所使然也。」〔註4〕被後人並稱為「朱明冠冕」。

可惜的是，在劉高之後，詞的創作風氣每況愈下。當時的《詞統》「搜奇集僻，可謂詞苑功臣」，而徐野君等人的創作，則「囈言失競響，過于尖透處，未免浸淫元曲耳」。稍後如瞿祐《摸魚子‧蘇堤春曉》「君莫問，君不見，繁華易覺光陰迅。先尋芳信，怕綠葉成陰，紅英結子，留作異時恨。」聶大年的《卜算子》「楊柳小蠻腰，慣逐東風舞。」「忙整玉搔頭，春筍纖纖露。」馬洪的「但留取，一點芳心，他日調羹翠鼎。」施紹莘的《長相思》「雨鐘長，雨花狂，一盞青燈守等郎，脫鞋才上床。」這類作品，則完全代表了有明一代典型的淫哇詞風，「自劉誠意、高季迪數君而後，師傳既失，鄶風斯煽，誤以編曲為編詞，故焦弱侯經籍志備宋百家，下及二氏，而倚聲一道

〔註3〕〔清〕沈雄《古今詞話》，見《詞話叢編》第1024頁。
〔註4〕《惜陰堂明詞叢書敘錄》，《詞學季刊》第三卷第四號。

缺焉，蓋以鄙事視詞久矣。」〔註5〕如陳廷焯所說：「伯溫、季迪已失古意。降至升菴輩，句琢字煉，枝枝葉葉爲之，益難語於大雅。自馬浩瀾、施閬仙輩出，淫詞穢語，無足置喙。」〔註6〕

這種衰微現象的出現，首先是緣於理論指導的薄弱，專業的治詞者少，理論著作更少。「如馮、董二文敏、趙忠毅、吳文端、李太僕、范尙寶、焦修撰、王編修諸公，何嘗無一二佳詞，但非專家，故不爲少卿所推藉耳。」〔註7〕這些詞人雖間有佳作，因非專力爲之，故沒有造成太大的影響。趙尊嶽在《惜陰堂叢書敘錄》中有一段論述：「今人治詞學者，多爲籠統概括之詞以評歷代，必日詞兆始於陳隋，孳乳於唐代，興於五季而盛於南北宋，元承宋後，衰歇於朱明，而復盛於清。此就大體觀之，固無可指摘。然詳辨之，則尙有說……明代開國時，詞人特盛，且詞多有佳作，如劉基、高啓、楊基、陶安、林鴻諸作，均多可取。尙沐趙宋聲堂之遺風……明代亡國時，詞人特多，尤極工勝……且煌煌巨著……夏存古、陸徵、陳臥子諸作，雄奇清麗，更奪水雲諸賢之體。」所以況周頤說：「明詞專家少，粗淺、蕪率之失多，誠不足當宋元之續。」〔註8〕這裏所說的專家，並非專指作詞而言，同樣也是從詞學批評的角度來說的，所以雖然明詞的數量不少，但是在詞的理論價值上卻無甚建樹。「明人塡詞者多，治詞學者少，詞話流播，升菴、渚山而已。升菴餖飣，仍蹈淺薄之習；渚山抱殘，徒備補訂之資。此外弇州、爰園，篇幅無幾，語焉不詳。即散見詩話雜家者，亦正寥寥可數，以視兩宋論詞，剖析及於毫芒，金針度之後學，賞音片句，宸賞隨邀，紅豆拈歌，士林傳遍者，相去奚啻霄壤。至其漫跸雌黃之習，好爲浮煙漲墨之詞，以自炫其品題，以自張其壇坫，若士之評《花間》，升菴之評《草堂》者，徒爲蛇足，莫盡闡揚，惡箚枝言，徒亂人意。而諸家之相互標榜，徒事浮諛者，益更

〔註5〕〔清〕謝章鋌《賭棋山莊詞話》第3404頁。
〔註6〕〔清〕陳廷焯《白雨齋詞話》，見《詞話叢編》第3823頁。
〔註7〕〔清〕鄒祗謨《遠志齋詞衷》，見《詞話叢編》第654頁。
〔註8〕〔清〕況周頤《蕙風詞話》卷五，見《詞話叢編》第4510頁。

自鄶無譏。……詞學之衰，亦終無可爲諱者也。」〔註9〕話雖說得刻薄，卻也著實到位，這種情況直到明代後期，在松江陳子龍及「雲間派」興起之後，才有所改變。

　　衰微的最重要的表現則是在藝術品格上的「託體不尊、大雅不存」。因此，對於明詞的正面評論多數集中在兩頭：一者是因爲明初離宋不遠，前賢風範，尚可追摩，如清代王昶《明詞綜序》所稱：「蓋明初詞人，猶沿虞伯生、張仲舉之舊，不乖於風雅。」〔註10〕二者是明末詞在甲申國變的籠罩之下，表現出了沉鬱悲慨的氣韻，故學界多以之比南宋。雲間三子，宋氏兄弟標舉南唐、北宋，推舉周李二主，主張「境由情生，辭隨意起。」〔註11〕不僅在當時影響頗巨，對於清初詞風的轉變起了一力扛鼎的作用。在他們之後的柳州詞派，西泠詞派，嶺南詞派，無不由明入清，流波直到乾嘉時期。姑且不論明末詞的傲然風骨，單單就詞學的發展傳承來看，也足以吸引學界的注意。相比之下的明中期楊慎、王世貞等人以《花間集》和《草堂詩餘》爲詞作的範本，耳食之徒乃專奉此二書爲準的，棄蘇、辛，摒周、姜，於是「才士模情，輒寄言於閨闥；藝苑定論，亦揭櫫於香奩」〔註12〕題材上要麼寄言閨幃，要麼阿諛應酬，格調上競尚側豔，無當雅言。對於一向重雅的主流文學評論而言，這一時期根本不值得理睬，即便理睬也是作爲反面教材予以貶斥。《花間集》豔冶香倩，《草堂詩餘》雜而不純，以此爲標的導致了明詞「纖豔少骨」〔註13〕、「中實枵然」〔註14〕風格纖豔軟靡而駁雜，意旨貧乏枯瘠而鄙陋，詞的衰敝也就在所難免了。儲國鈞即云：「自《花間》、《草堂》之集盛行，而詞之弊

〔註9〕　《惜陰堂明詞叢書敘錄》，《詞學季刊》第三卷第四號。
〔註10〕〔清〕王昶《明詞綜》，遼寧教育出版社 2003 年，新世紀萬有文庫（第一輯）傳統文化書系。
〔註11〕〔明〕陳子龍《幽蘭草詞序》，見《安雅堂稿》卷三，第 85 頁，華東師範大學出版社 1988 年。
〔註12〕吳梅《詞學通論》第 139 頁，華東師範大學出版社 1996 年。
〔註13〕〔清〕況周頤《蕙風詞話》卷二，第 4423 頁。
〔註14〕〔清〕劉體仁《七頌堂詞繹》，見《詞話叢編》第 618 頁。

已極，明三百年直謂之無詞可也。」〔註 15〕

在對於明詞衰微的種種歸咎之中，《草堂詩餘》佔據了非常重要的位置。朱彝尊甚至在《詞綜·發凡》裏說：「《草堂詩餘》所收最下，三百年來，學者守爲兔園冊，無惑乎詞之不振也。……自《花庵》《草堂》增入閨情，閨思，四時景等題，深爲可憎。」無異於將《草堂詩餘》看作是明詞凋敝的罪魁禍首。毫不誇張地說，對明代詞學思想影響最大的詞選本就是《草堂詩餘》，在明代，最爲盛行的詞學範本也是《草堂詩餘》，今存的明本《草堂詩餘》就有 35 種之多。

無論是從數量還是從時間上來看，《草堂詩餘》的盛行幾乎都涵蓋了整整一個朝代，特別是嘉靖十五年之後，更是風行天下，不僅有分類本，還有分調本，各種增補、評點、注釋本，參與注解、評點、校正的人多達六十人，且多爲各界名流。楊愼、陳繼儒既是詞家又是名士，李東陽、李廷機爲臺閣重臣，唐順之、鍾惺、李攀龍、袁宏道乃明代文壇主將，彼此的文學主張雖然不同，但卻都對草堂詩餘青睞有加，甚至還有祝枝山、董其昌、湯顯祖這樣的藝術家，可說是洋洋大觀。草堂詩餘在明代的流行程度，以及它對明代詞壇所產生的影響可以想見，而它與「明詞衰微」的關係則更值得我們注意。

據南宋慶元年間王楙編訂的《野客叢錄》，《草堂詩餘》的編撰當在南宋孝宗光宗之前，集中選錄唐、五代、兩宋詞人一百二十人左右，詞作三百八十餘首。又據陳振孫《直齋書錄解題》卷二一：「《草堂詩餘》二冊，書坊編集者。」〔註 16〕可知他是出自宋代書坊之手的一部詞集。文人出詞集以抒寫性情寄慰平生，而書坊出詞集的目的卻在於賣書賺錢，《草堂詩餘》雖然在南宋民間流行一時，但由於他的藝術價值不高，所以在南宋詞壇並沒有受到重視。單從名字來看，冠名草堂，也就是爲了表明他的市民性特徵，與文人手中的詞

〔註 15〕〔清〕謝章鋌《賭棋山莊詞話》續編卷三，第 3534 頁。
〔註 16〕〔南宋〕陳振孫《直齋書錄解題》卷二一，上海古籍書店 1987 年標點本。

作已有了判然的分野。但到了明中葉，《草堂詩餘》卻受到極力推崇，進入全盛時代。毛晉在《草堂詩餘跋》中言：「宋元間詞林選本，幾屆百指。惟《草堂詩餘》一編，飛馳幾百年來，凡歌欄酒榭絲而竹之者，無不拊髀雀躍；及至寒窗腐儒，挑燈閒看，亦未嘗欠伸魚眠，不知何以動人一至此也。」〔註17〕這是和《草堂詩餘》的實際功用分不開的。《草堂詩餘》出自書坊之手，從成書之日起就是爲了應歌佐酒，說白了，就類似於一部今天的點歌譜，爲了方便選唱點唱，才在眾多的版本之中出現了分類和分調兩大派別。

「《草堂詩餘》一集，蓋爲徵歌而設，故別題春景、夏景等名，隨時節即景歌以娛客，題吉席，慶壽更是此意。」〔註18〕分類本的《草堂詩餘》在春景夏景的大類之下又列初春早春小類，這無疑是爲了方便選歌演唱的需要。儘管朱彝尊把《草堂詩餘》的情趣卑下鄙薄得一無是處，但他也無法改變《草堂詩餘》合樂而歌的歌本特徵，而這一特徵正是詞體區別於詩文的本質所在。與此同時，《樂府雅詞》《陽春白雪》《絕妙好詞》等宋本詞選的明人版本卻寥寥。萬曆以前是明詞復蘇之際，明人自覺地選擇了合樂演唱的歌詞作爲他們認可的詞學範式，明人對《草堂詩餘》的情有獨鍾也正反映了應歌合樂在明代中葉詞壇的主導地位，而這一點又和明代曲的盛行密不可分。

明詞的曲化傾向是一種普遍現象，從明初的瞿祐，到明代中期的楊慎，再到明代後期的施紹莘、陳繼儒、卓人月等，都存在著不同程度的以曲入詞的現象。從文體自身演變的因素看，戲曲在元明勃然興起，而詞則隨著宋王朝的灰飛煙滅而逐漸喪失了音樂功能，「金院本既出，歌詞之法亦亡，明以來遂變爲文章之事，而非律呂之事矣」〔註19〕陳子龍即云：「南北九宮既盛，而綺袖紅牙不復按度。

〔註17〕〔明〕毛晉刊《詞苑英華》本《草堂詩餘》，北京圖書館館藏影印本。
〔註18〕〔清〕宋翔鳳《樂府餘論》，見《詞話叢編》第2500頁。
〔註19〕胡薇元《歲寒居詞話》，見《詞話叢編》第4036頁。

其用既少，作者自希，宜其鮮工也。」〔註20〕因此明代許多文人才士將主要精力都集中在戲曲上，詞不過偶一爲之罷了，鄒祇謨在《梅村詩餘序》中就曾提到了這一點：「有明才人，莫過楊用修、湯若士。用修親抱琵琶，度北曲，而詞故寥寥。若士四夢，爲南曲野狐精，而填詞自賓白外無聞焉。」〔註21〕他們即便間或爲之也多率爾操觚，或「以傳奇手爲之」〔註22〕，或「以編曲爲填詞」〔註23〕。從本質上說，詞與曲同源於樂，所以彼此之間必然存在了借鑒的空間，而且，正因爲明代音樂性的大肆張揚，所以在詞作受到曲的影響的同時，也更加標舉了詞的音樂性。雖然由於詞樂失傳，明詞並不能夠眞正歌唱，但明人並不因此放棄詞需合樂的本質特徵，相反，他們更加強調這一點。所以一種奇怪的現象出現了，在詞樂已經失傳的明代，卻出現了很多好自度曲的詞人，如王世貞有《怨朱弦》、《小諾皋》，楊愼有《落燈風》、《灼灼花》，屠隆有《青江裂石》、《水漫聲》等。對於明人的這種做法，後人詬病得多，尤其是清人對此批評最力，認爲在宮調失傳的情況下自度曲只是自欺欺人，「自度新曲，必如姜堯章、周美成、張叔夏、柳耆卿輩，精於音律，吐辭即叶宮商者，方許製作。若偶習工尺，遽爾自度新腔，甘於自欺而欺人，眞不足當大雅之一噱。古人格調已備，盡可隨意取塡。自好之士，幸勿自獻其醜也。」〔註24〕但這種行爲本身卻很鮮明地表現出明人對於「詞」音樂特徵的肯定和堅持。

於是在嘉靖二十九年出現了顧從敬的《草堂詩餘分調本》。按照詞調長短分爲小令一卷，中調一卷，長調兩卷。這樣的編排顯然不是爲了選歌點唱的方便，而是出於學習模仿的考慮。當詞樂的蹤迹已經

〔註20〕 《幽蘭草詞序》，見《安雅堂稿》卷三，第 85 頁。
〔註21〕 上海書店影印《清名家詞》本。
〔註22〕 吳衡照《蓮子居詞話》卷三，見《詞話叢編》第 2461 頁。
〔註23〕 《賭棋山莊詞話》卷九，第 3433 頁
〔註24〕 〔明〕謝元淮《塡詞淺說》，見《詞話叢編》第 2515 頁。

無從找尋之後，這本當初按照詞樂譜寫的《草堂詩餘》便成爲窺視詞樂的最好途徑，我們有理由相信，這個選本中的詞都是能夠合樂而歌的，那麼，只要以他爲模板，寫出的詞自然也就符合了合樂演唱的要求。《渚山堂詞話》裏載「江東陳鐸大聲，嘗和《草堂詩餘》幾近其半，輒復刊佈江湖間，論者謂其以一人心力，而欲追襲群賢之華妙，徒復不自量之譏。」〔註25〕人們對於陳鐸模仿《草堂詩餘》的指責不是基於模仿對象的考慮，而是對於模仿者無法「追襲群賢之華妙」的譏笑，可見時人對於《草堂詩餘》的推崇備至。在這之後的將近四百年裏，《草堂詩餘》不斷重新刊刻，不僅是原先選入的作品，還每每加入後人的仿作，流傳於世間，故草堂本層出不窮，屢屢翻新。產出來自於需求，需求來自於認可，明人迫切地需要一本類似詞譜的東西，一本能夠合樂的從而使他們認爲可以代表真正詞體風格的模板來指導規範他們的填詞，從這個角度上來說，大量的詞譜出現於明代，並不是空穴來風，而是出於明人對於詞作必須合樂的執著追求。張綖的《詩餘圖譜》雖然載調太略，訛誤也多「往往不據古詞，意爲填注。於古人故爲拗句，以取抗墜之節者，多改諧詩句之律。又校讎不精，所謂黑圈爲仄，白圈爲平，半黑半白爲平仄通者，亦多混淆，殊非善本。」〔註26〕程明善《嘯餘譜》也「觸目瑕瘢，通身罅漏。」〔註27〕但他們於詞樂失傳之時，創爲譜系，使後人在填詞之時有據可依，以最大限度的接近詞樂，實有蓽路藍縷之功。通過詞譜將樂律轉化爲文字格律，所謂一調有一調的聲情，讓後人在長短參差的句法和輕重疏密的韻位中追尋節奏的緩急與音樂的高低，用字聲同樂聲相合，使行文與譜曲同構。龍榆生先生就說過柳永的名作《八聲甘州》是按曲填詞的典範。「對瀟瀟暮雨灑江天，一番洗清秋。」詞作的第一句以「對」

〔註25〕〔明〕陳霆《渚山堂詞話》，見《詞話叢編》第365頁。

〔註26〕《四庫全書總目》卷200《詩餘圖譜三卷附錄二卷提要》，中華書局1965年。

〔註27〕〔清〕萬樹《詞律自序》，上海古籍出版社據光緒刊本影印1984年。

字開頭，用強有力的去聲領起後面兩句，接著「漸霜風淒緊，關河冷落，殘照當樓。」又用一個去聲頂住上面兩句，領起下面三句波瀾壯闊的四字句。在「是處紅衰翠減，冉冉物華休。」「唯有長江水，無語東流。」中皆兩句一韻一轉折。這樣前片詞長短句法參差，開頭「對」字就近領下兩句，又一「漸」字承上啓下，換一換氣，使「對」字一直貫穿上片，聲情淒壯。可以想見，這一段的樂曲展開必然是渾洪寬廣的。換頭處「不忍登高臨遠」不韻，有開拓局勢之力，猶如兩個樂段之間的間奏，緊接著用去聲「望」領下兩句「故鄉渺邈，歸思難收。」同時作爲樞紐與「對」相呼應，後又一去聲「歎」頂住上文，轉出「年來蹤迹」一個四言和「何事苦淹留」一個五言，構成樂段上的迴環結構，錯綜變化之中章法陡現，非常有力。最後一個上聲「想」頂住上兩句，領下兩句「佳人妝樓顒望，誤幾迴天際識歸舟。」可以說是搖曳生姿，參差變化，而在兩句之間加一去聲「誤」字換氣，更折進一層，用「爭知我」承上領下，「倚欄杆處」仄平平仄，可以說是字字如珠，擲地有聲，「欄杆」爲一個詞，與上面「爭知我」三個字，下面「正恁凝愁」四字聯擊緊湊，愈發激楚蒼涼。由此看來，這闋詞句法變化很多，重要之處多爲有力的去聲，顯得沉痛，換氣處有力，來得堅決，押「尤侯」韻，表達憂鬱情感。這樣沉痛有力加憂鬱哽咽，自然形成了淒涼激楚的氛圍。

王驥德在《曲律‧論平仄第五》中說：「平聲聲尚含蓄，上聲促而未舒，去聲住而不返，入聲則逼側而調不得自轉。」〔註28〕客觀地說，詞譜的出現的確對保存詞的某些音樂屬性做出了貢獻，至少按譜填詞讓文人在詞樂失傳的情況下依然能夠按「樂律」填詞，使填詞得以繼續，否則，也不會出現有清一代的詞學大繁榮。但它卻是一把雙刃劍，音樂和文字雖然能夠從字音節奏上尋得某些相似之處，卻無法

〔註28〕〔明〕王驥德《曲律》，中國戲曲研究院編《中國古典戲曲論著集成》第四冊，第 105 頁，中國戲劇出版社 1959 年。

從樂感旋律裏求得完全的等同。人們用以作爲詞譜的材料無非是前人的詞作總結，溫庭筠也好，柳永也罷，就算他們的作品在當時能夠百分之百地合乎詞樂，卻也只是某一詞調的某一而非唯一標準。音樂是靈動變化的，一旦固定爲文字格律，便難免少了些活氣，把詞譜作爲塡詞的唯一準繩，雖然其原初的目標是爲了保存詞的音樂屬性，而可悲的是其最終的結果卻是越發背離了詞的音樂屬性，到了清代，詞譜格律益發昌盛，詞的格律化日益精準，而它距離詞的音樂本質就日益遙遠了。

晚清的姚華說：「詞曲相距，不過一階，數其宗派，宜我父子。」〔註29〕詞與曲的影響互滲是雙向的。有人以曲爲詞，也有人以詞爲曲，詞的曲化與曲的詞化同時並存。劉熙載《藝概》亦云：「未有曲時，詞即是曲，即有曲時，曲可悟詞。」詞曲相近的關係提供了他們互相承襲的基礎。在金，曲全在詞的支配之下，而到了元明，則翻轉過來，以曲的格律葉韻塡詞，但奇怪的是，以詞爲曲往往受到好評或認可，而以曲爲詞則難以被人接受，甚至被指爲明詞的一大缺點或明詞衰微的原因之一。究其根源，仍在於雅俗之辯上。

經歷了兩宋的錘鍊，通過幾代文人的不懈努力，詞方才脫去俗的陋衣，雖然尚未如蘇軾「以詩爲詞」，至少也「別是一家」，勉強爬到同正統雅文學等列的地位上，怎可一下子落到俗曲的套落裏去？若是肯定了明詞的曲化，豈非前功盡棄，讓詞坐實了俗的位次，永世不得翻身？從爲詞尊體的角度來看，詞作者們可謂用心良苦。但在明人眼中，詞的本質就是合樂，詞與詩的斷然分野就在於音樂的分野，無論詞的風調如何，至少作爲音樂文學的本性是斷斷不可改變的。詞與詩曲相較，詞不可爲詩而可似曲，所謂「塡詞耳，入曲則甚韻，入詩則傷格。」〔註30〕俞平伯在《讀詞偶得》中的一段話說得甚好：「明朝

〔註29〕〔清〕姚華《菉猗室曲話》鄧見寬校注，貴州民族出版社2003年。
〔註30〕〔明〕張慎言《萬子馨塡詞序》，見《泊水齋詞文鈔》，山西人民出版社1996年。

的詞，大多說不好，我卻有一點辯護的話，他們說不好的原因在於嫌明人的作品往往詞曲不分，或說他們以曲爲詞，因爲流於俗豔。我卻要說，明代去古未遠，猶存古意，詞人還懂得詞是樂府而不是詩，所以寧可使他像曲。」〔註31〕

我們可以看到，明人推崇的詞應該就具備兩個特徵：一者必須可合樂而歌，當然由於詞樂失傳，明人的詞並不能夠合樂而歌，但必須保證在理論上這些詞都是按照能夠合樂而歌的標準創作出來；二者是推崇婉麗流暢，香豔柔靡的本色詞風。這樣的詞風雖然受到許多詞學家的垢罵與不恥，卻實實是詞的原初風貌。所以《草堂詩餘》雖然編撰在南宋，但在《草堂詩餘》中所選錄的詞，卻既無辛詞的英雄豪氣，也無姜詞的清空騷雅，大多是北宋初年周邦彥，秦觀，柳永，李清照，蘇軾的少量婉約詞，幾乎佔了四成，還有相當部分是流傳於民間的無名作品。何良俊《草堂詩餘序》裏說：「然樂府以矯勁揚厲爲工，詩餘以婉麗流暢爲美。即《草堂詩餘》所載，如周清眞，張子野，秦少游，晏叔原諸人之作，柔情曼聲，摹寫殆盡，正詞家所謂當行，所謂本色也。」〔註32〕明人認爲只有這些詞，既合樂而歌，又宛然多致，最符合詞體的特徵，才是典型的詞作。事實上，明人對本朝詞估價頗高，陳霆在《渚山堂詞話》中贊陳大聲詞作「有宋人風致」，對瞿祐的詞亦是讚不絕口；楊慎《詞品》對瞿祐、馬浩瀾、晶大年等人的詞作更是詳加分析，評價頗高。而對明詞痛加貶斥的主要是明末以後。第一個開始眞正具體批判的是陳子龍，他認爲詞在明代不興，「獨斯小遭，有慚宋轍」，說「用修以學問爲巧，便如明眸玉屑，纖眉積黛，只爲累耳。元美取境，似酌蘇柳間，然如鳳凰橋下語，末免時墜吳歌。」「此非才之不逮也，巨手鴻筆，既不經意；荒才蕩色，時竊濫觴。且南北九宮既盛，而綺袖紅牙不復按度，其用既少，作者自命，宜其鮮

〔註31〕俞平伯《讀詞偶得》，見《讀詞偶得》《清眞詞釋》合印本，人民文學出版社 2000 年。
〔註32〕據嘉靖二十九年顧從敬刻本《類編草堂詩餘》。

工也。」(《幽蘭草題詞》)。

　　我國的傳統文學，以詩文爲正宗，以載道爲宏業，文章天下事，最好是字字句句都以國運天下爲己任，但可惜並非所有的讀書人都有機會一踏仕途爲君解憂爲民請命。時運可以不濟，文章卻不可不專，內容若能夠關乎國運天下自然最好，即便不能，也要把何以不能的情由，不能之後之痛苦，於心不甘之慨歎，失意絕望之寂寥作爲詩文的抒寫主體，方才符合大雅的標準。詞從隋唐濫觴，起於里巷歌謠，益以胡夷之曲，於產生之日雖然不在雅文學的範疇之內，一經文人染指，便以其細膩隱約的表達方式引起了文人的情感共鳴，自然產生了文人化的趨勢。韓國外國語大學金賢珠教授指出：「民間詞成爲文人詞的過程中最突出的特點是形態上的變化，即以齊言的近體詩或聲詩體的形態之外的多樣的長短句形式出現。」〔註33〕可說是對詞的文人化進程從外在形制上的考量，而從其內部的審美品格來說，則是在平民的審美標準中逐漸滲透進了士大夫文人的胸襟抱負。由南唐君臣開始，歷經北宋初年晏殊歐陽修，至南宋姜夔，周邦彥，詞的文人化進程一以貫之，漸趨完成。文人以自己的胸襟重鑄了詞體的思想風格，以知識分子的情懷提升了詞作的美學層次，漸漸地爲詞樹立起了以雅爲尊的審美範式。經唐歷宋，詞所反映的對象不再是平民百姓的生活狀態，而是文人大夫的憂樂悲喜，濾去了市井小民的風花雪月，擴張爲人生歷史的眼界情懷。漸漸地，合樂應歌的原始屬性，娛樂遣興的最初功用都退居其次，文學性思想性成爲詞作優劣的最重要的評判標準。越是在國家動蕩，政權交替的時代，這樣的文人化傾向便越明顯，所以明初和明末的詞作，自然地貼近了雅的範疇，並且受到了以雅爲尊的學術界的認可與肯定。

　　可是明代中葉則是文人化進程的斷裂期。一方面，由元至明，劇曲興盛，受到曲的影響，詞作爲音樂文學的觀念進一步得到了鞏固和

〔註33〕《敦煌民間詞之文人詞化過程》載《深圳大學學報》2006 年第 5 期。

強化，能夠合樂是詞成爲詞的先決條件，否則即便再好，也近詩而遠詞，不爲明人認可；另一方面，商品經濟的空前繁榮給予了人們享樂的資本，特別是經歷了明初苛刻拘束的生活之後，到了萬曆朝，皇權寥落，政權控制的突然鬆懈，思想控制也驟然放鬆，一切都像是大反彈，既有了應歌佐酒的物質準備，又有了縱意人生的心理動機，享樂主義肆意泛濫，詞也就回覆了其「自南朝之宮體，扇北里之倡風」的娛樂功能，重新確立了專屬於詞的審美風韻，所謂「綺筵公子、繡幌佳人，葉葉之花箋，文抽麗錦；舉纖纖之玉指，拍按香檀。不無清絕之辭，用助嬌嬈之態。」〔註34〕從這個角度上說，明詞比之南宋雅詞以及清代講求寄託的常州詞，反而更加接近於詞的原生態特徵，更加符合詞的本來面目。然而這種回歸是短暫的，因爲詞樂畢竟是散落了，按譜填詞能夠繼承的只有死板的形式，而不是鮮活的可發展的資源，整個的社會文化已經變化了，明代中葉市民文學的繁榮曾使文人文學從內容上到形式上都表現出力圖向市民文學靠攏的趨勢。比如文人馮夢龍選輯《桂枝兒》、《山歌》等多種民歌，收集的就大多是在城市中傳唱的俗曲。而到了中葉之後，歌舞昇平的明王朝逐步陷入了動亂的泥沼，宮廷裏有魏忠賢的閹官亂權，宮廷外有建州的清兵和數以百萬計的農民起義軍，特別是晚明，時局的動蕩，連年的戰亂，風花雪月很快就讓位給了家國之思，重思想、深內涵、講寄託又被推到了論詞的第一位，很快將詞拉回了文人化的進程之中。在這一點上，陳子龍及其所領導的雲間詞派可說是功不可沒。陳子龍曾直言不諱地批評明詞的衰微。臥子的批評不僅體現在理論上，更重要的是在他自身的詞學創作上。正是通過臥子及其代表的雲間詞派的實踐，一力扭轉了明詞衰微的局面，「詞學衰於明代，至子龍出，宗風大振，遂開三百年來詞學中興之盛。」〔註35〕。

〔註34〕〔五代〕歐陽炯《花間集序》見李一氓《花間集校》第 5 頁，人民
　　　　文學出版社 1981 年。
〔註35〕龍榆生《近三百年名家詞選序》，上海古籍出版社 1979 年。

第二節　陳子龍的詞學主張與雲間詞派

一、陳子龍的詞學主張

　　明詞衰微不振的局面終於在明季詞家競起的大環境下得以扭轉，特別是承雲間詩派而來的雲間詞派，流連詩酒，相互倡和，不僅創作了大量的詞作，在詞學理論上也圈地占土，樹立起屬於自己的旗幟來。其中創作成就最高者當屬陳子龍。大樽的詞作原有《湘真閣稿》、《江蘺檻》二卷，但都早已散失。今天所能見到的是清代王昶的輯本，收於《陳忠裕公全集》（卷十八）中。總數為 79 首，但是在《幽蘭草》和《倡和詩餘》中還收錄了臥子的詞各一卷，共 84 首，兩相比較之後，去其重複、誤入，如今可見的陳子龍詞實為 87 首。從數量上說，和他 1794 首詩歌相比，這 87 首詞可謂微不足道；然而，正是這微不足道的小詞，卻成為臥子文學創作中成就最高的一部分，連對於明詞頗為苛嚴的陳廷焯在面對陳子龍詞的時候都不得不說：「明代無一工詞者，差強人意不過一陳人中而已。」〔註 36〕譚獻更是對陳子龍詞讚賞不已，其《復堂詞話》云：「詞自南宋之季，幾成絕響。元之張仲舉稍存比興。明則臥子直接唐人，為天才。」〔註 37〕稱譽之高，有明一代可謂一人而已。陳子龍的詞學思想和論詞主張，也成為雲間詞派的核心思想，儼然為晚明之詩餘正宗，詞壇盟主。

1. 詞為小道，小道可觀

　　之所以說陳子龍是詞壇正宗，首先是就他「詞為小道」的傳統詞學觀來說的。

　　「詞為小道」，首先是因為詞的起源。詞，最早產生於民間小曲，以吟詠男女情事的民歌形式存在。到了隋唐，逐漸興起並繁盛的燕樂取代了正統的清樂成為音樂的主流，而附麗於燕樂的詞也就逐漸發展為一種有固定格式的新詩體，可以合樂而歌。北宋之後，大量的文人

〔註 36〕〔清〕陳廷焯《白雨齋詞話》卷一，見《詞話叢編》第 3775 頁。
〔註 37〕《復堂日記》卷一，第 37 頁，河北教育出版社 2001 年。

進入詞的創作領域，但這些文人之中，熟悉音樂的實在太少了，詞樂漸漸地轉化爲文字的格律被固定下來。南宋之後，詞樂失傳，寫詞也就變成了百分之百的文字工程了。儘管這樣，但仍然改變不了詞的音樂屬性。早期的詞主要用於應歌、佐宴，由詞人寫了交給歌女去演唱，到了後期，雖然詞人所寫的詞已經無法合樂演唱了，但它與歌兒伎女，脂粉豔情卻仍然存在著千絲萬縷的聯繫，它的活動範圍仍然保留在歌舞酒宴的環境之中。自歐陽炯的《花間集》歷柳永到元明，詞之一體始終不脫「詞爲豔科」的範圍。

其次，從詞中所寫的內容來看，也多以「閨思」「春怨」爲主。它描摹的多是男女之情，特別是女子心中幽微細小的情感，甚至從五代開始，還出現了專門摹寫女子體態與器物的詞，比如「詠指甲」「詠鞋」「詠釵」等等，所詠之題材，所詠的物象可說是無一不「小」，自然登不得大雅之堂。

再次，從詞所表達的思想內蘊來說，雖然隨著詞人、詞作的發展，尤其是詞本身更易於表達深邃、細微情感的優勢所致，最初的「豔情之詞」有一部分已經逐漸轉化爲了詞人自己的「眞情之詞」，但是，男女戀情仍然是詞中最主要的內容。「宕子之愁」「棄婦之怨」「生離之悲」「死別之苦」，這些情感始終貫穿在詞的寫作之中。而詞人寫這些詞，既不能用它去中科舉，也不能拿它去謀官職，只是爲了遣情娛興，或在酒席上邀得文采之賀，或在歌舞間博得美人一笑罷了。這些花柳之詞，冶蕩之音，與言志、載道的正統詩文一比，「詩莊詞媚」的分野就非常清楚了。故而從宋代開始，文人就以詞爲「小道」、「小技」，是「德業之末」。不僅如此，作詞有時還被認爲是有才無行，有玷令德的行爲。從溫庭筠、歐陽修、晏幾道到柳永，就都曾經因爲作詞而受到非議。

陳子龍雖然身處明朝，但對詞的看法仍然保留了傳統的觀點。他在《三子詩餘序》中說：「詩與樂府同源」，指出了詞源於音樂的本質，所謂：「詞者，樂府之衰變而歌曲之將啓也。」「而其既也每迭爲盛衰，

豔詞麗曲莫盛於梁陳之季，而古詩遂亡。詩餘始於唐末，而婉暢穠逸極於北宋，然斯時也，並律詩亦亡。」臥子不但梳理了詞的發展軌迹，更指出了詞「豔詞麗曲」「婉暢穠逸」的文體特徵，「是則詩餘者，非獨莊士之所當疾抑，亦風人之所宜戒也。」在這段話中，臥子明確地表達了自己對於寫詞的態度：正統的士大夫應該少寫詞，甚至不寫詞，因為與德業無關，不是「莊士」「風人」所必須發展的才能。說是這樣說，但是寫詞仍然是臥子文學創作中非常重要的一部分，他的好友彭賓在《二宋倡和春詞序》裏還記載過別人對於陳子龍作詞的責難：「然大樽每與舒章作詞最盛，客有喟之者，謂得毋傷綺語戒哉？」一方面是公開表明態度批評作詞，一方面又因為作詞而受到批評，這樣矛盾的現象同時出現在陳子龍的身上，就不得不說到臥子作詞的具體環境了。「吾友李子宋子，當今文章之雄也，又以妙有才情，性通宮徵，時屈其班張宏博之姿，枚蘇大雅之致，作為小詞，以當博弈，予以暇日，每懷見獵之心，偶有屬和。」(《幽蘭草詞序》)很顯然，陳子龍是把填詞作為一種友朋宴集時替代博弈的遊戲活動來進行的。在文人的宴集中，詩酒是最重要的因素，既有酒，就要有酒令，有博弈。雲間諸子在宴集之中以填詞來倡和，既有趣又風雅，不失文人本色，可以看作是對於《花間集》歌筵酒席傳統的回歸；與此同時，填詞也是顯示才華的最好機會。詩文的創作因為比較嚴肅，受的限制也多，特別是在題材和情感上免不了儒學道義的條條框框；而詞則寬鬆得多，寫起來也更加自由，加上詞在表達感情方面講究描摹畢現，讓詞人在營造意象、組織詞句方面有更大的發展空間，故而非常符合年輕人風流才子的性格特點，所以面對別人對寫詞的非議，陳子龍說：「吾等方少年，綺羅香澤之態，綢繆婉戀之情，當不能免。若芳心花夢，不於鬥詞遊戲時發露而傾瀉之，則短長調與近體相混，才人之致不得盡展，必至濫觴於格律之間，西崑之漸流於靡蕩，勢使然也。故少年有才，宜大作詞。」故而「雖高談大雅，而亦覺其不可廢。何則，物有獨至，小道可觀也。」

2. 詞本言情，婉約為宗

正是從「詩莊詞媚」的觀念出發，臥子認爲應該以遊戲博弈的態度寫詞，宣泄少年才情，這樣，小道之詞不至於同性命德業相妨；也正因爲這種觀念，在臥子的詞中大量存在「綢繆婉戀」的閨詞。而之所以選擇閨詞作爲自己的創作題材，說到底，是由「詞本言情」的屬性決定的。

「詞不脫於情。」詞從產生之日起，就以其吟詠性情的獨特性而分立於詩文之外，儘管「夫風騷之旨，皆本言情。」但詩文所表達的情，是在「言志」前提下的「言情」，往往受到很多道德規範的制約，並且在表達的時候必須剖別明晰，出處有據，就如同我們今天寫作文一樣，起承轉合，有章有法；而寫詞則像寫日記，寫散文，詞所表達的與其說是某種感情，倒不如說是情緒更爲恰當。有相當多的情緒在很多情況下都是潛隱在我們的內心深處，甚至是潛意識的偶然浮現，我們無法爲他們定性，有時也無法命名，它纏繞在詞人的心靈裏，漂浮在詞人的意識之中，我們可以感覺到它，卻無法完全地捕捉到它，不能用言語直接地說出它是什麼，只能用色彩的濃淡、聲音的重微來描摹，通過設定比擬的意象，渲染周邊的氛圍來讓人感覺到它的存在，進而體會它的狀態。所以，詞相比於詩，無疑是更加自然，更加形象，更接近我們的內心，更符合人類情感的眞實情況的。一闋詞，它的優劣高下也就取決於它對「情」的表達了。

臥子在《三子詩餘序》中說：「同郡徐子麗沖（允貞）、計子子山（南陽）、王子彙升（宗蔚）……每當春日駘宕，秋氣明瑟，則寄情於思士怨女，以陶詠物色，驅遣抑鬱，示予詞一編，婉弱倩豔，俊辭絡繹，纏綿猗娜，逸態橫生，眞宋人之流亞也。」臥子認爲，三子的詞之所以好，是因爲近似宋詞，而宋人之詞之所以好，就是因爲宋人的詞重情，「宋人不知詩而強作詩，其爲詩也，言理而不言情，故終宋之世無詩焉。宋人亦不免於有情也，故凡其歡娛愁怨之致，動於中而不能抑者類發於詩餘，故其所造獨工，非後世可及。」只有這種眞

正從內心深處所生發出來的情感所寫出的詞，才有感動人心的力量，所謂「思極於追琢而纖刻之辭來，情深於柔靡而婉變之趣合。」明代的詞之所以不好，就是因爲缺少「情」。劉基、高啓雖然在明代詞史中享有盛名，但也只是「意音體具合，實無驚魂動魄之處。」楊愼在才學方面都堪稱一代大家，然而作詞的時候卻忽略了情，而「以學問爲巧，便如明眸玉屑纖眉積黛，只爲累耳。」表面看起來堂皇明麗，卻無法打動人心。至於其他的明代詞人，「美取境似酌蘇柳間，然如鳳凰橋下語。未免時墮吳歌。」雖然考慮到重情的因素，卻沒能把握好言情的尺度與分寸，所以「明興以來，才人輩出，文宗兩漢，詩儷開元，獨斯小道，有慚宋轍。」

那麼，在陳子龍心中到底什麼才是「言情」的最佳狀態呢？對於這一點，他在《幽蘭草詞序》中有過精闢地回答：「自金陵二主以至靖康，代有作者，或穠或纖，婉麗極哀豔之情，或流暢澹逸，窮盼倩之趣，然皆境由情生，辭隨意啓，天機偶發，元音自成，繁促之中，尚存高渾，斯爲最盛也。」

首先應該是用情深厚，這個情一來要眞，合乎自然人情，而不是矯揉造作的，要「元音自成」，要「動於衷」而發之，虛情假意自然是不能形成任何感染力的；二來這個情也不能低俗，要雅，楊愼就說過：「大抵人自情中生，焉能無情？但不過爲而已……聖賢但云寡欲清心，約情合中而已。」落腳到詞上來說，雅的本色就是婉約。好的詞，要委婉有約度，不能過分。《古今詞論》中收有張祖望的一段話：「詞雖小道，第一要辨雅俗……密約前期，把燈撲滅，巫山雲雨，好夢驚散等字面惡語，不特見者欲嘔，亦且傷風敗俗，大雅君子所不道也。」第三，在表達技巧上既要透徹又要自然，不能做作，要給人如水行地，流暢自由的感受。這樣的要求說起來很容易，而做起來卻很難，「雖曰小道，工之實難。」

臥子在《王介人詩餘序》中提出了作詞的「四難」之說，其中鑄調、設色兩條就涉及到了詞體雅正的問題，「以嬝利之詞而制之實工

練，使篇無累句，句無累字，圓潤明密，言如貫珠，則鑄調難也。其為體也，纖弱所謂明珠翠羽尚嫌其重，何況龍鸞必有鮮妍之姿而不藉粉澤，則設色難也。」語言上要寓繁於簡，氣脈流暢，設色上要色調淡雅，婉約為宗。這種觀點明確地表現了陳子龍對於婉約風格的崇尚。「觸景皆會，天機所啓，若出自然。」雅詞的本色就是婉約，這也是從晚唐五代到北宋一以貫之的傳統審美標準。宋代的黃升早就說過：「閨闈牽於情，易至誨淫。馬古洲有一曲云……前數詞不過纖豔之詞耳，斷章凜然，有以禮自防之意。此所謂發乎情，止乎禮儀。」〔註38〕要委婉有約度，其做法是淡化風月，言情棄欲。這一點在北宋詞中表現得最為充分。同是寫男女之情，在以俗聞名的元散曲中「私歡」極為常見，而在宋代的文人雅詞中，則多為「相思」。雅詞在對待男女之情這一逃脫不了的難題上，採取了淡化情欲，虛化情欲的手法，變赤裸直露的歡愛為含蓄悠遠的相思，或哀歎時光易逝，感慨好景不常；或以現實為夢幻，寄淺愁於清歡，表面上力求委婉含蓄，嫻雅溫厚。在情感的表達上，要若隱若現，欲露不露，反覆纏綿，造成一種「美人如花隔雲端」般的可望而不可即的效果，營造出某種純美的藝術氛圍，變直接表達為間接表達，讓讀者去想像，去體會，這就是「婉」。

　　若是無論如何也無法避開男女歡愛的正面描寫，就要注意把握分寸，要有「約」，所謂「能煞得住」。「馬滑霜冷，不如休去，直是少人行。」〔註39〕明明是佳人有意留宿，但羞於直言，只說外面天寒路滑，行人稀少，讓柔婉深切之情自然顯現，言外之意不言自明，這種關懷，這種體貼，這種柔情的拿捏，正是雅詞中的境界之所在。

　　正是出自對於詞體婉約本色的追隨，臥子論詞一個很大的特點是崇尚北宋詞，而對南宋以降的詞就針砭頗多。《幽蘭草題詞》中說：「南渡以還，此聲遂渺。寄慨者亢率而近於傖武，諧俗者鄙淺而入

〔註38〕〔宋〕黃升《唐宋諸賢絕妙詞選‧中興以來絕妙詞選》上海圖書館藏商務印書館民國間《四部叢刊》縮印本，據明翻宋刊本影印。
〔註39〕汪紀澤《清真詞選釋》，福建人民出版社，1984年。

於優伶。」主要批評的就是南宋詞的叫囂和淺俗。叫囂指的是辛派
的末流，學豪放者一旦缺少學養就難免近於叫囂，正如王士禛所言：
「變調至東坡爲極致，辛稼軒豪於東坡而不免稍過，若劉改之則惡
道矣。」〔註40〕而淺俗則是從南宋到明，一直存在的弊病。早在元
代，沈義父就曾指出南宋詞人施岳和孫惟信的庸俗習氣：「施梅川音
律有源流，故其聲無舛誤。讀唐詩多，故語雅澹。間有些俗氣，蓋
亦漸染教坊之習故也」，「孫花翁有好詞，亦善運意，但雅正中忽有
一兩句市井句。」〔註41〕王士禛也說：「南宋諸詞以進奉故，未免淺
俗取妍。」〔註42〕到了明代，這種弊病則表現得更加明顯了。

3. 貞心妍貌，摯念佻言

「四難」的另外兩難是「用意難」與「命篇難」，這兩條都是從
更深一層的思想意蘊上來說的：「蓋以沉至之思而出之，必淺近使讀
之者驟遇如在耳目之表，久誦而得沉永之趣，則用意難也。其爲境也，
婉媚雖以警露取妍，實貴含蓄，有餘不盡，時在低回唱歎之際，則命
篇難也。」要使情的表達擺脫低俗淺陋，歸於雅正高渾，就必須講究
寄託，從思想內涵上提升詞的表達層次，深化詞的意義指向。這一點，
也是陳子龍詞論主張中最具光輝、影響最爲巨大、深遠的一點。

《宋子九秋詞稿序》有言：

　　夫四時代謝，秋之不能不爲秋也，猶夫三時也。使秋
不安其搖落而煦煦然燠其氣，曄曄然振其英以與春夏爭妍
也，則史氏必以災難書矣，然秋何與與人哉，而楚大夫猶
然悲之，當是時也，襄王歌舞於蘭臺之上，椒蘭之徒嬋媛
周容於郢都渚宮之間，雖淒風起於蘋末，嚴霜淩於榮樹，
豈復能動其心哉。大夫即工於詞乎，猶夫一人之私悲而不
能以悲天下之人也，熙熙焉蠢蠢焉，今之人也感之而不知，
觸之而不痛，則秋之威亦已殫矣而文人之技亦已窮矣。

〔註40〕〔清〕王士禛《分甘餘話》卷二，中華書局 1989 年。
〔註41〕〔宋〕沈義父《樂府指述》，見《詞話叢編》第 278 頁。
〔註42〕〔清〕沈雄《古今詞話·詞評下卷》，見《詞話叢編》第 1015 頁。

今宋子之爲詞也，外則寫雲物光華，耽漁獵之逸趣，以極盤衍之娛，內則繪花月於簾幕，揚姿首於閨禕，以暢清狂之致，舉夫憭慄激楚之景若過我前而不知也者。宋子豈眞不知耶？叩鐘鐘聲，擊磬磬響，其音在內耳。韓娥曼歌而市人爲之泣者，市人善哀也；雍門周微吟而孟嘗爲之慟者，孟嘗善悲也。假令市人歡笑，齊相康樂，則兒子必將毀絲裂管終身不敢言歌矣。我謂告哀於方今之人，將有毀絲裂管之懼，是故陳其荒宴焉，倡其靡麗焉，使之樂極而思，思之而悲可知已。都人之詠，垂髮卷帶也，傷於黍離；招魂之豔，娥眉曼睩也，痛於九辯。此昔人所謂魚藻之義也，宋子有取焉。

從宋玉作《九辨》「悲哉秋之爲氣也」開始，「悲秋」就成爲中國古典詩文的傳統主題，自那之後，「秋」與「悲」就形成了固定的文化模式。但是，同樣是「悲秋」，詞的表達相對於詩歌來說就顯得更爲細微隱約了。比如詩歌中我們說「萬里悲秋常作客。」詞裏卻說「對蕭蕭暮雨灑江天，一番洗清秋。」在字面所呈現出的是清狂，是放逸，是豁達，而在內裏表現的卻是「冉冉物華休」的落寞，「爭知我，倚欄杆處，正恁凝愁」的無奈，所以詞的特點就在於它的隱約幽微，言此意彼，「叩鐘鐘聲，擊磬磬響，其音在內耳。」這與《詩經》裏的「黍離之悲」，「魚藻之義」是一樣的道理與效果。正是從這個角度上說，詞的內涵遠遠超過了佐酒歌舞的娛樂功能，而深化到探求內心表達眞情的寄託層面。這正是婉約詞的特點，把詞體本身的含蓄特質通過詞人的懷抱學養上升到比興寄託，擴展了詞的表達範圍，深化了詞的內蘊，融入了生命之感，時空之思，這些正是士大夫文人詞的主要特點。當客觀的社會條件發生變化時，這種託喻的性質也會隨之變化，從一己之悲轉移到家國天下。

爲了達到這樣的效果，在寫詞的過程中，就要做到「託貞心於妍貌，隱摯念於佻言」，在「情」字上做文章，把「情」提煉昇華，上升到人生、歷史、哲理的高度，使習見的悲歡離合之情帶有更爲寬廣，

更爲深刻的意義。「人生自是有情癡」不錯，但「此恨」可以「不關風與月」。那麼多傷春惜春之詞，癡纏怨戀之情，都在某一個瞬間打動詞人心靈中最柔軟的部分，落筆成章，變成一闋小詞。我們在借景傷情的同時，也在表達人生中際遇的無常，宿命的悲哀。「人生一世，草木一秋」，人生的美麗與絢爛是如此眞實，人生的美麗與絢爛也是如此短暫，王朝更迭，霸業難期，正如那「如花美眷，似水流年」，個人的功業和理想又何嘗不是如此？這種不能挽留的依戀，不可重複的無奈，正是人生最深層的哀痛和永恒，但永遠無法消解的困惑。悲劇就是把美好的東西毀滅了給人看，生命的大悲劇也就在這「一朝春盡紅顏老，花落人亡兩不知。」當這種大的悲哀體現在個人的身上時，吟詠「閨情」的詞中就含有了濃重的身世之感。這樣的詞就不再僅僅是才華之具，亦爲個體之生命之音，傾注了詞人心靈深處的全部眞誠，表現了光怪陸離的人生感受；不同於普泛的虛花浮葉，無病呻吟，而多有實事，「多少蓬萊舊事」時時刻刻在觸動詞人敏感的神經，將胸中塊壘一一傾吐，使讀詞之人體會出凝聚於其中的不只是某個哀婉動人的故事，而是濃縮著更爲豐富深沉的人生。當這種大悲哀延展到整個王國的興衰上時，纏綿悱惻的「愛情」就轉化爲了「家國之思。」「夫並刀吳鹽，美成所以被貶；瓊樓玉宇，子瞻遂稱愛君。端人麗而不淫，荒才刺而實詙，其旨殊也。」《貴耳錄》載周邦言因爲作《少年遊・並刀如水》詞隱括宋徽宗與李師師的情事而被貶；《坡仙集外紀》則記載神宗讀了蘇軾的《水調歌頭・中秋》中「瓊樓玉宇，高處不勝寒」兩句而歎曰：「蘇軾終是愛君。」而量移汝州。陳子龍以這兩則典故講寄託，則是把「美人香草」投射於「君臣遇合」，把單純的「男女之情」擴展到了「君臣大義」。如果說秦觀是將身世之慨打併入豔情的代表，那麼陳子龍則是將家國之感打併入豔情的又一實踐者。

　　正因爲詞有這樣言此意彼的特徵，在作詞之外，臥子還強調了對於讀者來說，在讀詞的時候也要注意「樂極而思，思之而悲」。「驟遇

如在耳目之表，久誦而得沉永之趣」，要不斷思索，仔細地揣摩，用心去體會，從而透過詞的字面了悟到文辭深處的意蘊，了悟到詞人的一片真情。

二、陳子龍與雲間詞派

朱彝尊在談到明詞的時候說「崇禎之際，江左漸有工之者。」〔註43〕指的就是明末以陳子龍為領袖的雲間詞派。

雲間詞派其實是承繼雲間詩派而起的，從形成時間上來看，雲間詞派要晚於雲間詩派。雲間詩派的形成可被認定在崇禎五年（1632），以《幾社壬申合稿》的刊行為標誌。在這期間陳子龍等人或許有詞作倡和，但並無詞集存世。直到崇禎七年，由陳子龍、李雯、宋徵輿三人共同倡和編輯的《幽蘭草》問世，才可以說雲間詞派的正式形成。

除了以「雲間三子」並稱的陳子龍、李雯、宋徵輿以外，雲間詞派的主要成員還有宋徵璧、夏完淳、錢芳標、宋存標、張淵懿、田茂遇以及後來的蔣平階、西泠派詞人等等。由於受到明清之際松江地域文化的影響，雲間詞派的詞人多以家族詞人的形式存在，往往祖孫、父子、叔侄、兄弟甚至夫妻皆能為詞，比如王廣心、王九齡的王氏家族，宋徵輿、宋徵璧、宋存標的宋氏家族，周茂源、周綸、周稚廉的周氏家族，董其昌、董俞的董氏家族，蔣平階、蔣無逸的蔣氏家族等等。並且這些家族之間又通過聯姻形成了更加密切的關係，周綸的妻子就是王廣心的女兒，董俞的女婿是錢芳標的兒子。即便沒有姻親關係，他們相互之間也可能是社友、師生，蔣平階就是陳子龍的學生。再加上地緣的關係的相互交叉、互相滲透，詞人的網絡非常龐大複雜，故而對於同時期的雲間籍的詞人或者占籍雲間的詞人，凡是在創作上或理論上傾向於雲間三子，或是彼此之間有師承關係的，也都可以納入雲間派的範疇。因為雲間詞派的主要理論積累在易幟之前都已經發展完善了，而入清之後則是創作的擴展和理論的深化與補充，所以這

〔註43〕《振雅堂詞序》，見《曝書亭集》卷四十。

裏所說的雲間詞派，簡單地說指的是明末至清初順治年間由松江詞人或占籍松江的詞人組成的以陳子龍的詞學思想爲主導的詞學團體。

或者是由於詞爲小道的觀念，雲間詞派的詞人們生平資料見於正史的很少，大多數人的生平事迹都無法確認，但是由於這一詞派在明清之際的卓異影響，我們通過考察當時所流行的詞集，也可以對這個詞派主要的人員組成有一個大致的瞭解和把握。

與雲間詞派關係最爲密切的總集、選集主要有《幽蘭草》、《倡和詩餘》、《支機集》、《二宋唱和春詞》《三子詩餘》，以及在康熙十七年編成的《清平初選後集》，其中收錄了入清之後的詞家作品，把西泠唱和、秋水軒唱和、廣陵唱和等當時詞壇大型活動所作的詞都收錄在內。它的操選者張淵懿、田茂遇都是松江人，參閱者計南陽、錢芳標、董俞也是松江人，其《凡例》上說「敝鄉自幽蘭三子溯源導流，近來作者抽秘騁妍，競相慕傚，故是選搜採獨多。」明確地說明了它基本上是承襲雲間詞派的主張而來的，而詞作者中有 110 位雲間詞人，作品 556 首，幾乎爲全書的一半，已經大體上可以看出雲間詞派的整體規模和歷史輪廓了，因此成爲雲間詞派入清之後最重要的選本；另一部比較重要的選集是刊行於康熙二十五年的《瑤華集》，由蔣景祁編選，其中收錄了雲間詞人 60 餘家，可以作爲《清平初選後集》的補充和參照。

通過對這幾部主要總集、選集的比對，可以坐實的雲間詞派的詞人約爲 200 多家，詞人的專集或合集超過 70 部，其創作不論在數量上還是在質量上都形成了相當的規模，尤其是他們的論詞主張都承襲陳子龍而來，辨詞體，覓詞統，均以婉約爲宗，特別是對於雲間三子尚北宋，輕南宋的論詞主張呈現了一個繼承、深化和揚棄的過程。

明代後期，詞壇發生了很大變化。此時，文壇上以反覆古爲主流，而詞壇則以繼錄詞統爲號召，以圖振興詞風。況周頤《蕙風詞話》云：「世譏明詞纖靡傷格，未爲允協之論……泊乎晚季，夏節愍、陳忠裕、王薑齋諸賢，含婀娜於剛健，有風騷之遺則，庶幾纖靡者藥石矣。」

從陳子龍開始，雲間詞派的詞人就注意分析明詞萎靡不振的原因，摒棄明詞浮豔叫囂的習氣。在臥子首倡北宋詞「境由情生，辭隨意啓，天機偶發，元音自成。繁促之中尙存高渾」之後，主張詞回歸到南唐北宋的婉約傳統，提倡寄託遙深的風騷之旨以及風流婉麗、含蓄蘊籍的審美理想立刻便作爲雲間詞派的核心內容被擴展和繼承了下來。幾位重要詞人的理論主張都同陳子龍相承相繼。

毛先舒說：「北宋詞之盛也，其妙處不在豪快，而在高健。不在豔藝，而在幽咽。豪快可以氣取，豔藝可以意工。高健幽咽，則關乎神理骨性，難可強也。」〔註44〕可以看作是雲間派宗奉南唐、北宋的補充性闡發，尤其重視抒情的精神內質，並且將其深化到神理骨性的層面，可以說跟陳子龍的見解表裏相合。

沈謙說：「詞要不卑不亢，不觸不悖，驀然而來，悠然而逝。立意貴新，格局貴變，言情貴含蓄，如驕馬弄銜而欲行，粲女窺簾而未出，得之矣。」這和陳子龍所說的「四難」大體相當，尤其強調含蓄，則更接近於陳子龍所崇尚的婉約之旨，「是以鏤裁至巧而若出自然，警露已深而意含未盡。」

陳子龍所提出的論詞主張，從早期的雲間三子到後期的蔣平階、田茂遇、張淵懿都是一以貫之的，而他們的創作也稱爲其理論的實踐與注腳。比如蔣平階的《江南春》：「孤舟春水闊，殘月雁行斜。」「江南塞北人千里，愁對寒雲起暮笳。」就寫得非常流麗，音節琅琅，讀起來有脣不離齒之感；同時思婦懷人的情感也很好地貫穿於整首詞作之中，深情而不張揚，顯得內斂深沉，雖無麗字，卻有渾成之致。田茂遇的《春從天上來·燕中春思》也是詞意貫穿，流轉自然，情感溫潤，不溫不火。「春在誰邊。借一陣東風，舞向花前。新鶯嚦嚦，細草芊芊。難禁客裏流年。愛風光九十，把這遭、著意情牽。醉歸看，見紅塵車馬，玉勒金鞭。」〔註45〕張淵懿的《如夢令·閨情》〔註46〕

〔註44〕〔清〕王又華《古今詞論》，見《詞話叢編》第607頁。
〔註45〕見趙尊嶽《惜陰堂明詞彙刻》，上海古籍出版社1982年。

則深得花間之風，「經月不窺廉，廉外幾番花信。」他已經有多久沒有來了？雖然沒有人欣賞還是要自己上好妝容，自我欣賞，自我憐惜。已經很久沒有關心過外面的世界，「休問，休問，風浣一枝紅襯。」是不是春天就是這樣悄悄地消退了，是不是自己的青春和美貌也像那風中的花兒一樣，在長久的等待中消退了？詞人很注意捕捉引起聯想的意象，把女子和花聯繫起來，讓人自然產生聯想。情感表達得雅致而婉約。從題材上他們都繼承了大樽香草美人的傳統，以閨情為多，並且在閨情的描寫上非常婉曲，往往是從景物的設置中渲染出情思來，並不直接寫人，更不會直接寫人的情感。在寫人的時候，多是以人物的某一個動作，如獨坐，無語立妝樓等等，讓讀者感受到人物的情緒；或者用人物的某一個部分，如纖指，衫薄等等，讓人物的情緒通過這樣的對象滲透出來。這樣婉約的寫法和陳子龍所講究的古雅是有相通之處的，但同大樽相比，他們寄託的東西有限，更多地致力於維護詞的婉約傳統，維護詞的花間本位。這一方面同他們所處的社會環境有關，擺脫了明末危機四伏的社會狀況，遺民們的心中也不由自主地開始嚮往自由、放鬆、恬淡的歸隱生活了。我們今天讀他們的詞感覺比較輕鬆簡單，深度則有所不及，可能就在這裏。但是他們同樣也發展了雲間詞派，特別是在中長調的寫作上。

　　陳子龍的詞中長調僅 6 首，絕大多數都是小令，而與大樽同時的雲間詞人寫作也多以小令為主：一方面，小令更適合於他們遊戲博弈的寫詞環境；另一方面，小令也更接近於晚唐北宋的婉約風格。對於這一點，後人已經有所注意：「詞至雲間幽蘭、湘真諸集，言內意外，已無遺議，所謂華亭腸斷，宋玉魂銷，稱諸妙合，謂欲專詣。所微短者，長篇不足耳。北宋諸家，大率如是。」〔註47〕而到了張淵懿和田茂遇時，則出現了相當多的中長調詞，陳子龍所代表的雲間令詞傳統被打破了。特別值得注意的是他們的中長調詞創作甚至比他們的令詞

〔註46〕同上。
〔註47〕〔清〕王士禛《倚聲集序》。

更顯得氣韻流轉，花團錦簇。比如田茂遇的《簇水‧遣興》可看做是
詞人對於自己一生的總結：「華髮星星，不須問我生年幾。釣竿樵斧，
也只在、人間世裏。早謝天公賜予，臥雪耕雲意。猛關心、百花開未。
我老矣。盡向日、車塵馬足，莫再混、逍遙地。春鴻朔雁，亦自解、
山翁趣。過我茅堂話舊，歲月供遊戲。將來者，莫問桃源避。」他所
追求的理想的人生狀態，並不是陳大樽所實踐的入世，然後爲世所
困，而是離世避世。張淵懿的長調詞則在景物描寫上更見功力，《愁
春未醒‧春情》寫女子的午後思緒，在意象的鋪排上非常老到。讀來
一瀉而下，元氣貫通。在這裏的意象有花信風，溪桃，岸柳，宮鶯，
江燕。晴日，飛絮。寫出了春天的明媚。在這樣明媚的春光裏，女子
們出門遊春，踏青，鬥草，賭媚，爭癡。詞人作爲一個旁觀者，置身
在女孩子的世界裏，耳聞目睹著女子們的嬌癡美麗。「聯袂去，笑聲
微。」不由得意亂情迷，「便一煞分攜。轉教儂，千頭萬緒，沒處思
維。」可以說，從他們這裏雲間詞派已經表現出了從令詞小調向中長
調的演進。

雖然雲間詞派始終堅持晚唐北宋的婉約詞統，但對於崇北宋抑南
宋的論點，在雲間詞派的發展流變中同樣表現出了不斷發展變化的軌
迹。

與陳子龍同時的宋徵璧也說過：「詞至南宋而繁，亦至南宋而弊。」
〔註48〕在陳子龍、宋徵璧之時，雖然宗奉北宋，鄙薄南宋，但還是有
所選擇的宗奉與鄙薄，比如對於南宋的詠物詞，陳子龍還是予以肯定
的，特別是對遺民詠物詞別具賞心，他說：「唐玉潛與林景熙同爲探
藥之行，潛葬諸陵骨，樹以多青，世人高其義烈。而詠蓴、詠蓮、詠
蟬之名作，巧奪天工，亦宋人所未有。」〔註49〕他所說的詠蓴、詠蓮、
詠蟬之作指的就是王沂孫、周密、張炎等人的詞作，而宋徵璧對南宋
的雅詞派也表示過讚賞。但隨著雲間詞派的發展，門派意識也越來越

〔註48〕《詞苑叢談》卷四，上海古籍出版社 1981 年。
〔註49〕〔清〕王奕清《歷代詞話》卷八引，見《詞話叢遍》第 1267 頁。

濃郁，可以說，雲間詞派是第一個有意識的樹立「我派」的詞學組織，因此對於詞學評價的標準特別強調個性特徵，持論也就越來越嚴，到了蔣平階的《支機集》時則近乎偏俠。《支機集·凡例》：「詞雖小道，亦風人餘事，吾黨持論，頗極謹嚴。五代猶有唐風，入宋便開元曲，故專意小令，冀復古音，屏去宋調，庶防流失。」〔註50〕明確地表示論詞只取晚唐、五代，甚至連北宋都置於不屑之列，這使得雲間詞派的發展空間越來越狹小，也引起了本派及別派詞人的不同意見。如曹禾《珂雪詞·詠物詞評》：「雲間諸公，論詩宗初盛，論詞宗北宋，此其能合而不能離也。夫離而得合，乃爲大家。若優孟衣冠，天壤間只生古人已足，何用有我？」王世禎《花草蒙拾》：「近日雲間作者論詞云『詞雖小道，亦風人餘事，吾黨持論，頗極謹嚴。五代猶有唐風，入宋便開元曲，故專意小令，冀復古音，屏去宋調，庶防流失。』僕謂此論雖高，殊屬孟浪，廢宋詞而宗唐，廢唐詩而宗漢魏，廢唐宋大家之文而宗秦漢，然則，古今文章，一畫足矣，不必三墳八索，至六經三史，不幾贅疣乎？」

　　相對於蔣平階，鄒祇謨的論詞觀則顯得更爲通達，《倚聲初集序》：「揆諸北宋……必欲以莊辭爲正聲，是用『尚書』『禮運』而屈『關雎』『鵲巢』也，至於南宋諸家，蔣史姜吳，警邁瑰奇，奇姿構彩；而辛劉陳陸諸家，乘間代禪，鯨呿鼇擲，逸懷壯氣，超乎有高望遠舉之思。譬諸篆籀變爲行草，寫生變爲皴劈，而六書穗迹，點睛益頹之風，頹焉不振，非前工而後拙，豈今雅而昔鄭哉？」

　　「論詞倡南唐北宋、詆南宋，前人雖批評他們：「拘於方幅，泥於時代，不免爲識者所少。其於詞，亦不欲涉南宋一筆，佳處在此，短處亦坐此。」〔註51〕

　　正是由於雲間派自身發展中所存在的偏頗，使得它不可能在發展中不斷調整自己的方向，與時俱進。再加上入清之後，社會環境的大

〔註50〕《支機集》凡例《詞學》第二輯，華東師範大學中文系1983年。
〔註51〕〔清〕王士禎《花草蒙拾》，見《詞話叢編》第684頁。

變動，也使雲間派的意內言外的寄託之旨失去了一定的依託空間。康熙十八年，《浙西六家詞》刊行，天下太平，一種追求格調精緻，以純審美爲導向的雅詞迅速發展起來。隨著朱彝尊詞名日隆和《浙西六家詞》的廣爲流傳，浙西詞派漸漸發展爲第一大詞派並盛行於世，受到雲間詞派影響的廣陵、陽羨、西陵、梅里、柳洲等詞人群在各自的發展中或先或後地都逐步脫離了雲間詞派，或爲雅詞陣營所吸納，或漸漸消散。雲間詞派自身也是如此，比如「吳中七子」中的趙文哲、黃文蓮等都是松江人，而他們也屬於浙西詞派。可以說，到了康熙二十年左右，雲間派，這一個崛起於長江三角中心地帶，影響遍及江浙的清詞鼻祖，已經不復存在了。但我們不論在朱彝的浙西詞派、還是陳維崧的陽羨詞派，或是講究「寄託」的常州詞派中，都可以看到早期雲間詞派的影子，不能不說是雲間派的流韻綿長。陳子龍和雲間詞派對於清初詞學乃至整個中國詞學發展歷史的意義是不容忽視的。

第三節　陳子龍詞的思想內蘊與審美風格

一、《江籬檻》——芳心花夢之往而不返

　　陳子龍曾說過「少年有才宜大作詞」，理由是年輕的才子風流倜儻，感情豐富而又敏感脆弱，既充滿對生命的珍愛和對人生美好的嚮往與追求，又難免會產生出種種失落與感觸，心中湧動變化的感情無處可以傾瀉，最佳的途徑就是「濫觸於格律之間」，發露於詞。這樣的詞無異於成長過程中生命力的自然呈現，如同春天草木間蓬勃的生氣一樣。從臥子自己的創作來看，《江籬檻》正是這種理論的集中表現。

　　《江籬檻》與李雯的《彷彿樓》和宋徵璧的《鳳想樓》並收錄於雲間三子所作《幽蘭草》，寫作時間在崇禎八年到九年之間。那時的陳子龍、李雯和宋徵輿俱當年少，正符合臥子作說的「吾等方少年，綺羅香澤之態，綢繆婉戀之情……」，而尤以陳子龍的《江籬檻》

爲最著。其所收 55 首陳子龍詞中，如《南鄉子‧春風》、《菩薩蠻‧春雨》、《蝶戀花‧春曉》、《眼兒媚‧春閨》、《少年遊‧春情》、《漁家傲‧春暮》、《虞美人‧立春》、《南柯子‧春月》、《南鄉子‧春寒》、《醉落魄‧春閨風雨》、《天仙子‧春恨》、《更漏子‧春閨》、《蝶戀花‧春日》、《畫堂春‧雨中杏花》、《浪淘沙‧春恨》等，皆以春閨風雨爲主題，無論從寫作的內容上，還是從表達的情感上，又或是從詞人的年齡階段上，都可以說是青年陳子龍的「芳心花夢」。

從崇禎五年至崇禎八年，是陳子龍同名妓柳如是由相識、相愛同居南園到被迫分手的時間。這一段戀情，在陳子龍的人生中至關重要，因爲人只有經歷過一次眞正的愛情才能夠眞正地成熟，正是有了柳如是，陳子龍的生命才如此多情，他所留給我們的形象也更加眞實而豐滿。

據《陳子龍自編年譜》記載，萬曆四十七年，父親陳所聞爲十二歲的陳子龍文定同鄉名儒張方同的長女爲妻。崇禎元年，陳子龍與張氏完婚，張氏後來因陳子龍的官階被封爲孺人。據記載，這位張孺人「生而端敏，孝敬夙成。」身爲家中長女，性格上嚴肅恭謹，「有弟五人，莊事女兄如伯兄然。」雖然「通詩、禮、史傳」，但並不精通，僅「能舉其大義。」但是「書算女紅之屬，無不精嫺，三黨奉爲女師。」從封建社會對於女子的要求來說，才不甚著卻有德，能操持家務，孝敬公婆，是一個典型的傳統淑女。張孺人自嫁入陳家之後即主持家政，「上奉高安人晨昏，得其歡心，侍唐宜人疾，手治湯藥，積歲不倦。……唐宜人生四女，次第及筓，孺人爲設巾帨，治奩具而歸之，嫁禮稱盛，……諸姑感而涕出：『嫂，我母也。』」在陳子龍逃亡之時，她一個人「扶衰親，抱幼子，輾轉流離，備歷艱險。」陳子龍死後，她又「抱孤兒，變姓名，毀容羸服，遠避山野。」〔註52〕爲的是撫養陳氏子孫，歷經三代，蒙難四十七載，表現了一個女人非同尋常的堅

─────────

〔註52〕〔清〕王沄《三世苦節傳》見《陳子龍詩集》附錄二，見《陳子龍詩集》（下），第 738 頁。

韌與頑強。為此，陳子龍的弟子王沄曾為她寫下《三世苦節傳》以誌紀念。可以說作為一個賢妻良母，張孺人是完全稱職的，她的賢德和堅韌也是有目共睹的，然而這些卻無法彌補她和陳子龍在性情趣味上的距離。一個是才華高古、風流倜儻的才子，一個是學識平庸，燒飯洗衣的主婦；一個是胸懷天下，以國事為己任的志士，一個是不懂國事，埋頭於家庭的婦人；一個充滿激情，一個嚴肅拘謹；一個嚮往新奇，一個循規蹈矩。在陳子龍存世的詩、文、詞中並無一語提及於她，可見兩個人除了生活在一起之外，確實沒有共同語言，更不用說美妙的愛情了，所以儘管已經成婚，但在陳子龍的心中，愛情，這一塊美妙的聖地，始終是一片空白，直到柳如是出現。

柳如是，本姓楊，名愛，嘉興人，又名雲娟，一度稱楊朝，字朝雲，後數易其名，先改雲娟為愛、為影憐等，後定為是，字如是，號河東君。幼時為盛澤歸家院丫鬟，曾入吳江故相家為姬。《質直談耳》載「如之（誤，應為如是）幼養於吳江周氏為寵姬，年最稚，明慧無比。主人常抱置膝上，教以文藝，以是為群妾忌。」〔註53〕崇禎四年（1631），柳如是來到松江府居住，憑藉她在周府所學的詩詞書畫作了一名校書（樂伎），謀生於高級社交中。所謂「妓中有俠者，義者，能文者，工伎藝者，忠國家者，史冊所傳，不一而足。」〔註54〕因此「偽名儒，不如真名妓。」柳如是的社會地位雖然低下，但從性情上來說，卻超拔出群。沈虬說她嫻於詩詞「分題步韻，頃刻立就，使事諧對，老宿不如。」並且個性剛烈，「性機警，饒膽略。」〔註55〕「凡所敘述，慷慨激昂，絕不類閨房語。」〔註56〕具有一般女子所沒有的

〔註53〕范景中、周書田《柳如是事輯》卷一，第21頁，中國美術學院出版社2002年。

〔註54〕《答楊笠湖》同上。

〔註55〕顧公燮《消夏閒記摘抄》民國十三年上海商務印書館排印《涵芬樓秘籍》本，卷下。

〔註56〕〔清〕宋徵璧《抱真堂詩稿》卷四《秋塘曲》載，並柳如是作壽陳徵君詩有「李衛學書稱弟子，東方大隱號先生」之句，上海圖書館藏康熙七年刻本。

膽略與俠氣。宋徵輿《含眞堂詩稿》卷五《秋塘曲》詩云「校書嬋娟年十六，雨雨風風能痛哭。自然閨閣號錚錚，豈料風塵同碌碌。」說的正是柳如是。

　　國學大師陳寅恪所寫八十萬字的《柳如是別傳》，正是以陳柳情緣爲藍本，表述晚明之時的文士思想與政局風氣，而陳先生「著書惟剩頌紅妝」之說稱頌的便是柳如是雖爲娥眉卻勝似鬚眉的才學胸襟，既爲後人研究晚明士風提供寶貴資料，更爲我們認識瞭解一個全面的陳子龍打開一扇窗。柳如是與陳子龍之間的愛情不僅是英雄愛美女的男女之情，更是文學才情的相合，胸懷氣質上的相契，是英雄見英雄的惺惺相惜。

　　柳如是抵達松江是在崇禎四年，這一年的四月，二十四歲的陳子龍亦以落第返抵里門。但此時二人雖然相識，卻無交往，反而是柳如是同宋徵輿來往密切。直到第二年的多天，陳子龍與宋徵璧在「泛於秋塘，風雨避易」之時，才開始注意到「絕不類閨房語」的柳如是。自那之後，二人交往漸多，「文史之暇，流連聲酒」〔註57〕終於發展出刻骨銘心的一段情事。

　　柳如是個性奇崛，她曾說「我生不辰，墮茲埃塵，然非良偶，不以委身。今三吳之間，簪纓雲集，膏梁紈絝，形同木偶。而帖括咿唔，幸竊科第者，皆傖父耳。惟博學好古，曠代逸才，我乃從之。所謂天下有一人知己，死且無憾。」〔註58〕陳子龍正是經世爲懷，才高天下，「其學自經世百家，言無不窺；其才自騷賦詩歌、古文詞以下，迨博士業，無不精造而橫出。天下之士亦不得不震而尊之」，爲「當代一大家也。」〔註59〕「海內多宗之。」〔註60〕夏允彝說他「好奇負氣，

〔註57〕《陳子龍自編年譜》崇禎六年癸酉條，見《陳子龍詩集》（下），第648頁。
〔註58〕見范景中、周書田《柳如是事輯》上編卷一，第13頁，中國美術學院出版社2002年。
〔註59〕〔明〕夏允彝《嶽起堂稿序》，見《陳子龍詩集》附錄三，第750頁。
〔註60〕〔清〕徐秉義《明末忠烈紀實》卷十六，第355頁，見《陳子龍傳》，

邁激豪上」,「慨然以天下爲務,好言王伯大略」,「有英雄之姿,備將相之器」,「臥子之才,宜即顯重於時」(《嶽起堂稿序》)周立勳也譽臥子「資局傑濟,才識秀達,有攬奇之概。故能奮舉藻思,博綜渺義,每談天下事,則壯往健決,莫不符會。發爲文章,形之歌詠,類有然矣。當其搖筆,能者卻思。單辭所行,諷歎滿世。」

這樣一個具有文才武略,慨然以天下爲務的時代英雄,怎能不令柳如是由敬仰而轉化爲傾慕呢?「友人感神滄溟,役思妍麗,稱以辨服群智,約術芳鑒,非止過於所爲,蓋慮求其至者也。」〔註61〕但二人的情緣遇到了種種的阻力,一方面陳子龍已婚,張孺人又治家有方,頗得人望,並且在這一時期,柳如是還同陳子龍的好友宋徵輿往來關係密切〔註62〕,所以這時的陳子龍對柳如是雖然心有好感,卻不敢有所表示;而柳如是卻主動作《男洛神賦》以自表衷腸。陳子龍崇禎六年(1633)秋夕做《秋夕沉雨偕燕又讓木集楊姬館中是夜姬自言愁癘殊甚而余三仁者皆有微病不能飲也》詩二首:「一夜淒風到綺疏,孤燈灩灩帳還虛。冷蛩啼雨停聲後,寒蕊浮香見影初。有藥未能仙弄玉,無情何得病相如。人間愁緒知多少,偏入秋來遣示余。」「兩處傷心一種憐,滿城風雨妒嬋娟。已驚妖夢疑鸚鵡,莫遣離魂近杜鵑。琥珀佩寒秋楚楚,芙蓉枕淚玉田田。無愁情盡陳王賦,曾到西陵泣翠鈿。」寫的就是柳如是因爲沒有得到陳子龍的回應而病倒,陳子龍在夜雨過訪之事,這時的臥子在贈詩中所說的所謂「兩處傷心一種憐。」〔註63〕指的就是自己和柳如是的心病一顯一隱,病因同源。

崇禎八年春天,陳子龍同柳如是在南園同居。《江籬檻》中大量的詞作都是在這段時間裏寫就的。

在這段時間裏,陳柳二人還在幾社名流的南園宴集倡和中出雙入

浙江古籍出版社 1987 年。

〔註61〕《男洛神賦・序》,見《柳如是集》第 60 頁,中國美術學院出版社 2002 年。

〔註62〕據陳寅恪《柳如是別傳》第 56 頁。

〔註63〕《陳子龍詩集》卷十三,第 425 頁。

對，「河東君往往於歌筵綺席，議論風生，四座驚歎。故吾人今日猶可想見是夕杞園之宴，程、唐、李、張諸人，對如花之美女，聽說劍之雄詞，心已醉而身欲死矣。」〔註64〕柳如是儼然已經成為「幾社之女社員也。」

在陳寅恪先生的考據和論證中，把這段時間看作為柳如是獨立之精神，自由之思想形成的轉折點。「當時黨社名士頗自比於東漢甘陵南北部諸賢。其所談論研討者，亦不止於紙上之空文，必更涉及當時政治實際之問題。故幾社之組織，自可視為政治小集團。南園之宴集，復是時事之座談會也。河東君之加入此集會，非如《儒林外史》之魯小姐以酷好八股文之故，與待應鄉會試諸人共習制科之舉業者。其所參預之課業，當為飲酒賦詩。其所發表之議論，自是方言無羈。然則河東君此時之同居南樓及同遊南園，不僅為臥子之女膩友，亦應視為幾社之女社員也。前引宋讓木《秋塘曲序》云：「坐有校書，新從吳江舊相家，流落人間。凡所敘述，感慨激昂，絕不類閨房語。」可知河東君早歲性情言語，即已不同於尋常閨房少女。「其所以如是者，殆萌芽於吳江故相之家。蓋河東君夙慧通文，周文岸身旁有關當時政治之見聞，自能窺知涯涘。繼經幾社名士政論之薰習，其平日天下興亡匹『婦』有責之觀念，因成熟於此時也。」〔註65〕後日，柳如是下嫁錢牧齋之後，其民族家國經世興亡之思不泯。錢謙益的《詠柳》詩中說：「閨房病婦能憂國，卻對辛盤歎羽書」、「閨閣心懸海宇棋，每於方卦繫歡悲。」在清兵南下之時，柳如是主動勸錢謙益投水殉國以證清白，事雖不成，又暗中措餉，助錢反清之舉，這諸種大義，可見其與臥子情性之相通，也可見臥子對她的影響。

另一方面，在同居南園時，臥子就教柳如是作詩寫字，一時柳如是所作「格調高絕，詞翰傾時。」〔註66〕此時她的文學思想傾向明代

〔註64〕陳寅恪《柳如是別傳》第 3 頁，三聯書店 2001 年。
〔註65〕陳寅恪《柳如是別傳》第 282 頁。
〔註66〕〔清〕顧苓《河東君傳》卷一，見范景中、周叔田《柳如是事輯》

前後七子之宗派，深鄙宋代之詩者，可見陳子龍的影響〔註67〕。後來，隨著她自身交遊的擴大，同程孟陽、唐叔達、李茂初等人往來漸多，便開始接觸到其他的詩學思想，特別是見到了錢謙益論詩的文字，遂漸受到了錢程一派的薰染，對於宋詩也漸漸驅除了成見〔註68〕。但是，在她學習詩歌之初，特別是自成家派，其詩詞大進的階段中，陳子龍可居首功。

從崇禎八年的春天到秋天，這一段同居南園的時光，正是陳柳二人感情最和諧，生活最幸福的時光。然而，好景不長，崇禎八年的夏天，陳子龍之妻張孺人挾陳子龍祖母之命到南園同柳如是談判，逼柳如是離開陳子龍。柳如是於這年的八月離開南園，並且遷出松江。陳子龍雖然是幾社領袖，以才子自居，卻是個不折不扣的孝子，他自幼喪母，由祖母撫養長大，對祖母有著深厚的感情和無比的敬意，無法忤逆祖母之意，加上此時正是他兩試名落孫山之時，在家中的地位也可想而知。另一方面，也就是在他和柳如是分手前後，長女頎因病夭亡，給他很大的打擊。這是陳子龍非常鍾愛的女兒，在封建社會裏一家往往有很多個孩子，因為醫療條件有限，小孩子的夭折是司空見慣的事情，但是長女頎的夭亡卻讓陳子龍在這之後相當長時間裏都沉浸在哀痛之中，他為此寫過不少痛悼的詩句：「渺渺非人境，何年見汝歸？常時當令節，猶自整新衣。小象幽蘭側，孤憤暮鳥飛。豔陽芳草發，何處託春暉？」〔註69〕可見他對這個女兒的感情之深，由此而來對於妻子和家庭的愧疚感也在所難免，諸種情形之下，他惟有與柳如是分手。在陳柳定情之初，陳子龍寫過一首《自慨》詩，中有「難諧紫府仙人夢」〔註70〕一句，未想到一語成讖，二人最終勞燕分飛。

上編卷一，第5頁，中國美術學院出版社2002年。
〔註67〕《柳如是別傳》第113頁。
〔註68〕《柳如是別傳》第339頁。
〔註69〕《除夕有懷亡女》，見《陳子龍詩集》卷十一，第348頁。
〔註70〕《陳子龍詩集》卷十三，第425頁。

柳氏被逼離開南園之後，柔情萬種無所牽繫，只能盡瀉於詞中。她的詞原本就深受陳子龍的影響，婉約多情，在失意之時寫出，更是悱惻淒涼。《夢江南·懷人二十首》寫盡分離之悲吟：「人何在，人在木蘭舟。總見客時常獨語，更無知處在梳頭。碧麗怨風流。」字字啼血，欲哭無淚。其痛斷肝腸，一如臥子之《滿庭芳·送別》：「紫燕翻風，青梅帶雨，共尋芳草啼痕。明知此會，不得久殷勤。約略別離時候，綠楊外，多少銷魂。才提起，淚盈紅袖，未說兩三分。紛紛，從去後，瘦憎玉鏡，寬損羅裙。念飄零何處，煙水相聞。欲夢故人憔悴，依稀只隔楚山雲。無過是，怨花傷柳，一樣怕黃昏。」〔註71〕「送別」，點明了詞人的意旨，是爲了送別柳如是而作，上片著重寫景以渲染離別時的悲涼氣氛，「約略別離時候，綠楊外，多少銷魂。」表現了離別時的腸斷神傷的悽楚與無奈；下片則側重寫別後的相思與孤寂，這種苦思詞人沒有直接說明，而是用「玉鏡」和「羅裙」來間接地婉轉表露，特別是結句尾「無過是」三句，深沉的感傷之情，溢於言表。黃昏，既是古今情侶談心之時，也是陳柳愛戀緣盡之意，大樽用黃昏，或是用斜陽，以回憶往時纏綿之戀情，讓自己回憶沉醉在過去之中，也讓我們深深體會到兩人那種悲痛欲絕而又啜泣無聲，千言萬語卻吞吐再三的酸楚。陳柳二人，人雖分離而靈犀不變，在詞中相互關懷，尤其是所愛之幸福，而有「瘦憎玉鏡，寬損羅裙」之辭。崇禎十七年（1644）黃媛介請柳如是爲其畫面題詞，柳如是即以「無過是」三句一揮而就。這時的柳如是已經嫁給錢謙益三年，同陳子龍分手也有十載，但對子龍之詞卻縈懷若此，不難想見，雖然隔了那麼久的時光，這份悠悠情愫卻依然深存在她的心中。

明媚的春天過去了，瀟颯的秋風飄起，黃昏成爲陳柳二人痛苦而纏綿的詞作源泉。陳子龍《浣溪紗·五更》「半枕輕寒淚暗流，愁時如夢夢時愁，角聲初到小紅樓。風動殘燈搖繡幕，花籠微月淡廉鉤，陡然舊恨上心頭。」詞中以黃昏時刻而鋪陳出二人遊玩談愛之

〔註71〕陳子龍詞皆見於《陳子龍詩集》卷十八。

所──紅樓，以織夢繫念相思。柳如是也合唱用同題，作《浣溪紗‧五更》「金猊春守廉兒暗，一點舊魂飛不起。幾分影夢難飄斷。　醒時惱見小紅樓，朦朧更怕青青岸。微風漲滿花庭院。」也以紅樓為核心，只是改臥子平韻為仄韻而已。雙方皆圍繞紅樓，夢，風，月，花表愛於夢中，風調都是流麗哀豔，婉轉溫柔，可謂人離而心不離，勢變而情不變。柳如是的《夢江南‧懷人》二十首，每首皆以「人去也」為開頭，所寫的就是她同陳子龍為現實所迫而分離的愛情故事。在詞中，柳如是借了夢境，可以通往美滿的幸福世界，「畫樓」「木蘭舟」「爐鴨」「香霧」「畫屏」「薇帳」都象徵了甜蜜的回憶，讓柳如是沉醉夢中，「一點舊魂飛不起」。可惜現實壓力隨行同「青獺」而來，將鸚鵡的好夢擾破，如同「篆煙輕壓綠螺光」般之迅速散去一無所有，剩下孤單得身影，眷戀懷人。陳子龍和《雙調望江南‧感舊》，「思往事，花月正朦朧。玉燕風斜雲鬢上，金猊香爐繡屏中，半醉倚輕紅。　何限恨，消息更悠悠。弱柳三眠春夢杳，遠山一角曉眉愁。無計問東流。」詞意旨趣亦以香爐為跳板，帶出二人世界之纏綿，從兩情相悅，再轉入離愁別恨，所愛之「弱柳」只能縈繞夢中，傷心而無奈，渴慕而不可達，只能在孤獨中盼望著愛人的消息，在半醉中回味著往事的朦朧。

　　柳如是與陳子龍，可以說是郎才女貌，志趣相投，陳寅恪先生許之為璧人，可惜二人由於環境所逼，不能偕老。據陳寅恪先生的《柳如是別傳》考證，陳柳自這一年的秋天別後，再無相見，但「河東君與大樽，其關係雖不善終，但兩方之情感則皆未改變，而大樽尤繾綣不忘舊歡，屢屢形之吟詠。」〔註72〕即便是在崇禎十四年（1641），柳如是嫁與錢謙益，成為名正言順的錢夫人之後，二人雖不相見以遵守道德準則，他們的詩詞交往，則未因錢柳結合而終了，仍憑藉詩詞唱和往來，言情說志。陳子龍《踏莎行‧寄舊》「無限心苗，鸞箋半截，寫成親襯胸前折。臨行檢點淚痕多，重題小字三聲咽。兩地魂銷，

〔註72〕《柳如是別傳》第46頁。

一分難說，也須暗裏思清切。歸來認取斷腸人，開緘應見紅文滅。」柳氏爲此而復，和以《踏莎行‧寄書》「花痕月片，愁頭恨尾。臨書已是無多淚。寫成忽被巧風吹，巧風吹碎人兒意。半簾燈焰，還如夢水。銷魂照個人來矣。開時須牽十分思，緣他小夢難尋迹。」書來必親拆，「開時須索十分思」純情眞意，兩相輝映。

　　陳子龍論文講求古雅，但同時強調情感之眞，主張「情以獨至爲眞，文以範古爲美」，在論詞中尤爲如此，他深受李清照「詞，別是一家」的影響，風調上推崇晚唐北宋，創作上模擬淮海，比如他的《山花子》：「靜掩珠簾透麝蘭，黃昏池閣翠眉殘。葉上數聲梅子雨，損紅顏。小扇風微雲鬢亂，薄羅香襯玉肌寒。折得一枝新浴後，意闌珊。」就被王士禛稱爲「柔情俊語，自淮海、漱玉組織而出。」秦觀早期詞吟詠花月，婉轉流麗，而後期由於遭際坎坷，詞風漸趨傷感，纏綿悱惻專主情致，以至於被稱爲「古之傷心人。」秦觀的風調前後轉變正和臥子同河東君相識相戀相離之軌迹暗合，陳子龍的早期詞作，從「春天之歌」到「黃昏之思」，所呈現出的，也正是這樣一種情深於斯的審美風貌，比如他的《江城子‧病起春盡》「一簾病枕五更鐘，曉雲空，掩殘紅。無情春色，去矣幾時逢？添我千行清淚也，留不住，苦匆匆。楚宮吳苑草茸茸，戀芳叢，繞遊蜂，料得來年，想見畫屏中。人自傷心花自笑，憑燕子，罵東風。」其淒惻纏綿，實不在淮海之下。

　　繆鉞《論李義山》：「詩以情爲主，故詩人皆深於哀樂，然同爲哀樂，而又有兩種殊異之方式，一爲入而能出，一爲往而不返，入而能出者超曠，往而不返者纏綿。……」如劉勇剛博士在《論陳子龍詞的審美意趣》中說：子龍的詞，從《江籬檻》到《湘眞閣稿》，凡是涉及到這段舊情的詞，無不滿含「往而不返」的深情，但在表露這種深情時，卻是隱約含蓄，低回唱歎的。陳子龍《千秋歲‧有恨》「章臺西弄，纖手曾攜送。花影下，相珍重。玉鞭紅錦袖，寶馬青絲鞚。人去後，簫聲永斷秦樓鳳。」上片寫回憶往昔章臺外玉人

相伴的美好時光，然而「好物從來不長久」，玉人終究有離去的一天。「菡萏雙燈捧，翡翠香雲擁。金縷枕，今誰共？醉中過白日，望裏悲青冢。休恨也，黃鶯啼破前春夢。」往昔的歡樂已成追憶，今天即便有再多的恨，再多的怨，也無法追回，惟有說聲「相珍重」，雖有相思孤獨，也就「休恨也」這樣的詞作，雖然表面上看來是在寬慰自己，不曾言悲，而悲卻更加透心蝕骨。又如臥子的《驀山溪‧寒食》「碧雲芳草，極目平川繡。翡翠點寒塘，雨霏微，淡黃楊柳。玉輪聲斷，羅襪印花蔭，桃花透，梨花瘦，遍試纖纖手。　去年此日，小苑重回首。暈薄酒闌時，擲春心，暗垂紅袖。韶光一樣，好夢已天涯，斜陽候，黃昏又，人落東風后。」一個個細微之處，幽幽道來，都寫得別具情思，但又毫不張揚，只是淡淡地，像沁涼的瓷器上暗色的紋路，放在深紅色的桃木大櫃裏，泛著熒熒的光亮，只是淡到極處，情實極濃，讓人讀著讀著，就陷了進去，被他所描繪的情緒所淹沒了。

　　淮海曾說「兩情若是久長時，又豈在朝朝暮暮。」說是這樣說，他自己卻未必做得到。不知道臥子是不是一樣受了他的影響，才會在《擬別賦》裏說「……苟兩心之不移，雖萬里而如貫。又何必共衾幬以展歡，當河梁而長歎哉！」〔註73〕。但不同的是，大樽做到了。將這份求而不得的俗世之情昇華到神仙不渝的精神存在，化世俗男女的枕席燕昵為至情至純的聖潔思念。《江籬檻》以「江籬」為名，乃是取自屈原的《離騷》「扈江離與辟芷兮，紉秋蘭以為佩。」這一標題本身就具有強烈的隱喻色彩，愛情的離合中寄託了人生的境遇。「日月忽其不淹兮，春與秋其代序。惟草木之零落兮，恐美人之遲暮。」美人遲暮就是生命的遲暮，生命的遲暮也正是烈士暮年，「當日香塵歸後杳，獨立斜陽人自老。」《木蘭花令‧寒食》雖是名士美人的傷別，卻見屈子的精神。臥子終於不再為一己之相思而苦，不再有「夢

〔註73〕《柳如是別傳》第 324 頁。

中本是傷心路」的自我桎梏，而能夠打開心鎖，放飛心靈，把狹窄的男女之情擴展為人生之思，投入更加廣闊的天地中去，這就使得臥子的詞作，在纏綿悱惻的情詞之外，表現出更加廣闊的意境，具有更加豐厚的人生體驗。

二、《湘眞閣》——香草美人之獨重寄託

崇禎十七年（1644）甲申三月十九日，思宗皇帝朱由檢在煤山自縊，守衛宣武門的太監王相堯、守衛正陽門的兵部尚書張縉彥、守衛齊化門的成國公朱純臣等，打開城門投降，李自成率領的農民軍進入北京城，明朝二百七十七年的統治宣告終結，史稱甲申之變。

這一變化所產生的結果是巨大的：對國家來說，中國又一次結束了大一統王國的局面，並很快進入異族（滿清）統治的時代；對人民來說，長期以來的征戰和動盪終於結束了，但取而代之的卻是更加嚴酷的統治；而對成千上萬從儒學教育機制中成長起來的封建士人來說，面對易代，他們的靈魂在經受著前所未有的考驗和折磨。以身殉國者有之，投敵叛國者有之，隱逸山林者有之，首鼠兩端者更是數不勝數，但他們幾乎都經歷了那一段痛苦的矛盾抉擇，「國家不幸詩家幸，賦到滄桑句便工。」〔註74〕後人或許應該感激他們所經受的磨難，正是這些磨難，才讓他們的文學展現出不同尋常的光彩，讓他們的靈魂越發飽滿生動。

清人顧璟芳早就說過：「《湘眞閣》、《江蘺檻》同為大樽詞稿，而情事正自不同。」〔註75〕如果說陳子龍在《江蘺檻》中展現的是他的才子本色，歌唱的是他的春天和愛情，痛悼的是他的秋天和相思，那麼到了《湘眞閣稿》，他所呈現給我們的則是更加深沉的感情和悲哀。在這部寫於甲申國變之後的詞集裏，我們看到的是一個眞正實踐了屈

〔註74〕〔清〕趙翼《論詩絕句》，見《甌北詩話——中國古典文學理論批評專著選輯》，人民文學出版社 1963 年。

〔註75〕〔明〕顧景芳《蘭皋明詞彙選》卷四，見《新世紀萬有文庫》遼寧教育出版社 1998 年。

子之志的詩人，他的情感強度在這裏發揮到了極致，而他所強調的比興寄託也在這裏獲得了最好的實踐與詮釋。

客觀地說，《湘真閣稿》中吟詠花月之詞作並非沒有，而且更加纏綿感傷，現實生活中愛情的失意所帶給他的無盡的創痛，但同時，卻也給了他最好的機會來實踐他「言情必託之於閨襜」的詞學思想。臥子自己不止一次明確地說過作詞者應該「託貞心於妍貌，隱摯念於佻言。」（註76）以男女遇合寫人生際遇，以思婦悲秋寫士子失路。有了這樣的指導思想，再結合君王自縊、江山易主這樣特定的歷史時空，可以說給了臥子詞學思想最完美的展現平臺，一種濃厚的「末世情緒」彌散在詞作的字句之間，使《湘真閣稿》較之前作，更多了一份時代的悲傷與凝重。

陳子龍有一首著名的《點絳唇・春閨》：「滿眼韶華，東風慣是吹紅去。幾番煙霧，只有花難護。夢裏相思，芳草王孫路。春無語，杜鵑啼處，淚染胭脂雨。」凡是讀過這首詞的人，不論是否瞭解其寫作的時代背景，單是從詞作本身，就已經可以深深地體會到詞人那種欲訴無門的絕望和悲苦。如果再聯繫到他正是創作於明亡之後的歷史環境中，所謂「滿眼韶華」自然會想起曾經堂皇巍峨的北京明宮，如今卻為東風吹去，如殘花敗柳，褪盡鉛顏；「紅」既代表著美好季節，又代表著美好之色彩。如此美好的景物，卻落得「為風吹去」之結局，其景其情，何其哀也。一朝天子一朝臣，舊日的君王已經流落他鄉，不知何在，當又一個春天來到的時候，望著已經遙不可及的家園，他是否聆聽著杜鵑鳥懷念故國的叫聲淚水縱橫呢？這種痛苦顯然已經超越了單純的個人的愛情，而上升到家國山河的高度，讓人自然地聯想起李後主的《相見歡》「林花謝了春紅，太匆匆，無奈朝來寒雨晚來風。胭脂淚，相留醉，幾時重？自是人生長恨水長東！」這又是一個經歷了亡國之痛的詞人，比之臥子，二人之情調、之手法、之感慨

〔註76〕《三子詩餘序》，見《安雅堂稿》卷二，第54頁。

何其相似。王國維稱讚李煜這首詞「眼界始大，感慨遂深」〔註77〕就是因爲他已經超過了個人感情的藩籬，而具有了無限的普遍意義，比之臥子，又何其相似！難怪清人周稚圭要說：「重光（李煜字）後身，惟臥子足以當之。」〔註78〕是爲知音之言。

臥子論詞推崇的就是南唐和北宋的風格，所謂「專主情致」，以情眞爲第一要務，不論是前期的芳心花夢，還是今日的家國之思，情眞始終是其最基本的質素。清人查禮在《銅鼓書堂詞話》中言道：「情有文不能達者，詩不能道者，而獨於長短句中可以委婉形容之。」作爲抒情文體的詞所擅長表現的正是內心深處細微感觸，惟有情眞才能夠打動人心。秦觀、李煜皆是如此，他二人又都能融情於性，變伶工之詞爲士大夫之詞，寄託身世之感，承載亡國之痛。這也正是臥子論詞的點睛之處。故而顧琦坊在讀了他的《浪淘沙‧感舊》詞後有「湘眞詞皆申、酉以後作，故令人如讀長門篇，幽房爲之掩涕」之評。〔註79〕聯繫我們的寫作經驗，往往我們在寫詞的時候，並不完全瞭解心中所想，只是眼前所見，耳邊所想，觸動了我們脆弱的神經，讓我們的情緒不自覺地順著詞句一點點地流淌出來；同樣，在閱讀這些詞作的時候這種靈感的引發就會在讀者心中再次湧現。根據每個人性情境遇的不同，觸動也不一樣，從而生發出更多的靈感來，雖然一千個觀眾，就有一千個哈姆雷特，但好的詞人，能夠讓自己的文字盡量地契合自己的情緒，讓他人在受到觸動的時候有迹可尋，能夠盡可能深入地感受到詞人的深沉之思。這便是眞情之詞的魅力所在。

在臥子的後期詞作中，這樣以追悼故國爲情感基調的作品大量湧現，不論是「繡嶺平川，漢家故壘，一抹蒼煙」（《柳梢青‧春望》）

〔註77〕滕咸惠校注王國維《人間詞話新注》，齊魯書社 1986 年。

〔註78〕〔清〕譚獻《復堂詞話》，見《詞話叢編》第 3997 頁。

〔註79〕《浪淘沙‧感舊》「清淺木蘭舟，春思悠悠。暮雲凝碧舊妝樓，當日畫堂紅臘下，戲與藏鈎。何處問重遊？好景難留。誰家花月惹人愁？總有笙歌如夢也，別樣風流。」

的傷感，「忽見西樓花影露，弄晴催薄暮」（《謁金門‧五月雨》）的渴
望，還是「夭桃紅杏春將半，總被東風喚。王孫芳草路微茫，只有青
山依舊對斜陽」（《虞美人‧有感》）的落寞，又或是「最恨你年年芳
草，不管江山如許」（《二郎神‧清明感舊》）的憤激，情感基調之悲
憤，強度之猛烈，讀來都讓人扼腕不已。

　　王國維說：「詞以境界爲最上。有境界則自成高格，自有名句。」
〔註80〕意境是體現詞之生命力度和價值存在的最爲重要的評判因
素。而陳子龍的詞，之所以能夠做到「華亭腸斷，宋玉魂銷，稱諸
妙合」的境界，一個很重要的因素是詞中的情景交融，讓人與自然
審美統一起來，形成具有無限生發力的意象結構，給人既形諸文字
又深蘊其中的美學感受。用陳子龍自己的話來說就是「境由情生，
辭隨意啓，天機偶發，元音自成。」在詞的意境上，陳子龍之所以
強調以北宋詞爲宗，是因爲北宋詞「多就景敘情，故珠圓玉潤，四
照玲瓏。」〔註81〕無窮的比興之意隨之生發，達到「意內言外」、餘
韻不絕的效果。

　　要達到這種效果，首先要注意的就是情景融合。臥子的《訴衷情‧
春遊》正是情景交融的一篇佳作：「小桃枝下試羅裳，蜨粉鬥遺香。
玉輪碾平芳草，半面惱紅妝。風乍煖，日初長，嫋垂楊。一雙舞燕，
萬點飛花，滿地斜陽。」把眼前之景作爲人的情感的客體，讓客體的
自然物象成爲主體情感的同構成分。看起來通篇都是景語，而主體情
感卻正隱藏在眼前之景中，通過「小」「鬥」「碾」「乍」「初」「嫋」
這樣表示短促細微的詞，表現出主體的驚喜與愛憐，讓遊春時的喜悅
之情在一處處不斷的發現中被召喚出來，「一層比一層更深的情，同
時也滲入了最深的景，一層比一層更晶瑩的景；景中全是情，情具象
爲景，因而湧現了一個嶄新的意象，爲人類增加了豐富的想像，替世

〔註80〕滕咸惠校注王國維《人間詞話新注》，齊魯書社 1986 年。
〔註81〕〔清〕周濟《介存齋論詞雜著》論姜夔詞，見《詞話叢編》第 1634
　　　　頁。

界開闢了新境。」〔註82〕所以王漁陽說:「弇州謂清眞能作景語,不能作情語。至大樽則情景相生,令人有後來之歎。」〔註83〕

　　同爲寫景,《望仙樓‧夜宿大蒸西莊》的意蘊則更深邃一些,「滿階珠露啼痕,閒坐空庭淒絕。今夜鵑聲偏咽,紅透花枝血。　自慚魅尹匡持,回首山河殘缺。燈燼乍明還滅,腸斷誰堪說。」這是一首抒寫黍離之悲的詞作。上片寫夜宿大蒸莊的景象,大蒸莊靠近漢代濮陽王的墓地,也曾經代表了一個王國的尊嚴與權力,而今天的大蒸莊,則是露珠滿階,空庭無人,只有孤獨的夜鳥在淒涼地鳴叫,就連花朵似乎也泛著鮮血的殺氣,讓人感到毛骨悚然的死寂,從這樣淒冷的氣氛過渡到山河殘缺的痛苦,正是水到渠成的;另一方面,這種山河殘缺的痛苦也必然會加深詞人深沉悲涼的情感,撫今追昔之情油然而生,不得不使人肝腸寸斷。

　　另一首有關於家國之思的情景佳作是他的《山花子‧春恨》:「楊柳迷離曉霧中,杏花零落五更鐘。寂寂景陽宮外月,照殘紅。蝶化彩衣金縷盡,蟲銜畫粉玉樓空,惟有無情雙燕子,舞東風。」「楊柳」在「曉霧」中迷離不見,「鐘聲」在「杏花」裏散落不聞,舊日繁華的景陽宮,如今已經寂寥無人,只有天上孤零零的月亮,照著衰敗的花朵,描繪出一副淒淒慘慘的春曉圖。舊日的彩衣,金粉,玉樓都已經和舊日王朝一樣隨春逝去,只有無知無情的燕子,依舊年年飛來飛去。雖無一語涉及主體,但這一番孤寂之景落在主體眼中,所產生怎麼樣的情感可想而知,景物結合如鹽著水,不見痕迹。亡國悲音沉浸其中,讓人深深陷入悲憤無奈的情感之中,無法自拔。

　　正是通過景情的相融,詞人的情感才得到超完美的發揮,同樣,也是通過以景帶情的方法,使詞中的比興之意,表達得委婉含蓄,深而不露。沈祥龍在《論詞隨筆》中說「含蓄無窮,詞之要訣。」所謂含蓄,就是「意不淺露,語不窮盡,句中有餘味,篇中有餘意,

〔註82〕宗白華《藝境》北京大學出版社1997年。
〔註83〕〔清〕王士禎《花草蒙拾》,見《詞話叢編》第684頁。

其妙不外寄言而已。」就是在情感的表達上留有餘地，給人以發揮想像的空間。陳子龍推崇北宋五代的詞風，自然是以婉約含蓄的意境爲宗，他在《王介人詩餘序》中明確地說「其爲境也婉媚，雖以警露取妍，實貴含蓄不盡，時在低回唱歎之際。」從他的詞作實踐來說，無論是前期寫春天的愛情，還是後期寫亡國的哀思，都表達得婉轉綿邈，一唱三歎。特別是他的詠物詞，更是體現了寓意於中，不外淺露的特點。

雖然陳子龍一貫對於南宋詞看不上眼，但對南宋遺民詠物詞卻另眼相加，其根本原因就在於南宋人的詠物詞是以詠物抒情寫意，獨重寄託，這和臥子意內言外的香草美人之思恰好暗合相通。比如著名的《齊天樂・詠蟬》：「一襟餘恨宮魂斷，年年翠陰庭樹。乍咽涼柯，還移暗葉，重把離愁深訴。西窗過雨，怪瑤珮流空，玉箏調柱。鏡暗妝殘，爲誰嬌鬢尚如許？銅仙鉛淚似洗，歎移盤去遠，難貯零露。病翼驚秋，枯形閱世，消得斜陽幾度？餘音更苦。甚獨抱清高，頓成悽楚？謾想薰風，柳絲千萬縷。」以蟬寫舊宮宮女的鬢髮，並由此引發出亡國之感，寄蘊不可謂不深。甲申之變後的臥子與之可說是如出一轍。

在陳子龍的詞作中，詠物詞佔了相當的數量，他詠楊花，詠柳，詠春雪，都是以物爲載體，吸納自己的情感與感受，達到物我合一的境界。比如他在不同時期所寫的三首楊花詞。

第一首《浣溪紗・楊花》都被後人看作爲柳如是所作。「百尺章臺撩亂吹，重重簾幕弄春暉，憐他飄泊奈他飛。」以楊花的飄泊來暗喻柳如是在塵世裏的孤獨無依，一下子，楊花和所詠之人就通過二者所共有的「飄泊」特質將巧妙地結合起來；「淡日滾殘花影下，軟風吹送玉樓西，天涯心事少人知。」看似寫花，實是寫人，雖然那麼孤獨，卻又如此美麗，甚至還帶著一絲的傲岸，沒有分毫的卑乞，這十分符合柳如是傲然睨視的情態特徵。到了第二首《木蘭花・楊花》寫的則是二人分手柳如是離開松江之後，「奈纏綿，空徙倚，此去誰家金屋裏，寧蕩漾，莫沾泥，爲儂留卻輕狂矣。」擔心她的命運，所以

詩人忍不住要告誡楊花寧可飄泊，不能輕賤自己而第三首《憶秦娥‧楊花》情調比之前兩首則有很大的不同：「春漠漠，香雲吹斷紅文幕。紅文幕，一簾殘夢，任他飄泊。　輕狂無奈春風惡，蜂黃蝶粉同零落。同零落，滿池萍水，夕陽樓閣。」整個春天都已經凋零了，楊花所賴以存在的一切都被無情地摧毀了，她只能在春風中無奈地飄泊。蜂黃蝶粉都零落了，楊花也無法擺脫零落的命運，在夕陽西下的時候，落在水池中，仰望著黃昏的樓閣，卻什麼都無力挽救。一種濃厚的悲哀籠罩了一切，給人以強烈的摧毀一切的悲劇感。鄒祗謨稱之「情景併入三昧，此譬之畫家神品，不應於句字求之。」〔註84〕這應做於甲申國變之後，其悲劇感的力度相比於前兩首而言來得更大，更強，他已經超越了一個人的多舛命運，而上升到整個王朝的崩潰，殘破的春天，就像是殘破的江山，當春天離開的時候，楊花自然也就在風雨中飄搖、枯萎。

　　這三首楊花詞，所寫之時間、心境、內蘊各不相同，但正因為這種差異性，才讓所寫之楊花，不僅達到「形似」的境地，更達到了詞人心境之「神似」。通過不同的意象組合，看似寫楊花，卻句句黏於人，雖然句句寫人，又句句不脫於物，含蓄幽婉地抒發出詞人內心深處的真情實感，似薄實厚，絕不淺露，讓人讀來有層層深入之感，風韻悠長，發人深思。

　　這種以婉約為宗，獨重寄託的詞學主張從根本上說是大樽以詞為小道，以婉約為美，接受「詞別是一家」的傳統論詞觀念的結果，所以他的詞作，多為小令，其優勢自然無須贅言，但是從另一個方面講，也未免清雅有餘，局度不足。但是這種情況在他的晚年卻有所突破。

　　在家國淪亡，時代飄搖的風雨中，柔婉含蓄的情感也有無法克制，衝突而出的一天。在陳子龍生命的最後時刻裏，激昂的鬥士之氣已經壓過了他溫潤的文人氣質，成為他性格中佔據主導地位的一方。

〔註84〕同上。

與之相應的是，柔婉精緻的小令再也無法容納他洶湧澎湃的情感，觀念上的限制被此被打破了。如果說他的《唐多令·寒食·時聞先朝陵寢，有不忍言者》:「碧草帶芳林，寒塘漲水深。五更風雨斷遙岑。雨下飛花花上淚，吹不去，兩難禁。　雙縷繡盤金，平沙油壁侵。宮人斜外柳陰陰。回首西陵松柏路，腸斷也，結同心。」表現得依舊更多是淒苦殘惻之情的話，那麼他的絕筆之作《二郎神·清明感舊》已經由「不忍言」一舉變爲「不得不言」了，這也成爲他詞作的頂峰:「韶光有幾？催遍鶯歌燕舞。醞釀一番春，穠李夭桃嬌妒。東君無主，多少紅顏天上落，總添了數抔黃土。最恨你年年芳草，不管江山如許。何處？當年此日，柳堤花墅。內家妝，簇帷生一笑。馳寶馬漢家陵墓。玉雁金魚誰借問？空令我傷今弔古。歎繡嶺宮前，野老吞聲，漫天風雨。」當詞人的悲憤再難以抑制的時候，亡國的血淚終於噴湧而出了，一種長歌當哭的激情代替了含蓄淒惻的嗚咽，讓詞人終於衝破自己的桎梏，喊出屬於他的生命最強音。

在陳子龍所存的各體文學作品中，詞的藝術水平是最高的，也最爲後人所稱道。就其藝術特色來說，其最有價值的地方有二:第一是他早期詞作中柔美靈動的風格，秉承五代花間詞的婉約詞風，以春思秋感爲主要題材，抒寫生命的律動和人生中一切美好的情感。這一時期的詞作以《江籬檻》爲代表，特別是其中關於他與柳如是情事那些詞作，由於被賦予了眞正的現實性而表現得愈發情深意切，尤其是當陳柳二人分手之後，彼此都飽受相思煎熬的絕望之苦，臥子的詞作進一步貼近了秦觀所代表的「詞人之詞」，用情之深，一發於詞，呑吐嗚咽之中，寫盡種種難摹之思。這些具有青春光彩的詞作可稱爲他詞學創作中的第一個高峰;第二個則是他於甲申國變之後所創作的《湘眞閣稿》，意內言外，專主寄託。以詞人的特殊敏感，以閒約的審美意趣把香草美人之意表現得更加深永綿長，如清人王士禎說:「大樽諸詞，神韻天然，風味不盡，如瑤臺仙子獨立。而湘眞一刻，晚年所

作，寄意更綿邈淒惻。」〔註85〕這些詞，已經超越了個人的悲喜，而擴大爲整個家國的興亡。他們的意義，也已經不再是一己的人生經驗，而上升到歷史變換的高度，是生命所給予人們的普遍經驗。所謂「大都好物不牢堅，彩雲易散琉璃碎。」〔註86〕任何事物都不可能長久地存在，人的生命更是渺小得不值一提，王朝會傾覆，時空會變換，美人難免遲暮，烈士終有暮年。僅僅從這一點來說，陳子龍的襟懷學識便足以高舉一代，爲衰敗沉悶、淺薄叫囂的晚明詞壇畫上一個彩霞滿天的輝煌終結，並且「宗風大振，遂開三百年來詞學中興之盛。」〔註87〕垂範後世。

第四節　陳子龍詞對於清代詞壇的影響

　　一切文藝都產生於民間，從最初產生時的粗俗、隨意、地方性漸漸發展爲有格範、有程序、有規律，這乃是一切（古典）文藝的發展定勢。詞，從隋唐合樂而歌的曲子，漫演爲文字、格律一一齊整的文學體裁，也是一個必然的發展過程。

　　首先，就我國「文」與「樂」的發展情況來看，在我國的古典文藝中，「文」的地位遠遠重於「樂」。《左傳》中就有「三不朽」的說法（「太上有立德，其次有立功，其次有立言，雖久不廢，此之謂不朽。」）把「爲文」擡舉到與品德、功業相當的地位上；而從文藝的創作實績來看，「文」的發展水平也遠遠高於「樂」，我國歷史到唐宋，文字學、文辭學、音韻學、文體學都有了高度的發展，律詩已經發展到相當完備的程度。但是音樂，卻處在剛剛進入「宮調」的初級階段，旋律、節拍都遠遠沒有達到在音樂中的主體地位，樂式學和樂體學則根本沒有萌芽，更不要說完善和發展了。「樂」根本無法同「文」抗

〔註85〕〔清〕江順詒《詞學集成》《附錄論湘眞集》，見《詞話叢編》第 3304
　　　　頁。
〔註86〕〔唐〕白居易《簡簡吟》。
〔註87〕龍楡生《近三百年名家詞選》，上海古籍出版社 1998 年。

衡，詞也就必然從合樂的歌辭漸漸地脫離音樂，轉換為完全意義上的案頭文學。在這一過程之中，文人起到了決定性的作用，尤其是佔據大多數的不諳樂理的文人插手詞的創作與理論建樹之後。他們用自己的創作為後代文人確立了詞的範式，又用格律、葉韻的理論將這種範式確定和鞏固下來，使得後代的詞人在面對這些範式的時候更加有法可循；更重要的是，這些飽讀詩書，立德修身，講究高情雅趣的文人們，用專屬於自己階層的學養和識見，開拓了詞的眼界，提升了詞的品味，深化了詞的審美內蘊。他們眼裏筆下的詞，就再不僅僅是歌女口中的淫哇之聲，而成為有寄託、有內涵的冥想哲思，瞬時悲歡與歷史人生，文章道德和兒女私情，遣情小技與人生智慧，都可並見於詞。在這一文人化的進程中，樂人之詞逐步地變為文人之詞。

詞的文人化的進程由南唐李煜、馮延巳等人開始，歷經北宋的晏殊、歐陽修、蘇軾、秦淮海，直至南宋的姜夔，周邦彥，可以說是一以貫之，漸趨完成的。只是在明代中葉，遇到了小小的反撥。《草堂詩餘》的出現正是這種反撥的標誌。這一出自書坊之手的詞選不論是他的成書動因還是他的格調傾向，都鮮明地表現出對於樂人之詞的再次弘揚。他從成書之日起就是為了應歌佐酒，好像今天的點歌譜，以娛樂大眾，佐餐視聽為目標，這就必然表現出便利、功利的功能性，為了選歌方便，甚至還出現了以調編排的不同版本；而為了滿足市民階級廣大聽者的需要，纖豔軟靡的詞風毋庸置疑地佔據了主流地位。加上明代曲的興盛，一種處於上升地位的文學樣式必然會對與他相近似的其它文學樣式產生影響，而其他文學樣式也必然自覺或不自覺地向上升地位的新興文學樣式主動靠攏，「以曲入詞」的風氣在所難免，側豔綿軟的詞風在明中葉大行其道，以至於「風雅蕩然。」〔註88〕詞的文人化的進程在這裏一度發生了斷裂，再次接續他的正是陳子龍及其雲間詞派。陳子龍以總結明詞衰蔽入手，在拈出「真情」之詞的同

〔註88〕〔清〕高祐《湖海樓詞序》，上海書店影印《清名家詞》本。

時強調詞作的風騷之旨，切戒淺率陳俗，力倡含蓄蘊藉，可以說是當頭一棒，喝醒了渾渾噩噩的明代詞壇，為同時代的特別是後世詞人指明了一條光明大道，開啓了清代三百年來詞學中興之盛事，其功至偉。但不能否認的是，陳子龍及其雲間派的詞論也同時存在著顯而易見的褊狹之處，首先是他們對於詞體的態度，始終囿於在「詞為小道」「小道可觀」的傳統觀念之中，無法突破；其次，他們的審美情趣獨重婉約，對於婉約之外的詞風頗不見容，尤其是南宋的詞風更是成為雲間派口誅筆伐的重點；在上述兩種思想的影響下，雲間詞派的創作必然以小令見長，長調則遜。

　　出現這種現象的原因是在於文人化進程的階段性。陳子龍標舉的是晚唐五代的詞風，這也是文人化進程的初始階段，從這裏我們可以看到，在陳子龍心目中，理想的詞作應該兼具樂人與文人的雙重特性，既要情調婉媚，好娛賓遣興，又要氣韻典雅，以合乎文人的審美層次，這種要求比較貼近於文人化初期的韋莊、晏殊、秦觀、李清照等人。他貶斥的是南宋的詞風，而那恰恰是高度文人化的產物，體制上更為嚴謹，情感上更加純粹，技巧性更加突出。所以，在臥子之後，清代詞壇所要進行的就是繼續將文人化進行到底的工作，制定出更加詳細的規則，總結出系統的理論，以至於把詞完全變成文人的案頭之文，提升到同詩文相當的不朽之地。也就是說，明代中葉被一度打破了的文人化進程由陳子龍再次接續，而由清代的詞人們繼續完成，清代的詞學理論，尊詞體，樹南宋，講寄託，崇雅正，不是贊同雲間，就是反對雲間，或正或反，卻無不是由雲間演化而來；清代紅火過的那些詞派們，或是臥子的同聲，或為雲間的異響。正是從這個意義上我們說是陳子龍開啓了清代三百年的詞學中興。

一、西泠詞派、廣陵詞壇與陽羨詞派──詞學文人化進程的推動

　　西泠，又稱為西陵，原本是杭州城中一座橋的名字，但在明末清

初時，卻由於文人的聚集酬唱而演變為一個詩詞派別的名字。《清史稿》卷四八四：「先是，陳子龍為登樓社，圻（陸圻）、澎（丁澎）及同里柴紹炳、毛先舒、孫治、張丹、吳百朋、沈謙，虞黃昊等並起，世號『西泠十子』。」可見，西泠派的形成和陳子龍有莫大的淵源，據《杭州府志〈白榆集〉小傳》載：「（毛）先舒著《白榆集》，流傳山陰祁中丞之座，適陳臥子於祁公座上見之稱賞，遂投分引歡，即成師友。其後西泠十子，各以詩章就正，故十子皆出臥子先生之門。國初，西泠派即云間派也。」特別是毛先舒更是同陳子龍結下了師徒之誼，他在《呈臥子先生書》中說：「某不肖幸以薄技待罪門下，私竊自慶，兼側侍抵掌，使某益聞所未聞，益深自愉懌。不敢諼之於心，放逐刊落朽鈍應爾。但虛題拂之雅為悒悒爾。比聞先生秩滿還朝，即趨北門而趨騎湍發，不獲一望顏色，遙遙文旌心與具邁。邇日朝寧澄霽，清流彙徵，先生以南崗之經綸，兼東山之懸勝，自應首被異數，為舟為雨，利涉四海，彌漫九野，某雖有微私而雲泥益現，然均在沾被之中，如魚忘於江湖而已。」〔註89〕可見，他和陳子龍之間的交往並不局限在詩詞的寫作之中，而更是人生道路上的相與謀合。

西泠十子所說的對象主要就詩派而言，但是對於同樣作為詞學大家的陳子龍和對作詞有著深厚興趣的這些杭州才子們來說，在寫詩論詩的同時，不可能把詞拋去一邊，他們也編有《西泠詞選》傳世。在十子當中，毛先舒字稚黃、沈謙字去矜，號東江、丁澎，字飛濤，號藥園，就以能詞而著稱，成為西泠詞派的代表人物。其中毛先舒著有《添詞名解》、《填詞圖譜》，沈謙寫有《填詞雜說》、《詞韻略》，丁澎則有《藥園閒話》留存，所談所言，都是圍繞著詞學。

另一個和雲間詞派有著類似承繼關係的是蘭陵詞派和隨之而起的廣陵詞壇，吳綺：「詞家舊推雲間，次數蘭陵，今則廣陵亦稱極盛。」〔註90〕鄒祗謨「己丑、庚寅間，常與文友取唐人《尊前》《花間》集，

〔註89〕 北京圖書館藏清康熙刻思古堂十四種書本《四庫存目》集部210，齊魯書社1997年。

〔註90〕 〔清〕沈雄《古今詞話・詞話下卷》，見《詞話叢編》第817頁。

宋人《花庵詞選》及《十六家詞》摹仿僻調將遍。」可知蘭陵詞人起
於順治六年己丑，以鄒祇謨、董以寧、陳維崧爲代表。廣陵詞人則是
順治、康熙初年活動在揚州一帶的詞人，他們雖然沒有形成一個明確
的詞學派別，但是都聚集在王士禛（1634～1711，字子眞，號阮亭，
別號漁洋山人）的左右，特別是順治十七年（1660），王士禛在揚州
任職五年，「日了公事，夜接詞人。」從而形成了一個人數眾多的廣
陵詞壇，其中主要的詞人有陳世祥（善百）、宋元鼎（定九）、鄒祇謨
（字污士，號程村，別號麗農山人。《麗農詞》《遠志齋詞衷》）、彭孫
遹（字駿孫，號羨門，又號金粟山人。《金粟詞話》）、董以寧（字文
友，號宛齋。《容渡詞話》《蓉渡詞》）、劉體仁（字公勔，號蒲庵。《七
頌堂詞繹》）、吳綺（字園次，號聽翁，別號紅豆詞人）、汪懋麟（字
蛟門，號覺堂）、賀裳（《皺水軒詞筌》）、陳維崧（字其年，號迦陵，
宜興人，《烏絲詞》）等等。盡管這些詞人們的詞學觀點並不完全一致，
毛先舒尙清眞，沈謙尙屯田，丁澎尙稼軒，鄒祇謨、董以寧好爲艷詞，
王漁洋倡導「神韻自然」，但是細究他們論詞的主要觀念，卻無不是
對雲間詞派的承襲和補正。

　　陳子龍和雲間詞派論詞的重心首先是對於詞體的看法。陳子龍
在把詞看作是德業之餘的同時，也深受李清照「詞，別是一家。」
看法的影響，由此提出了「小道可觀」的詞體論。這個看法涵蓋了
兩方面的意義：從文體上看，詞是小道，從功能上看，卻有大用，
所以說「可觀」簡單地說就是戰略上的輕視和戰術上的重視相結合。
臥子的這一觀點從根本上來說，並沒有擺脫傳統的「詩餘」概念，
仍然是把詞放在閒情逸性的地位上來看的，除了在寫詞的技法上提
出了四難之外，對於詞體的正名並沒有起到多大的作用。雲間詞派
的其他詞人，如宋徵璧、李雯、宋徵輿基本上都持同一態度，宋徵
輿就說：「夫西京兩都文賦之雄，猶曰壯夫勿爲，況於詩，詩之不已
而況於詞乎。以代博弈，則猶篇章之餘耳。」〔註91〕這和陳子龍在

《幽蘭草》詞序中所說的「作爲小詞，以當博弈」是完全一致的。作爲陳子龍和雲間詞人來說，他們倡導的是回復到詞的文人化初始階段，也就是南唐北宋的風格。文人在接觸詞這一文體的時候，首先是在酒筵上，他們所認知的詞體功能首先是如《花間集》所說的遣興娛賓，因此在他們看來，詞的情感性、娛樂性功能遠遠大於它的說理功能，它可以熨貼恰適地表達一切微妙的情緒，給人感情上的宣泄和滿足，但在對人生產生指導這個意義上，詞是沒有資格的。但是，隨著文人化進程的發展，文人對詞的依賴性也漸漸加強，他們需要在詞中表達的情感類型也在不斷地擴展、深化，身世的悲涼、際遇的坎坷、人情的冷暖以至家國之思，生命之感，這些原本屬於詩文的表述內容也漸漸融入到詞的寫作中來，並且變成文人詞的典型特徵之一。從《花間集》到《尊前集》的轉變就很能夠說明這一點，及到晏殊、歐陽修、蘇軾、辛棄疾，這種趨勢也就更加明顯。陳子龍所代表的雲間詞派可以看作是對於明代一度中斷了的文人詞進程的接續，而他所選擇接續的位置則是從頭開始，而到了西泠與廣陵詞人，他們對於雲間詞論的承襲和補正，無不是對於詞的文人化進程的接續和推進。

詞的文人化進程使詞從歌兒酒女的口中轉移到了文人的筆下，使詞的情感內涵和審美品格都有了質的飛躍，那麼接踵而來的，必然要對這種已經發生飛躍的文學樣式做文體上的正名，使他更加符合文人的心理預期和審美水平。所以，西泠和廣陵詞人在繼承雲間詞論的同時就提出了推尊詞體的主張和要求。

就內容來看，雲間派基本上是以《花間》爲宗，「極哀豔之情，窮盼倩之趣。」（《幽蘭草題詞》）謝章鋌《賭棋山莊詞話》卷八說王士禛「沿鳳洲、大樽餘緒，心摹手追，半在花間。」唐允甲稱王士禛：「作爲花間雋語，極哀豔之情，窮盼倩之趣。」（《阮亭詩餘略序》）

中九籥樓藏版。

廣陵詞人普遍都非常認同「詞爲豔科」的說法。黃周星：「蘭陵鄒祗謨、董以寧輩分賦『十六豔』等詞，雲間宋徵輿、李雯共拈『春閨』『風雨』諸什。」〔註92〕直是承繼雲間風韻而來。但是，在創作大量豔詞的同時，他們也在努力地提升豔詞的品格，吳綺雖然有不少豔情之詞，但是他卻以爲「（詞）體以靡麗而多風，情義芊豔而善入，雖有《花間》《蘭畹》之目，實則香草美人之遺。」（《汪晉賢〈桐叩詞〉序》）「詞原靡麗，體雖本於《房中》，語必遙深，義實通於《世說》」（《錢葆酚〈湘瑟詞〉序》）「託美人香草之間，抒其幽憤；用殘月曉風之句，寄彼壯懷。」（《周屺公〈澄山堂詞〉序》）「讀《離騷》而無淚，夫獨何心？歌《長恨》以善懷，我能無惑？」鄒祗謨在《倚聲初集序》中也說：「若夫詩有比有興有賦，而詞人之致，莊言之不足則諧言之；質言之不足則寓言之；簡直伉激，以言之不足則纏綿恍惚紓徐斐亹以言之，而乃錯綜變秩，緣情假物，或因歡冶而起淒愁，或緣感惻而歸澹宕，緒引於此而思寄於彼，辭見乎離而意趨於合，興比十六，賦言十四，則謂始於六義焉，可也。」

　　雖無豔詞，但是作爲陳子龍的入室弟子，毛先舒對於老師的詞論也是持贊成態度的，他明確地把詞歸爲小道之屬，指出「塡詞，末技也。」「塡詞不足道耳」（《題吳舒鳧詩餘》）但是，與此同時，他在追溯詞的歷史時又說：「塡詞緣起於六朝，顯於唐，盛於宋，微於金元」亦「一代之制也。」這個「一代之制」的提法較之陳子龍的「小道可觀」說顯然更進了一步，不僅是文采、情感可觀，而且已經上升到「一代」文學的思想與審美高度了。他對於「詩餘」的說法做了詳細的辨別：「塡詞者，塡其詞也，不得名『詩餘』塡詞不得名『詩餘』，猶曲自名曲，不得名『詞餘』也。又詩有近體，不得名『古詩餘』，楚騷不得名『經餘』也。蓋古歌皆作者隨意造之，歌者尋變，入節傳之，以聲而歌，故樂又譜而歌無譜也。後世歌法漸

〔註92〕〔清〕沈雄《古今詞話・詞話下卷》，見《詞話叢編》第817頁。

密，故作定例，而使作者按例以就之，平平仄仄，照調製麴，預設聲節，塡入辭華，蓋其法自塡詞始，故塡詞本按實得名，名實恰合，何必名『詩餘』哉！」〔註93〕從這裏我們可以看出，他在承認詞初起時所處的「小道」地位的同時，從內心深處表達了前進發展的詞學觀。

對於「詩餘」一說，沈謙也有很詳盡的論析。他在《塡詞雜說》中給詞體作界定的時候言道：「承詩啓曲者，詞也。上不可似詩，下不可似曲。」明顯在把詞體歸爲獨立文類的同時，使把他看作同詩、曲並列的文學樣式，從而撇清了「詩餘」的概念。既然是同等的文學體裁，那麼「詞曲猶之乎詩文也。有龍門、劍閣之奇，即有茂苑、秦淮之麗；有日華星採之瑞，即有微雲疏雨之幽。安見《桃葉》《竹枝》不可媲美《關雎》《卷耳》也。」〔註94〕這種把詞的功用等同於詩的說法，正是文人化詞學的最終目標。

對於詞學尊體呼聲最高的是丁澎，他比毛先舒和沈謙都更加激進，明確而大膽地提出了詩詞同源的主張。丁澎所說的詩詞同源，首先是在聲韻上。他在《峽流詞序》中說「夫詩言志，聲依永，聲者，誌之餘也。詩變而爲詞，其文宛轉而悠長，其音渙散而嘽緩，所以煩手惱心，蕩滌神志者，莫尚乎聲，要之詩以律貴，詞以聲合，若《芝房》《赤雁》不登入闋之音；《淥水》《陽阿》未之四始之室，迨乎含英喚採，選聲發蘊，固異調同工也。」把詩詞看作是同樣的合聲之辭，他沒有注意到，抑或是有意忽略掉了詩詞所合聲樂的差異，而把所有的筆墨都放在兩種文體起源的表面形態上；詩詞同源的另一方面是在概念和內容的流變中。他說：「文章者，德業之餘也。而詩之文章之餘，詞又爲詩之餘，然則天下事，何者不當用其有餘者哉。……詩餘者，三百篇之餘，而漢樂府之流亞也。其源出於詩，詩本文章，文章

〔註93〕《漢書》卷四《塡詞名說》康熙刻本，思古堂十四種書本。
〔註94〕《東江集鈔》卷六《陸蓋思詩餘序》，見上海圖書館藏康熙十五年（1676）刻本。

本乎德業，即所謂詩餘爲德業之餘，亦無不可者。」〔註95〕這種推理的過程顯然是有問題的，但在這種缺陷的背後，所表達出的卻是文人對於推尊詞體的迫切要求。因爲，只有推尊詞體，才能從根本上改變詞的品格定位；只有經過改變了的品格定位，才能夠和文人詞的實際創作情況相適應，也才能夠反作用於詞的創作，指導創作出更多更加符合文人審美標準的文人詞來。

與他們推尊詞體的主張相一致，西泠詞人對於詞的體性的認識主要強調「雅」。沈謙說：「詞要不亢不卑，不觸不悖，驀然而來，悠然而逝。立意貴新，設色貴雅，構局貴變，言情貴含蓄，如驕馬弄銜而欲行，粲女窺簾而未出，得之矣。」從西泠詞選的情況來看，婉約詞佔據了大多數，可見，西泠詞派仍然是以婉約的風格爲正宗的，但是相比於雲間詞派，他們顯得更加開放和寬容，對於南宋詞和非婉約的豪放詞風也能夠包容並舉。

這種對於創作範圍的擴展正是詞的文人化進程的必然要求和結果。

在雲間詞派中，對於南北宋詞的軒輊是一個突出的標識。臥子明確地說過不喜南宋詞，到了蔣平階的「摒棄宋調」，就變得越發狹隘，甚至是無理。態度稍顯平和的要算宋徵璧，他在《倡和詩餘序》中說「吾於宋詞得七人焉。曰永叔，其詞秀逸；曰自瞻，其詞放誕；曰少游，其詞清華；曰子野，其詞娟潔；曰方回，其詞新鮮；曰小山，其詞聰俊；曰易安，其詞妍婉。他若黃魯直之蒼老而或傷於穎，王介甫之劖削而傷於霸，陸務觀之蕭散而或傷於疏，此皆我輩之詞也。苟舉當家之詞，如柳屯田哀感頑豔而少寄託，周清眞蜿蜒流美而乏陡健，康伯可排敍整齊而乏深邃，其外則謝無逸之能寫景，僧仲殊之能言情，程正伯之能壯采，張安國之能用意，万俟雅言之能叶律，劉改之之能使氣，曾純父之能抒懷，吳夢窗之能累字，姜白石之能琢句，蔣

竹山之能作態，史邦卿之能刷色，黃花庵之能審格，亦其選也。」「夫各因其姿之所近，苟去前人之病而務用其所長，夫賴諸子倡和之力也夫。」但也是批評的多，贊同的少。而在西陵詞派中，丁澎則把辛棄疾推崇到了無上高度，「文生乎心，發乎情，夫詞也，詩之餘固已，情深而文明。吾人心與情，非誌之餘耶？古今詞人無慮千百家，迨北宋為極盛。蘇子瞻、陸放翁諸君，特以遒麗縱逸取勝。至辛稼軒，其度越人也遠甚。餘子瞠乎後矣。三百餘年以詞名家者，文成、孟載而下，不可概見。錢宗伯牧齋，周司農櫟園不為詞，婁東、合肥諸先輩，始倡宗風，皆側身蘇陸之間，於稼軒之緒，乃徐有得也。稼軒才則海而筆則山，博稽載籍一乎己口，好學深思多引成言，史遷之文，魏武之樂府，庶幾乎似之。唐宋以來，言詞必推辛，猶言詩必推杜，橫視角出，一人而已。以視後人，吹已萎花而香，飲既啜醨而甘，以稱塞海內。」〔註96〕對比臥子「寄慨者亢率而近於傖武。」宋徵璧「豪爽而傷於霸」似褒實貶的評價，大不相同。

廣陵詞人對於南宋豪放詞也多持肯定態度，彭孫遹：「稼軒之詞，胸有萬卷，筆無點塵，激昂措宕，不可一世，今人未有稼軒一字，輒紛紛有異同之論，宋玉罪人，可勝三歎。」〔註97〕他的詞作如《畫屏秋色・蕪城傷感》《念奴嬌・長歌》等都是這一風格的佳作。

王士禛也說：「詞如少游（秦觀）、易安（李清照），固是本色當行，而東坡（蘇東坡）、稼軒（辛棄疾）以太史公筆力為詞，可謂振奇矣。……自是天地間一種至文，不敢以小道目之。」「詞之綺麗、豪放二派，往往分左右祖。予謂：第當分正變，不當分優劣。」〔註98〕沈雄《古今詞話・詞評》引汪懋麟評王士禛：「既和淑玉，復仿稼軒，千古風流，遂欲一身兼併。」

〔註96〕〔清〕丁澎《梨莊詞序》，轉引自李康化《明清之際江南詞學思想研究》巴蜀書社2001年。
〔註97〕〔清〕彭孫遹《金粟詞話》，見《詞話叢編》第724頁。
〔註98〕〔清〕王士禛《香祖筆記》卷九。

　　另一個對把詞的創作範圍擴大到南宋豪放詞做出巨大貢獻的人物是陳維崧。這個被吳偉業稱譽為「江左鳳凰」的少年神童，從康熙八年（1669）年開始專力寫詞，以其勁健豪放，悲壯慷慨的獨特風格特立於世，被同時代的朱彝尊稱為「擅詞場，飛揚跋扈，前身可是青兄？」〔註99〕給詞壇帶來了新鮮的氣息，也令天下詞人耳目一新。以至於「江左言詞者，無不以迦陵為宗（陳維崧號迦陵），家嫻戶習，一時稱盛。」〔註100〕

　　但陳維崧的飛揚跋扈之詞卻是從雲間柔婉之風而來。早年他曾經跟隨陳子龍學習詩歌，在陳維崧《許漱石詩集序》中有言：「憶余十四五時，學詩於雲間陳黃門先生，於詩之情與聲十審其六七矣。」〔註101〕《酬許元錫》：「憶昔我年十四五，初生黃犢健如虎。華亭歎我骨格奇，教我歌詩作樂府。」〔註102〕雖然這裏主要說的是他的詩風，但是陳維崧早期的詞作與他的詩關係很大。在詩歌上，他「幼好玉臺、西崑，長吉諸體。」〔註103〕在詞作上也是尚奇好僻，鄒祗謨「此等屬其年少作，矜奧詭豔，從昌谷、西崑古詩中變出。」〔註104〕在陳子龍之外，他與李雯等雲間詞人也有來往，冒襄《同人集》卷九《〈往昔行〉跋》記載：「己卯，陳定生應制來金陵，攜發覆額之才子其年在寓。……與顧子方、梅朗三、方密之、張爾公、周勒、李舒章及余定交。」所以無論是作詩還是作詞，他都不可避免地受到雲間派的深刻影響。

　　從陳維崧自己早年的詞作來看，也繼承了雲間詞派的風格，特以旖旎柔婉之體名世。王士禛評陳其年《阮郎歸·詠幔》「以擬陳大樽諸

〔註99〕　〔清〕朱彝尊《題其年〈填詞圖〉》。

〔註100〕　〔清〕馮金伯《詞苑粹編》卷八引陳大鷗語，見《詞話叢編》第1954
　　　　　頁。

〔註101〕　《陳迦陵文集》卷一，上海圖書館藏四部叢刊本，別集類，四七八，
　　　　　所引陳維崧均出自此書。

〔註102〕　《湖海樓詩集》卷四，上海圖書館藏四部叢刊本，別集類，四七八。

〔註103〕　〔清〕陳維崧《與宋尚木論詩書》。

〔註104〕　《倚聲初集》卷一。

詞，可謂落筆亂眞。」鄒祗謨《遠志齋詞衷》也說「阮亭極推『雲間三子』，而謂入室登堂，今惟子山、其年。」但是，這種風格在康熙五年寫作《烏絲詞》之後，卻發生了巨大的轉變。從前期的婉軟香綿一變爲磊砢抑鬱，對於自己的早期詞作更是「大悔恨不止」〔註105〕，「勵志而爲《烏絲詞》」〔註106〕在他自己的詞作《採桑子吳門遇徐松之問我新詞賦此以答》中寫道：「當時慣做銷魂曲，南院花柳，北里楊瓊，爭譜香詞上玉笙。如今縱有疏狂興，花月前生，詩酒浮名，丈八琵琶撥不成。」

　　一種詞風的轉變所伴隨的往往有兩點：首先是詞人情感類型的轉移，其次是詞作功能的改變，而這兩點也是相互聯繫的。在詞興起之時，所應用的場合無非是歌宴酒席，其功能主要集中在遣情娛興，詞人所傾注在詞作中的情感類型大體不出風花雪月，男女哀思，這種功能性選擇是由詞「合樂而歌」的體性特徵所做出的必然結果，並且逐漸定型爲詞的本體特性。這和曲有很大程度上的同構性，因此，在明中葉劇曲繁榮的背景之下，加上道德政治體制的鬆懈，經濟格局的變革，這種詞體固有的原初體性得到了再一次的釋放和張揚，所以產生了《草堂詩餘》風行一時的現象。但是，我們無法迴避的是，詞從產生到明，已經經過了上千年的時間，在這千年的歷史中，文人已經逐漸代替了樂工伶人成爲詞最主要的創作群體，而且這個代替的速度是越來越快。文人所寄託在詞中的情感類型較之原初已經遠遠擴展了深度和廣度，詞的功能也早已突破了歌筵應酬的模式，成爲表達眞切情感的有力載體，他在文人群體中的接受和應用發展方向同樣是在這一條道路上延展下去的。

　　陳維崧的早期詞作繼承的是詞體的原初特性，也是文人化進程的再開始，這和他早年優越自由的生活狀態是分不開的，「其年生長江

〔註105〕《任植齋詞序》。
〔註106〕〔清〕蔣景祁《陳檢討詞抄序》。

南無事之日，方其少時，家世鼎盛，鮮裘駑馬，出與豪貴相馳逐，狂呼將軍之筵，醉臥胡姬之肆，其意氣之盛，可謂無前，故其詩亦雄麗宕逸，可喜稱其神明。」〔註107〕在這一時期，他的心中沒有煩惱，更沒有抑鬱和憂愁，有的只是放肆的歡樂和青春的想像，他所選擇的詞自然適用於表達這種單純而直接的快樂；但是，在他中年之後，「遇四方多故，夾江南北，殘烽敗羽驚心動魄之變，日接於耳目。回視向時笙歌促席之地，或不免踐為荊棘以棲冷風，故其詩亦一變而激昂噓唏，有所愴然以思，揪然以悲，亦其遭時之變以然也。」往日那個少經世事的懵懂少年已經成長為歷盡坎坷的人生過客。應該說，從這個時候開始，人生、永恒、生命，當這些沉重而無法迴避的話題進入他的思考範圍的時候，陳維崧才真正成為一個完全意義上的文人，能夠滿足他的情感需要的不再是花間柔曼的輕風，而是層峰峭陵之下洶湧的波濤，能夠和這種波濤的力度相配合的就是南宋的豪放詞。

　　歐陽修在《梅聖俞詩集序》中第一次提出了「窮而後工」的概念，所說的是詩；陳維崧卻把這一命題引入了詞學之中，他在為王士祿所寫的《王西樵〈炊聞卮語〉》中說：「故其所遇最窮，而為詞愈工。」這一概念的提出正是詞體功能性文人化進程的一大標誌。詞的創作和文人的際遇緊密聯繫在一起，成為觀照文人心路的鏡子。以這種理論反觀以往的詞人，李煜，秦觀，柳永，晏幾道，這些在人生遭際上坎坷流離的詞人，和他們筆下曳宕生姿，血淚凝結的詞作，為我們勾勒出了文人詞演化的感性軌迹。在詞史上，秦觀、柳永，晏幾道都以情詞豔語著稱，但是從文人詞的角度來看，卻是文人窮而工詞，愈窮愈工的最好例證。

　　之所以說詞的文人化進程在南宋發展到了相當的高度，除了推尊詞體，擴展範圍，轉換情感之外，其根本原因在於詞的音樂屬性的逐漸剝離。當詞為伶人牙板而歌時，承載他的是音樂，儘管文人中不乏

〔註107〕　〔清〕姜宸英《陳其年湖海樓詩序》，見《湛園未定稿》卷二。

有像溫庭筠、柳永這樣的知音之人，但是更多的則是像蘇東坡般不識樂理的「拗嗓子」詞人。音樂就成為文人接觸詞、創作詞最大的障礙。詞的文人化進程也就是詞逐漸擺脫音樂而向案頭文學靠近的過程，在這個過程中，格律起了決定性的作用。隋唐燕樂的出現，代替了以往的清商樂成為詞發展的最重要的載體，燕樂中大量節奏樂器（琵琶，鼙鼓等）的傳入和廣泛應用也讓音樂的節奏性日益發展，逐漸產生了「拍」和「句度」，這幾乎相當於文學中的逗號和句號，使文學能夠以一定的字數和韻律逐漸融入音樂。隨著文人對於詞的接觸越來越多，不論他們是不是懂得樂理，他們都有寫詞的願望，於是，他們找到了格律。從那些合乎樂理的詞作中總結出規律來，逐漸固定成某一詞牌的格律，成為詞人的範本。格律成為某種類似於音樂的符號，能夠給這些不懂樂理的文人以幫助。音樂表現於旋律的顯性作用雖然削弱了，但繼之而起的聲韻與詞律卻從另一個方面保存和強化了音樂性特徵。於是大量的詞譜出現，通曉格律代替了通曉音律。這一個過程從晚唐的時候就已經開始，經過北宋，直到南宋，終於在詞所以構成的兩個方面「文」與「樂」中，都發生了階段性的甚至是「質」的躍進，「樂」者表現在「節奏」趨於規範，「文」者表現在典型的「慢體」的出現。可以說，相比於那些短小的，活潑的，充口而出元音天成的小令來，這些苦心構思的，精心雕琢的，每一個結構都刻意安排的藝術手法上已相當成熟的長調慢詞才是文人詞最典型的代表。

陳子龍無法注意到這一點，因為他所面對的明代中葉詞壇，是一個文人化斷裂的時代，他們的任務是要重建詞的文人化，他們選擇是文人化的初始階段。蔣平階更無法注意到這一點，因為他完全拘囿在自己固有的框框裏，沒有願望也就沒有可能突破。所以在雲間詞派的創作中，小令佔據了絕大多數，而鮮能看到長調的影子。同時，長調也作為南宋詞的同質物遭到質疑和拋棄。重建長調的任務必然留給後人。

廣陵詞人在這裏走出了第一步。鄒祗謨直言：「雲間諸子所微短

者，長篇不足耳。」王士禛也批評雲間詞派論詞「拘於方幅，泥於時代」相比之下「宋南渡後，梅溪（史祖達）、白石（姜夔）、竹屋（蔣捷）、夢窗（吳文英）諸子，極妍盡態，反有秦（秦觀）、李（李清照）未到者。雖神韻天然處或減，要自令人有觀止之歎。」鄒祗謨：「朱承爵《存餘堂詩話》云：『詩詞雖同一機杼，而詞家意象，與詩略有不同。句欲敏，字欲捷，長篇須曲折三致意，而氣自流貫，乃得。蓋詞主長調而變已極，南宋諸家凡以偏師取勝者，無不以此見長。而梅溪、白師、竹山、夢窗諸家，麗情密藻，盡態極妍，要其瑰琢處，無不有蛇灰蚓線之妙，則所云一氣貫通也。」所謂詞「至姜、史、高、吳，而融篇、鍊句、琢字之法，無一不備。」故而「小令當師北宋，長調首法南宋。」他們明確地認識到了長調的別種風情。彭孫遹：「長調之難於小調者，難於語氣貫串，不冗不復，徘徊婉轉，自然成文。」這種需要琢磨需要安排的精巧和美麗正是文人所獨擅的。

二、浙西詞派——詞學文人化進程的完成

　　浙西詞派的形成在康熙十八年（1679），與陽羨派同時而稍後，他的出現標誌著清代詞學文人化進程的初步完成。

　　這一時期，明清易代的動盪已經逐漸平靜，社會經濟也在復蘇中漸趨繁榮，相比於順治初年朝廷對於漢族士人的剿殺力度來說，這一時期逐漸出現了誘導與納用的趨勢，整個社會慢慢地表現出雍雍和雅的安寧氣象，這不僅是給經歷了戰火烽煙的士人以喘息的機會，也為詞學提供了一個梳理脈絡，豎旗立幟的建構良機。

　　浙西詞派就在這時應運而生。從整個清代的詞學來看，他是居於詞壇主流地位最長，獲得認可最多，影響最為深遠的詞學流派，從康熙、雍正、乾隆、嘉慶、道光，一直延續到常州詞派興起之後還餘波不斷。從時間上可以分為朱彝尊所代表的前期，厲鶚代表的中期和吳錫麒、郭麐代表的後期。朱彝尊（1629～1709），字錫鬯，號竹垞，又號醹舫，行十，晚號小長蘆釣魚師，又號金風亭長，浙江秀水（嘉

興）人。他是浙西詞派的創始人，也是理論的主要奠基者，可以說，朱彝尊對浙西詞派的形成，乃至對整個清詞的格局都產生了至關重要的意義，文人化進程的初步完成同樣也是由他開始的。

文人詞和伶人詞的不同主要體現在三個方面：首先是是否合樂；其次是風調體性，包括所書寫的思想內容與情感類型；第三是技法結構。浙西詞派是在接納雲間、柳州、西陵等諸家詞派的基礎上形成的，而這幾個詞派，都是詞學文人化進程中的若干力量。浙西詞派形成的時期，也是陳維崧所代表的陽羨詞派發展光大之時，對於陳維崧的理論，朱彝尊同樣有所借鑒。於是，在綜合融會了幾家詞派的理論之後，在以上三個方面都做出了一定的理論積纍，從而形成了能夠代表文人詞的雅詞理論。

首先，朱彝尊倡導南宋詞，推崇張炎、姜夔，確立了文人化審美範式——雅。這也是從雲間詞派開始各個詞派在不同程度上所共同追求的目標。

雅，即雅正，這是儒家的思想規範和審美標準。在《論語·子罕》中孔子說：「吾自衛返魯，然後樂正，《雅》、《頌》各得其所。」他對於《詩經》的整體評價「思無邪」就是最早的詩歌雅正標準。在詞學理論中，對於雅的提倡主要表現在情感的節制隱約和語言的清和文麗之上。在為曹溶所寫的《靜惕堂詞序》中朱彝尊明確表示「倚聲雖小道，當其為之，必崇爾雅，斥淫哇，極其能事，則亦是以宣昭六義，鼓吹元音。」也正是從這一點出發，朱彝尊對於明代盛行一時的《草堂詩餘》深惡痛絕，給予了猛烈的批判。

《紅鹽詞序》

緯雲之詞，原本《花間》，一洗《草堂》之習。

《孟彥林詞序》

詞雖小道，為之亦有術矣，去《花庵》《草堂》之陳言，不為所役。

《詞苑萃編》卷八引

蔗庵詞，心情淡雅，寄託遙深，能盡洗《草堂》陋習。

他所用來反駁《草堂》的詞作無不淡雅遙深，基於這樣的審美要求，他對於南宋的雅詞稱譽倍加，「曩見雞澤殷伯岩，曲周王湛求，永年申和孟，隨叔言作長短句，必曰雅詞，蓋詞以雅為尚，得是篇《草堂詩餘》可廢也。」〔註108〕「《花間》《尊前》而後，言詞者多主曾端伯索錄《樂府雅詞》，今江淮以北稱倚聲者輒曰雅詞，甚矣，詞之當合乎雅矣。自《草堂》選本行，不善學者流而俗不可醫。讀《秋屏詞》盡洗鉛華，獨有本色，居然高竹尾、范石湖遺音，此又井水飲處所必歌也。」〔註109〕「詞人之作，自《草堂詩餘》盛行，盡去《激楚》《陽阿》，而巴人之唱齊進矣。周公瑾《絕妙好詞》選本雖未全睹，然中多俊語，方諸《草堂》所錄，雅俗殊分。」〔註110〕「數南渡之才人，無非妍手；詠西湖之麗景，盡是專家。薄醉樽前，按紅牙之小拍；清歌扇底，度白雪之新聲。況乎人間玉碗，闕下銅駝，不無荊棘之悲，用誌黍離之感。文弦鼓其淒調，玉笛發其哀思，亦有登山臨水，勝情與豪素爭飛；惜別懷人，秀句共郵筒俱遠。凡斯體制，有詩纂編，於是草窗周氏彙次成書。」〔註111〕

從朱彝尊對於《絕妙好詞》的推崇中我們看到，他不僅是從欣賞的角度在詞的情感體調上感受雅，而且還在實際論詞評詞上給雅詞劃定了一個比較具體的評價標準：要高格，以騷雅清空為體；要深沉，以藉詞言志為宗；要協律，以按譜填詞為則。這就把雅詞從接受的角度中拉了出來，從創作論上進一步坐實，使「雅」之為物，不再是虛無飄渺的感受，而是可以認知、可以學習的知識，大大增加了求「雅」的可操作性，從而超越了在他之前的所有雅詞理論。

既然雅詞是可以學習的，那麼為了達到這一標準，朱彝尊特別重

〔註108〕　《樂府雅詞跋》。
〔註109〕　《秋屏詞題辭》。
〔註110〕　《書絕妙好詞後》。
〔註111〕　《絕妙好詞刻序》。

視學問。他自己在學問方面就極為精勤淵博，富於深研反思，著有《經義考》三百卷，《日下舊聞》四十二卷，《明詩綜》一百卷，《詞綜》三十卷，《瀛洲道古錄》《吉金貞石記》《粉墨春秋》等，絕不僅僅是以詞名世。在《答胡司臬書》中，朱彝尊明確地說：「六經者，文之源也，足以盡天下之情之辭之政之心。」主張一切文章都要從六經中來。在論詩理論中，他特別反對嚴羽的論調，「今之詩家，空疏淺薄，皆由嚴儀卿『詩有別材非關學』一語啓之，天下豈有捨學言詩之理？」〔註112〕強調通過知識的累積增加學養，滲透詩歌。對於詞來說，「詞者詩之餘，然其流既分，不可復合……要其術則一而已。」〔註113〕何況「詞不同乎詩而後佳，然詞不離乎詩方能雅。」〔註114〕既然詩詞的「術」是一樣的，那麼學習詩歌的辦法同樣適用於學詞，雅詞同樣是可以通過學習前人的範本而達到的。

朱彝尊所提出的前人範本就是南宋的雅詞。他在《詞綜‧發凡》中言道：「世人言詞必稱北宋，然詞至南宋始極其工，至宋季而始極其變。」把南宋詞作為評價一切詞作優劣的標準。比如他稱讚「《月團詞》綺而不傷雕俗，豔而不傷醇雅，逼近南宋風格，安得不歎其工。」〔註115〕在南宋的醇雅詞人中，他特別推崇的是姜夔。「詞莫善於姜夔。」〔註116〕「姜堯章氏最為傑出。」「填詞最雅，無過石帚。」〔註117〕

姜夔的詞風以清雅為主，既不同於花間的柔婉，也不同於清真的冶蕩。鄧廷楨說：「詞家之有姜石帚，猶書家之有逸少，詩家之有浣花。」〔註118〕之所以這樣比喻，著眼點就在姜夔詞的飄逸清潔之上。這種飄逸清潔，不沾染一絲世俗煙火，而純是一片文人冰心化成，在

〔註112〕《棟亭詩序》，見《曝書亭集》卷三九。
〔註113〕《紫雲詞序》，見《曝書亭集》卷四十。
〔註114〕〔清〕查禮《榕巢詞話》，見《花近樓叢書》本，北京圖書館藏。
〔註115〕〔清〕沈雄《古今詞話‧詞評》（下）卷，第1049頁。
〔註116〕〔清〕朱彝尊《〈黑蝶齋詩餘〉序》，見《曝書亭集》卷四十。
〔註117〕《詞綜‧發凡》。
〔註118〕〔清〕鄧廷楨《雙硯齋詞話》，見《詞話叢編》第2530頁。

這種飄逸清雅之詞的背後，所積澱的已經遠遠超過了詞這一文體，而成爲文人高潔品格的象徵。也正因此，清代人對姜夔的推崇達到了無以復加的地步，甚至有人把姜夔當作人生的楷模〔註119〕。

從崇雅這方面來說，浙西詞和雲間詞是一致的。陳子龍在論詞的時候同樣對《草堂詩餘》痛切之，提倡「託貞心於妍貌，隱摯念於佻言」。但是，仔細追究不難發現，在他們同樣追求「雅」之風格之下，取徑卻是兩途。

陳子龍的雲間詞派取法的是晚唐五代的令詞，這時的令詞雖然同隋唐燕樂中的歌辭相比，已經雅化了很多，但只是處於文人詞的初期階段。這裏的雅，是詞體類型中的「雅」，是在保持了詞的豔體本質前提下的「雅」，是在描寫風花雪月，繾綣柔情中的「雅」，是對伶人詞的有限的修正。這種修正仍然是以伶人詞合樂演唱，遣興娛賓特點爲前提的，可以說，是在力圖保持伶人詞審美特性下的修正。故而陳子龍作詞，專意小令，審美上也強調元音渾成之美。所謂「元音」，就是沒有經過文人過多改造的原生的狀態；所謂「渾成」，就是沒有經過文人過多技巧限定的純自然的樣式。而到了朱彝尊這裏，文人詞的進化過程已經大大加快了，文人已經代替了伶人成爲詞的創作主體，文人已經對詞原初的體性做了合乎自身審美要求的修正，這種修正不僅是自發的，而且是自覺的，有意識的，被提倡的。所以，朱彝尊所提倡的「雅」，是一種純粹文人文學的「雅」，是和詩、文同等並列的「雅」，他的性質已經大大不同於陳子龍所說的「雅」了。北宋詞以小令見長，南宋詞以慢詞取勝；北宋詞重自然天才，南宋詞重人思學力；北宋詞混成高遠，南宋詞文麗深美。於是，在取材上，朱彝尊摒棄北宋而轉投南宋，放棄小令而重視長調，提倡學養而不言天然。這兩種「雅」的不同，歸根結底是在文人化進程中的階段不同。

〔註119〕清中葉人趙福雲自號「小石帆生」。

　　到了後期的浙西詞派，雅正成爲一個重要的詞學原則，其後期的代表人物吳錫麒就以雅正爲論詞主旨：「大抵倚聲之道，雅正爲準。質實者，連蹇而滯音，浮華者，奇綺而喪志。」〔註120〕

　　其次，文人詞的另一大特徵是對於塡詞技巧的強化，隨之而來的是對於長調風格的自然偏愛。

　　和雲間詞人不同，浙西詞派，乃至整個清代的詞人都更偏愛長調。這是文人根據自身特點所做出的對於詞體的選擇。

　　從寫作的技巧上看，長調比小令要複雜得多。南宋時的張炎曾說：「慢曲不過百餘字，中間抑揚高下、丁、抗、掣、拽，有大頓、小頓、大住、小住、打、揗等字，眞所謂上如抗，下如墜，曲如折，止如槁木，倨中矩，句中鈎，累累乎端如貫珠之語，斯爲難矣。」〔註121〕長調慢詞的信息容量更大，表現得層次變化也更多，情感抒發上不是沖口而出，而是娓娓道來，這對作者的要求也就更高。不僅需要詞人有高遠的立意，而且需要有嫻熟圓轉的技巧，能夠描述清晰，騷雅並重，安排妥帖，這明顯正是文人的擅場。從晚唐五代到北宋，基本上以詞名者多做小令，雖然有柳永等涉足長調，但慢詞的眞正繁榮是在南宋。究其原因，就是因爲北宋的文人化進程尚不完善，文人對於詞還沒有形成專屬於自己的文體意識，仍然亦步亦趨地追隨在伶人之詞的框範之中，做有限的嘗試和改革。到了南宋，詞已經轉化爲文人的文學，能夠任憑文人馳騁才力，顯露學養，鬥智逞巧，發展爲更加成熟完善的文學樣式，而不是音樂樣式，這時，小令的寫作已經不能滿足文人對自我技巧的發展要求了，長調成爲自然的選擇。

　　葉嘉瑩先生在 1988 年《對傳統詞學與王國維詞論在西方理論之光照中的反思》中曾提出「歌辭之詞」「詩化之詞」「賦化之詞」的說法，其中「賦化之詞」指的就是慢詞長調，之所以不用長調這個詞，

〔註120〕《戴竹友銀藤花館詞序》。
〔註121〕《詞源》（下），見《詞話叢編》第 256 頁。

而用了「賦化之詞」，用意就在於強調長調的寫作技巧在於鋪陳和用意。從小令到長調，是詞轉移到文人手中的必然趨勢，長調慢詞之散文化句式鋪陳之抒寫，也是文人的優勢所在。自然這種變化並不是完美無缺的，長調因為篇幅和結構的原因，很難做到如令詞般天然活潑，由於過分注重思考與安排，也容易失去詞所特有的深隱曲折、直接感發的美感，甚至流於平直淺率，如同說教之雜文，而沒有詩歌比興之趣。比如蘇東坡的《沁園春・孤館燈青》《滿庭芳・蝸角虛名》等，就是文人氣太重的作品，除了句逗之外，幾乎看不出詞的特點來。難怪時人對他的「以詩為詞」有批評之意。但是，好的文人長調也不在少數，比如周邦彥就採取了以勾勒安排之思致取勝的寫詞方式，在鋪陳的敘寫之中，以用意來尋求一種避免平直的曲折深蘊之美，讓人讀來層層感發，迴環往復，韻味無窮。

　　朱彝尊在談到南北宋詞的時候，就對南宋的慢詞稱讚不已，「竊謂南唐步北宋惟小令為工，若慢詞至南宋始極其變。」〔註 122〕在朱彝尊看來，南宋就意味著長調，談長調就意味著南宋。他這一理論得到了曹溶、曹貞吉、李良年等浙籍詞人的大力響應，特別是《浙西六家詞》的刊行，更是為南宋慢詞起到了巨大的宣傳作用。陳對鷗說：「自《浙西六家詞》處，瓣香南宋，另開生面，於是四方承學之士，從風附響，知所指歸。」〔註 123〕南宋詞成為新的評價標準〔註 124〕。

〔註 122〕　《書東田詞卷後》，見《曝書亭集》卷五三。

〔註 123〕　〔清〕馮金伯《詞苑萃編》卷八，見《詞話叢編》第 1951 頁。

〔註 124〕　朱彝尊評李良年：「於詞不喜北宋，愛姜堯章、吳君特諸家。」（《徵古李君行狀》）。

　　　　　刁去瑕評江昱詞：「江賓谷雅好南宋人詞，尤愛其中一二家最平淡者。平日論詞，及所自為，並能追其所見。」

　　　　　宋犖評杜詔詞：「紫綸詞，脫去凡豔，品格在草窗、玉田之間。」

　　　　　姚潛夫評楊大鯤詞：「秋屏詞情怐雅，既不流於柔靡，復不蹈於豪放，淡妝濃抹，俱所不事，值得白石、玉田神髓。」

　　　　　厲鶚評張漁川詞：「刪削靡曼，歸於騷雅。其研詞煉意，以樂笑翁為法。讀響山一編，覺白雲未遠也。」吳振評趙文哲詞：「瓣香於碧山、蛻岩，故輕圓俊美，調協律諧。以近詞家論之，尤堪接武竹坨，分

這一影響一直延續到整個清代，成爲詞壇的共識。在雲間詞派的理論中，對於南宋是一概否定，這在明末清初造成了相當大的影響。謝章鋌說：「昔陳大樽以溫、李爲宗，自吳梅村以逮王阮亭，翕然從之，當其時無人不晚唐。」〔註125〕儘管在西陵廣陵陽羨詞人中都有不同程度地推崇南宋慢詞的聲音出現，但是直到朱彝尊大聲疾呼「慢詞師南宋。」才出現了眞正對於雲間詞派的衝擊和突破，也正是在浙西詞派的衝擊和突破之下，雲間詞派的餘波漸漸消亡。

第三、浙西文人詞最終確立還表現在對於音律的重視。

詞原本是合樂的文學樣式，它的原初的體性、風調、抒寫內容、情感類型，無不由音樂而來。可以說，音樂性是詞的本質屬性。然而，當文人進入詞的創作領域時，面對這一個詞的本質問題時，卻顯得有些尷尬。一方面，從正本清源的角度來說，所有的詞人都對於詞樂非常重視，張炎在《詞源》開篇即說：「雅詞協音，雖一字亦不放過。」「詞之作必合律。」但是，另一個不能忽視的問題卻是，雖然在文人中也有如同柳永、周邦彦、姜夔這樣的解音之人，但大多數的文人都無法做到通曉樂律，更何況，到了明末，詞樂已經幾近失傳，這就更增加了文人學習音律的難度。如何在文字和音律之間找到平衡點，使文人的詞作名正言順，既符合文人的身份學識，也能夠滿足音律上的要求，成爲詞的文人化進程所必須面對的問題。正是在這樣的背景下，詞譜產生了。把前人合樂的詞作用四聲韻腳加以分解，按詞牌歸類整理，梳理出一套可供文人學習、掌握的音律規範來，不能不說是一個高明的辦法。於是種種詞譜在南宋大量產生，到了清代，還產生了欽定詞譜。康熙皇帝爲之作序：「夫詞寄於調，字之多寡有定數，句之長短有定式，韻之平仄有定聲，秒忽無差，始能諧合……此圖譜之所以不可略也。」〔註126〕詞譜之所以這樣重要，是因爲它能夠解

鑱樊謝。」〔清〕杜文瀾《憩園詞話》，見《詞話叢編》第 2845 頁。
〔註125〕《賭棋山莊詞話續編》卷三，見《詞話叢編》第 3350 頁。
〔註126〕《欽定詞譜序》。

決詞的本源問題，能夠爲文人寫詞提供一條合法合理的路徑，讓文人有律可法，有據可尋。

朱彝尊就非常重視聲律，他在《錦瑟詞題辭》中說：「詞貴當行，方迴腸斷句，原不在字句纖豔，此集何減大晟樂正，急需合檀板銀箏歌之。」他之所以推崇姜夔，很大程度也是因爲姜夔能夠自度曲，解音識律，故而朱彝尊稱讚他「審音猶精。」〔註127〕在他之後的厲鶚，同樣把音律規範作爲浙西詞派的家法，他在《論詞絕句》中說：「去上雙聲子細論，荊溪萬樹得專門。欲呼南渡諸公起，韻本重雕籙斐軒。」所依據的就是萬樹的《詞律》，沈義父的《樂府指迷》兩書。在浙西詞派的後期，音律論發展到了極致，戈載在《詞林正韻・發凡》中把「律」和「韻」並舉爲塡詞的兩大要務，還刊刻了《詞林正韻》一書，分爲十九韻部，選錄兩宋詞人工於聲律者七家，編爲《宋七家詞選》，在選本上他反覆強調「律韻不合者雖美弗收」，目的也是爲了能夠導人習律，示人規範。

在雲間詞派的詞學理論中，並沒有太多關於詞律的討論，一方面由於明代曲體興起，以曲寫詞成爲流行的做法，但這種做法在做到了合樂的同時也破壞了詞的固有體性，使詞的風調越發世俗綺靡，這正是陳子龍所力圖糾正的明詞之弊，故而略去詞的音律特徵，而把重點放在立意高遠，寄託深邃之上；另一方面則是因爲當時作詞的大環境講求合樂，所以對當時的文人來說，「詞必合樂」無庸置疑。而到了浙西詞派，隨著文人化進程的發展，文人對詞的創作越來越頻繁，越來越嫻熟，但原初的詞樂也越來越稀薄，於是，對於音律的重視也越來越強化。任何一種事物，總是在缺少的時候才會尤其珍惜。對於音律的重視所反映出的恰恰是文人這一條音律的「軟肋」。然而可惜的是，他們的創作實踐卻並不盡如人意。如果說陽羨詞派的講究詞律尚不忘記詞之眞意，還注意到詞牌的選擇和詞作內容風格的統一的話，

〔註127〕《群雅集序》，見《曝書亭集》卷四十，上海圖書館藏四部叢刊初編本。

浙西詞則更像是爲了詞律而詞律，比如朱彝尊在《詞綜》卷六評蘇軾《念奴嬌‧赤壁懷古》中就有一段議論：「按他本『浪聲沉』作『浪淘盡』，與調未協。『孫吳』作『周郎』，犯下『公瑾』字，『崩雲』作『穿空』，『掠岸』作『拍岸』。又『多情應是，笑我生華髮』，作『多情應笑我，早生華髮』，益非……至於『小喬初嫁』宜句絕，『了』字屬下句，乃合。」文字的標準和音律的標準在這一刻被無情地分割了，儘管浙西詞人們是如此重視詞律，在保存音律上也做了如此多的努力，但是，文人和音樂之隔膜卻依然固舊，或許，正如同一切的進步都有所失去一樣，詞的文人化進程也必然伴隨著其音樂特性的僵化和衰亡。

附錄一　陳子龍交遊考 [註1]

交遊之師長先賢

陳繼儒（1558～1679）

　　字仲醇，號眉公、眉道人，又號麋公、空青公、白石山樵、無名釣徒，松江府華亭人。生於明嘉靖三十七年（1558），卒於明崇禎十二年（1639），享年八十有二。先後歷嘉靖、隆慶、萬曆、泰昌、天啓、崇禎六朝，處於明代中晚之間。據《明史》記載，陳繼儒少爲高才生，與同里董其昌齊名。受到徐階、王世貞、王錫爵器重。然兩赴鄉試，不中。年甫二十九歲即焚儒衣冠以隱。築室東佘山，杜門著述。在晚明時期，其名頭之大，可說是傾動全國。「眉公之名，傾動寰宇。遠而夷酋土司，咸丐其詞章，近而酒樓茶館，悉懸其畫像……直指使者行部，薦舉無虛牘，天子亦聞其名，屢奉詔徵用。」〔註2〕「守令之臧否由夫片言，詩文之佳惡冀其一顧，市骨董者如赴畢良史榷場，品書畫者必求張懷估價，肘有兔園之冊，門闐鷺羽之車，……吳綾越布皆被其名，竈妾餅師爭呼其字」〔註3〕前後論薦者不下十餘人，而陳繼儒堅臥不起，八十二歲以布衣終。

〔註 1〕交遊人物按姓名首字拼音排列。
〔註 2〕〔清〕錢謙益《列朝詩集小傳》。
〔註 3〕《明詩綜》卷七一引朱彝尊《靜志居詩話》評陳繼儒。

　　陳子龍和陳繼儒是同鄉，又是同姓，論年歲，眉公比陳子龍年長
整整五十歲，因此從年輩上來說，幾乎是祖父輩的人物了，但他們的
相交，卻如同知己朋友。以十八歲的少年結交六十八歲的前輩，的確
是一椿美談，可以說是眞正的往年交。

　　陳子龍自傳年譜「天啓六年丙寅」條中記載：「是歲，始交陳眉
公、董玄宰兩先生。」董玄宰即董其昌，也是松江人，他和陳繼儒年
輩相仿，私交甚好，可說是松江的前輩名流。這一年陳子龍剛滿十八
歲，剛在郡縣的考試中嶄露頭角，補博士弟子，雖然年輕，但已經聲
名鵲起，尤其是他的文學創作「頗尚瑋麗橫決，而彝仲稱譽揚厲之過
其實，名益顯。」〔註4〕由此引起了陳、董兩位先賢的注意，以此「交
遊日進。」但就像一切意氣風發的年輕人對待過往的經驗所不能避免
的輕視和不耐煩一樣，在開始的時候，臥子和陳繼儒的關係並不見得
十分融洽，宋徵壁在《抱眞堂詩稿》中這樣記載：「陳李初起，意甚
輕陳徵君，兩家之客競相譏詆，以資談端。予心無適莫，素與二子晨
夕爾追隨，徵君几杖亦風雨無間，及而徵君歿，陳李爲文以弔之，且
有猶龍之歎，可謂不遠之復哉。乃知溢美溢惡久而論定者也。」作爲
陳子龍的同輩好友，宋徵壁沒有必要捏造這條材料，但從今天所存的
陳子龍、陳繼儒所留下的文字記載來看，他們之間的齟齬應該更多是
兩家門客之間的論爭，而論爭的焦點應該著重在他們二者不同的文學
主張上。

　　陳子龍是講求復古的，但陳繼儒則「本之以情性。」從他們兩人
留下的詩文來看，陳子龍風調古雅，濃墨重彩，而陳繼儒不論是詩，
還是詞，多以淡然出之。特別是他描寫隱士生活的作品，比如他的《霜
天曉角・山中次玄宰先生韻》：「背山臨水，門在松陰裏，草屋數間而
已。土泥牆，窗糊紙，方床曲几，四面攤書處，若問主人誰，姓灌園
著陳仲子。不衫不履短髮垂雙耳，鄰叟汝來爾汝，九寸鱸，一尺鯉，

〔註4〕　《陳子龍自編年譜》「天啓六年丙寅」條，見《陳子龍詩集》附錄二，
　　　　638頁。

菱香酒美，醉到芙蓉底，旁有兒童大笑，喚先生，看月起。」素雅，輕靈，兼有口語入詞，和陳子龍所推崇的南唐五代高華之風就相去甚遠，反而和明末的公安、竟陵有所接近。但陳繼儒同時也說「擬議之以古人。久之自成爲凝父一家言。」他的文學觀點是比較寬容圓通的，相比之下，陳子龍則因爲「執論甚嚴」，有「律人約法申商峭」之議〔註5〕。但是，當少年逐漸成熟，對待過往的經驗和有著過往經驗的前輩，自然會轉變態度，由輕視轉變爲信服。很快，飽經世事的陳繼儒就成爲了陳子龍人生的導師和諍友。

　　崇禎四年，陳子龍在鄉試中失利，之所以失利，並不是因爲文章寫得不好，相反，他的試卷很受文鐵庵、倪鴻賓兩位先生的賞識，但是因爲塗抹過多，周延儒擔心會遭人口實，因此落第了。這樣的失敗對於二十四歲、年輕氣盛的陳子龍不能不說是個打擊，「四月抵里門，即從事古文詞，閒以詩酒自娛。問業者日進，戶外履滿。是時意氣甚盛，作書數萬言，極論時政，擬上之。陳徵君怪其切直，深以居下至義相戒而止。」〔註6〕少年人的意氣和陳繼儒老成的世故都表現得非常清楚，不在其位，不謀其政，正是陳繼儒遠禍全身的法寶，年輕的陳子龍這時或許還無法眞正從內心贊同這一做法，但是他還是接受了前輩的勸告。

　　陳繼儒在晚明名頭之大來自於他的山人身份，山人也就是隱士，顧憲成請他去東林講學，他就裝病；朝廷多次徵召他爲官，他也不來，但又與那些離群索居不問世事的隱士不同，他積極地結交朋友，朝中大員，閣臣首輔，都和他有來往；雖然人不在官場，但對官場卻洞悉甚微。當時即有人對他這種似隱非隱的態度表示了不滿，說他是拿自己山人的身份妝點山林搭架子，但是如果聯繫晚明社會那種大廈將傾，傾軋不斷，全無道理可言的政治經濟狀況，我們就可以理解陳繼

〔註5〕〔明〕朱隗《咫聞齋稿》卷下，上海圖書館藏善本。
〔註6〕《陳子龍自編年譜》「崇禎四年辛未」條，見《陳子龍詩集》附錄二，646頁。

儒這種關心世事，卻又不入世的態度了。他曾說過「不求得福，亦宜遠禍。」〔註7〕可說是他一生的處世格言，他規勸陳子龍不要冒昧建言，越職而爲，正是從他的人生信條出發，而他能夠對陳子龍提出這樣的勸諫，也說明他把陳子龍眞正當作自己的朋友，陳子龍能夠接受他的勸諫，也說明陳子龍對他的尊敬和信服。

陳子龍的一生都在積極入世，不論順境逆境，爲國效命的信念始終沒有消解過，他和陳繼儒所選擇的是截然不同的人生道路，兩人之所以能夠道不同，卻相與謀，就是因爲對於彼此的信念他們都知之甚深，並且相互理解。崇禎十年，陳子龍得中進士之後，就寫信給陳繼儒求教處世之道。後來，一系列的政治鬥爭相繼發生，讓身處其中的陳子龍措手不及，他想上書言事，但人微言輕，皇上根本不予採納，反而招來他人的側目，以至於有「黨魁」之名，「一二有職告弟，以子上書而不指政地，不破黨論，則爲厄言；若言之，是挑邪說。而以子爲東南遊說也。」這些都讓初入仕途的陳子龍感到巨大的失望，「終至隱忍」。之所以採取了韜光養晦，全身避禍的態度，不能說沒有陳繼儒的影響在其中。他去佘山看望陳繼儒，顯然是要從眉公那裏獲得一些啓迪和安慰。在《佘山訪陳眉公先生》詩中，臥子寫道：「主人秀南紀，忘機駐紅顏。……眷言蒸黎事，天步何險艱。」這時的陳子龍甚至有了出世的念頭，「茲者幸採九品之評，將爲百石之吏，正宜策其駑下，以遂綆來，而私心遑惑，竊有所請。夫抱獨往之志者，在於守道，弘命世之規者，在於濟物，二者小大，必有攸分。故嚴正自持，每易亢折，宏通廣運，必藉委蛇，然亢折者一往而共量，其心委蛇者，多方而始全其妙。故眞躬而逢難，徒有令名，曲濟而無成，更貽世笑。綆是觀之，自非知己達權之士，不敢解繩墨而擅神化也。子龍奉教大賢，自持約束，而未嘗學問，神宇躁淺，既挾嵇生疏誕之性，而又懷元禮是非之心，踞世

〔註7〕〔明〕陳夢蓮《眉公府君年譜》《陳眉公先生全集》卷首，上海圖書館藏崇禎刻本。

末流，必嬰多咎，意欲思周任之戒，守老氏之言，退棲衡門。永焉問嫁。」〔註8〕但是，陳繼儒卻把他稱作是「騏驥」，是能夠日行千里的良駒，在陳子龍最失意沮喪的時候，身爲隱士的陳繼儒卻鼓勵他出世，這是因爲他深深地瞭解陳子龍，理解陳子龍，才能夠摒棄自己的價值判斷，眞正從陳子龍的立場出發爲他打算。「世有好奇尙誕之士，必取夫晦形銷聲者以爲高隱，且曰是乃憤世俗而求去之二者，豈爲通論乎，語言文章既無所見於世，而姓氏滅昧不可問，則其所謂道德者我烏呼知之，若以悲世混濁而嘎嘎焉逃乎，禮俗之外則是將率天下而畔先王之教也，且何以處夫，當盛世而隱者也。」陳子龍對於那些以隱沽名者給予了無情地批判，但是對於陳繼儒的避世山林，盛世而隱的初衷，卻道他人之不能道者：「夫君子御世之方不同，而濟世之心則一。」〔註9〕陳繼儒的避世並不是厭世，而恰恰是因爲太過關心世事，而能夠看破名利，從他積極參與地方的公益事業，賑濟災民，編撰《松江府志》這種種行爲來看，他同樣有一份濟世之心，陳子龍可謂知之矣。

「徵君池館一追攀，花滿中庭尙閉關。綺季衣冠成故國，龐公衡宇在人間。白楊漫指東西路，叢桂空留大小山。此日重翻耆舊傳，不勝清淚損紅顏。」〔註10〕在陳繼儒去世之後，陳子龍寫過不少憑弔他的詩，表示對這位鄉賢前輩的敬仰和懷念。

黃道周（1585～1646）

「豈有不平事，但存未壞身。只言天下合，孤影鬼神親。世道餘青史，春風足故人。無多談往迹，愚叟舊西鄰。」〔註11〕這是在魏忠賢閹黨橫行之時，黃道周所寫的一首詩。觀其詩，想其人，頗與黃道

〔註 8〕陳子龍《與陳眉公徵君》《安雅堂稿》卷十三，見《陳子龍文集》（下），第 403 頁。

〔註 9〕《壽陳眉公先生八表序》，《安雅堂稿》卷四，見《陳子龍文集》（下），第 118 頁。

〔註10〕《經陳徵士故廬兼問墓道》，見《陳子龍詩集》卷十六，第 530 頁。

〔註11〕〔清〕計六奇《明季北略》第 312 頁，中華書局，1984 年。

周一生行藏相合。

古代的進士對他們的座師往往有超乎尋常的感情。崇禎十年，陳子龍中進士，他的座師是黃道周。據清人吳素公記載：「陳臥子子龍舉進士，客來賀，則曰：『一第不足喜，所喜者出黃石齋先生門下。』」〔註12〕從陳子龍當時的心態來說，固然有作爲一個學生的謙虛在內，但也眞實地寫出了他對黃道周的敬仰之情，從他和黃道周確定師生關係的初始，就可以預見到這位座師會對他的一生產生巨大的影響。

據《明史‧列傳一四三》：黃道周，字幼平，或作幼玄，一字螭若，號石齋，福建漳浦人。他的曾祖宗德公、祖父世戀公都以方正聞名，在黃道周少年時，就「極厭薄卑瑣。」〔註13〕雖然還只是一個布衣學子，卻已受到同鄉士大夫的敬重。天啓二年中進士，改庶吉士，授編修，爲經筵展書官。他「學貫古今，所至學者雲集。銅山在孤島中，有石室，道周自幼坐臥其中，故學者稱之爲石齋先生。」他不僅學問淵博，而且精於天文歷數，爲人重氣節，操守，「以文章風節高天下，嚴冷方剛，不諧流俗。」在當時很有名望，和劉宗周並稱爲二周。所以在崇禎十年之前，臥子對他就早已聞名久矣。黃道周曾經因爲「上書刺大學士周延儒，溫體仁，帝不懌，斥爲民。」陳子龍爲此曾作《惜捐》詩，並且詩題下注明「嗟賢人去國也。」〔註14〕宋徵璧《抱眞堂詩稿惜捐詩注》中有記載：「時漳浦黃石齋先生以諫言去國，故有惜捐之賦。」毋庸置疑，臥子之惜捐詩也是爲了黃道周而作。崇禎五年，臥子所寫的《晚秋雜興‧八首》中有「獨愧文章違授簡，誰憐刀筆坐談輕」〔註15〕之句，所指的就是崇禎五年八月，周延儒促帝赦免起復黃道周事。

在黃道周的一生中，曾因爲正直不阿，屢次被貶，在他剛剛擔任

〔註12〕〔清〕吳素公《明語林》卷十，上海圖書館藏四庫存目叢書，子部第245冊。
〔註13〕〔清〕計六奇《明季南略》卷八《黃道周志傳》第314頁。
〔註14〕《陳子龍詩集》卷四，第91頁。
〔註15〕《陳子龍詩集》卷十五，第515頁。

經筵展書官的時候，就表現出非同一般的氣格，「故事展書官跪膝行數步，公謂膝行非禮也，平步進，傍侍駭然。」魏忠賢在旁邊看到黃道周如此大膽的舉動，「連目攝之。」而黃道周「不爲動。」〔註16〕從這樣小小的一個細節上就可以看出黃道周是那種不會因爲生死禍福而輕易改變自己操守的人了，也正是因爲這件事，他得罪了魏忠賢，「未幾，內艱歸。」崇禎二年，起故官，進右中允。但很快又因爲三疏救故相錢龍錫，遭到降調。崇禎五年九月，恢復故官。但是他犯顏抗爭的本色卻絲毫未減，當時正是烏程相溫體仁當政，「招姦人構東林、復社之獄」，黃道周毅然上書「上急催科則下急賄賂；上樂鈎核，則下樂巇險；上喜告訐，則下喜誣陷。此時南北交訌，奈何與市井細民申勃谿之談，修睚眥之隙乎。」遭到溫體仁的忌恨。

　　崇禎八年，發生了名動一時的鄭鄤杖母事件。鄭鄤，字謙之，號峚陽，常州武進縣人，據說他們家篤信觇仙，一次在家中請觇，聽信觇仙的判詞，杖母蒸妾。據鄭鄤《天山自訂年譜》、湯修業《鄭鄤事迹》中的《鄭峚陽冤獄辨》來看，所謂的「杖母蒸妾」云云實是誣陷不實之言，重要的是鄭鄤在政治上傾向東林，和黃道周、文震孟等人都稱友善，於是溫體仁就抓住這個機會，彈劾鄭鄤不孝，其目的在於打擊東林黨人。一時間鬧得沸沸揚揚，甚至由杖母發展爲鄭鄤奸媳、奸妹等種種無稽罪狀，然而以孝悌治天下的思宗，卻在溫體仁的挑撥之下，下旨將鄭鄤臠割而死，成爲明末的大冤獄。雖然鄭鄤的人品確實不好，在當時也有共議，但這次卻明顯是溫體仁借刀殺人，以儆效尤，而思宗的裁決也明顯是缺乏證據支持的，因此，黃道周就上疏爲鄭鄤辯護，向思宗自陳「七不如」時，就說到「文章氣節不如鄭鄤。」令思宗大爲不滿，指責他「顛倒是非甚至蔑倫杖母，名教罪人，猶曰不足，是何肺腸！」這時，陳子龍曾寫信給黃道周，相比於道周，他更能清楚看到鄭鄤的人品惡劣，因此勸告老師「宜棄一人，以全善人之朋。」

〔註16〕〔清〕計六奇《明季南略》第 314 頁，中華書局，1984 年。

而石齋先生就說他是「有規簡之叔夜，無鋒棱之文舉。」﹝註17﹞彼此之間的相互勸誡提醒，既是陳子龍對於老師的關懷，也表現出黃道周和他相對肝膽的信任，才能讓兩人對於對方直言其短，而不需要有所顧忌。

　　陳子龍曾有多首寫給黃道周的詩作，每一首都寫在特定的歷史情況之下。《寄獻石齋先生‧五首》﹝註18﹞就是用詩歌的形式記錄了黃道周的人生經歷，第一首戊寅冬即崇禎十一年冬天，「時侍師於禹航」當時黃道周因為彈劾楊嗣昌、陳新甲而被貶江西，「嗇夫利口得官爵，長孺直道將安歸？……談笑無令管樂知，文章不落庖媧後。遙聞敵渡桑乾河，衡山岱嶽煙塵多。不覺慷慨悲滂沱，安得猛士揮雕戈。」﹝註19﹞他來到餘杭的大滌山，著書講學，這年的冬天，陳子龍去看望恩師，寫下了《石齋先生築講壇於大滌山即玄蓋洞天也予從先生留連累日‧八首》：「九折泉聲亂，千峰雲氣開。」「龍臥非閒日，鴻飛亦有年。」﹝註20﹞對老師的境遇表示寬慰，鼓勵老師不要氣餒，等待有朝一日東山再起，為國效力。黃道周也有《與魯瞻臥子同過靈隱》二首作答，詩中說：「連床何日契，扶杖此同遊。古道看諸子，貞心結素秋。」如果說王元圓對臥子的影響主要是在文學主張上，黃道周則是和臥子共同懷有著「尚有蒼生慮，高談夜未還」的用世之志。在這一年，他在給黃道周寫的信中就表達了對於局勢的無比憂慮：「薦紳泄泄，無不如常，未見有奮然當國憂者。」但是，他還是相信事在人為，只要「今之君子能入召畢宏散之徒，為天子開封疆而寧海宇，則人主未有好亂而惡治者。」他對於老師是充滿了信心和期望的，「才與德皆足以辦大事，天下仰之以為召公其人者，惟吾師而已。」﹝註21﹞因此他積極地

﹝註17﹞ 《與戴石房》，《安雅堂稿》卷十四，見《陳子龍文集》（下），第431頁。
﹝註18﹞ 《陳子龍詩集》卷十，第288頁。
﹝註19﹞ 《陳子龍自編年譜》「崇禎十一年戊寅」條，見《陳子龍詩集》附錄二，第660頁。
﹝註20﹞ 《陳子龍詩集》卷十二，第360頁。
﹝註21﹞ 《上石齋座師‧戊寅》，《安雅堂稿》卷十四，見《陳子龍文集》（下），

鼓勵黃道周不要因為一時的失意而消磨了報國的大志，可見在用世經國的人生觀上，陳黃兩人名為師生，實為知己。

　　第二首寫庚辰秋，即崇禎十三年秋天，當時「江西巡撫解學龍薦所部官，推獎道周備至。故事，但下所司，帝亦不覆閱。而大學士魏照乘惡道周甚，則擬旨責學龍濫薦。」思宗皇帝對於古板迂執的黃道周已無好感，「遂發怒，立削二人籍，逮下刑部獄，責以黨邪亂政，並杖八十，究黨羽。」當時，正好是子龍回鄉守繼母唐宜人喪滿，於三月上京領職，到了任丘的時候。他聽說此事，感覺正人受到打擊，政局越發混亂，對於自己這一次的復出也有些後悔。到了京城之後，「遍走當局稱同志者，求明石齋師。」但是寥無所應，他又結納新近的進士，希望可以通過他們向思宗請命，也沒有結果。六月就選人，得紹興司李一職，七月南還在邵伯驛遇到了被逮北上的黃道周，陳子龍「不勝唏噓」，可是「緹帥促行頗迫，須臾別去。」一時感慨萬千，故有所作，「羅罴如雲不見天，秦人高歌楚人舞。……可憐舉世學浮沉，燭龍回照杳難尋。蒼茫不解時人意，慰藉還憑明主心。我有短箚置懷袖，安能一矢千黃金。平生風義慚師友，陳蔡相從但鼓琴。」緊接著他就得到了黃道周被廷杖的消息，「予以師素贏，且不免矣，與倪鴻賓先生悲泣竟日。」他既為老師的遭遇悲憤不已，又無法解救老師於危厄之中，只能寄情於詩《雜感》：「鍛翮仍為瑞，批鱗亦已遙。……清議存遊士，昌言憶聖朝。平生師友誼，俯仰愧漁樵。」〔註22〕

　　黃道周受廷杖之後，身體受到極大的損害，但是在獄中卻依舊堅持治學，手寫《孝經》百餘本，不以自身為意。第三首，「師自詔獄得論戍」寫於崇禎十四年辛巳的詩所記載的就是黃道周在獄中所受的酷刑和堅持不懈的精神。「門生往往自引匿，故吏不復來通名。……帶血晨興寫孝經，和枷夜臥編周易。」對於黃道周的遭遇，正直的士

第 435 頁。
〔註22〕《陳子龍詩集》卷十二，第 377 頁。

人們都給予無限的同情。後來，在任職南明之後，陳子龍曾特意上《請廣忠益疏》向當初對恩師施以援手的士子們表示感謝：「當黃道周觸忌權倖，構陷至深，先帝震怒，禍將不測。群工百官，相戒結舌。獨涂仲吉以孤童擔囊走萬里外，上書北闕，予杖下獄。獄吏希迎，拷掠荼酷，至死不屈，以明道周之冤。」

第四首寫戌酉陽事，當在辛巳年論戌之後。「屈平問天天不語，楚壁淋漓石文紫。……我欲束書上重華，玉女在旁不敢告。宮中何人奏簫韶，爲君起舞南薰曲。」陳子龍把黃道周比作是屈原，同樣是因爲姦人讒言，以至正人去國。在黃道周被貶廣西的日子裏，陳子龍保持著和老師的通信，一方面是寬慰老師，更重要的是隨時向老師報告政局的變化，而這個才是身在邊疆心在廟堂的黃道周最爲掛心的事情，陳子龍可謂深知其心。

第五首寫壬午秋，即崇禎十五年秋，「天子召師還舊職。」「南箕墮地人不識，天子夢中見顏色。……致君堯舜會有期，許身稷契非無術。……詔書飛渡巴陵湖，遷客旋歸少陽院。……自是漢皇思故劍，此身今已屬蒼生。」「漁綸時傳宣召急，侍臣通藉在承明。」〔註23〕崇禎十五年，周延儒在復社的幫助下再上朝堂，出任內閣首輔，大力革除了溫體仁遺留的弊政，一度出現了中興的氣象，「於宗室保舉，破格拔異才；修煉儲備，嚴核討實，凡捍禦，凡民生，凡用人理財，無不極其討究……天下仰望風采。」〔註24〕以救時之相風範重登政壇的周延儒給思宗皇帝提出建議：老成明德之臣不可輕棄。於是先前被罷廢的劉宗周、倪元璐、范景文、張國維、李邦華、徐石麟等一一起復，黃道周也得以在八月間赦罪復職。陳子龍的這首詩就是爲老師的復職而感到歡欣鼓舞，他衷心地爲老師感到欣慰，也爲天下的蒼生感到慶幸。然而，此時的黃道周已經身染重疾，在得到赦令北上返京的途中，他寫了題爲「天恩至重」的奏疏，但也表明了自己心有餘而力

〔註23〕《明通鑒輯覽》見上海圖書館藏四庫全書本。
〔註24〕〔清〕計六奇《明季北略》第343頁，中華書局，1984年。

不足的喟歎，到京之後，得到思宗皇帝的許可，回鄉養病了〔註25〕。

在鼎革之後，福王建立了南明，想利用黃道周的人望爲自己增勢，這時的黃道周早已回鄉養病，但最終還是出仕了，陳進取九策，拜禮部尚書，協理詹事府事。不久陳子龍也以原官來朝，兩人再次供職一朝，然而朝政日非，大臣相繼去國，陳子龍八月初一上《論召對內降疏》中就有「臣恐君子有攜手同歸之志，黃道周之流皆躑躅而不前矣。」〔註26〕之句，不久，南都亡，黃道周奉見唐王於衢州，奉表勸進，王以道周爲武英殿大學士，他立即寫信給陳子龍，請他來福建共「扶大業，」要陳子龍利用畢生之才「練海上之師。」可惜，由於海上信息不確，最終陳子龍未能成行，黃道周也因爲學富行高受到鄭芝龍的排擠。「國勢衰，政歸鄭氏，大帥恃恩觀望，不肯一出關募兵。道周請自往江西圖恢復。以七月啓行，所至遠近響應，得義旅九千餘人，由廣信出衢州。」隆武二年，（順治三年），十二月他帶領著這幾千的義旅在婺源遇大清兵。戰敗被俘，押到了南京。在獄中，他依然堅持著書不斷，「臨刑，過東華門，坐不起，曰：『此與高皇帝陵寢近，可死矣。』」在他就義之後，人們從他的衣服中找到了他的絕命辭，上寫「綱常千古，節義千秋，天地知我，家人無憂。」

對於老師的死難，陳子龍在《歲晏效子美同穀七歌》第五首中給予了深切的悼念，「黑雲隤頹南箕滅，鍾陵碧染銅山血。殉國何妨死都市，烏鳶螻蟻何分別？夏門秉鑕是何人？安敢伸眉論名節。嗚呼五歌兮愁夜猿，九巫何處招君魂！」就在黃道周死難後幾個月，陳子龍也投水殉國，他曾說「希異日得從吾師鞭彌之末，少垂竹帛之名。然後躬耕衡門，希風前哲，是則鄙人之志也。」〔註27〕最後，正如他所說的那樣，追隨石齋而去，以行動實踐了自己的志向，用生命履行了自己的信仰，也爲他們的師生之誼畫上了最完滿的句號。

〔註25〕孫承宗《春明夢餘錄》卷三三《詹事府・少詹黃道周天恩至重疏》。

〔註26〕《陳忠裕公兵垣奏議》，見《陳子龍文集》（下），第 95 頁。

〔註27〕《上石齋座師・戊寅》，《安雅堂稿》卷十四，見《陳子龍文集》（下），第 435 頁。

倪鴻寶（1593～1644）

「神才高峻，體道英朗。……風標挺潔，抗情玄邁……忠貞體國，直道輔世。」能得陳子龍如此稱譽的人有二，一者是他畢生事之的座師黃道周，一者就是與國同殉的倪文正公元璐，陳子龍把他二人稱爲「岱巍高華，並秀霄塗。百代而後，仰止風流。」〔註28〕

倪元璐，字玉汝，號鴻寶，上虞人。出生於官宦之門，父親倪凍，曾歷任撫州、淮安、荊州、瓊州四府知府，爲官公正，能力秀挺，頗有清譽。倪元璐少年時即表現出過人的才華，七歲時隨伯父乘舟賞月時，伯父讓他做《看舟月》，他立刻口占五絕：「憑欄看舟月，看月何須仰？水底有青天，舟行月之上。」〔註29〕天啓二年，倪元璐中進士，被選爲庶吉士，授翰林院編修。從天啓年間的閹黨專政到崇禎年間的溫體仁亂國，在烏煙瘴氣的明季官場之中，他始終爲歷史樹立了一個剛正不阿的清流形象。

崇禎皇帝登基後的第一件事就是剷除了魏忠賢的閹黨，於是昔日受到魏忠賢及其閹黨迫害的東林人士紛紛要求平冤昭雪。如果不重新審理這些舊案，就不能分辨是非，就無法平民憤，順民意，那麼所謂的崇禎新政，也就成了一句空話。然而閹黨雖然受到清算，但是其勢力猶存，人們雖有心反正，卻多無敢言者。時任翰林院編修的倪元璐卻在崇禎元年的正月先後連上兩疏，議論撥亂反正的事，他首先反駁魏忠賢把東林誣衊爲「邪黨」一事，他說東林是天下人才的淵藪，他所宗主者大多稟清挺之標，他所援引者也多氣魄之儔，才幹之傑，或許之中有少許的「匪類」，但卻是屈指可數的幾個，如果說東林是邪黨，那麼天下就沒有人不是邪黨了。此疏一上，閹黨楊維垣就責難他盛稱東林，「詞臣執論甚謬。」倪元璐毫無爲之所動，馬上予以駁斥，說「東林已故及被難諸賢，自鄒元標、王紀、

〔註28〕陳子龍《與倪鴻賓大司成·戊寅》，《安雅堂稿》卷十四，見《陳子龍文集》（下），第 435 頁。
〔註29〕〔清〕倪會鼎撰，李尚英點校《倪元璐年譜》，中華書局 1994 年。

高攀龍、楊漣之外，又如顧憲成、馮從吾、陳大受、周順昌、魏大中、周起元、周宗建等之爲眞理學、眞氣節、眞吏治，戍遣如趙南星，眞骨力，眞擔當。」對東林黨推崇備至，在閹黨打垮的情勢下，正是給東林平反的好時機，當原其高明之概，不當舉其纖芥之瑕。可以說，正是在倪元璐的抗爭下，「清議漸明，而善類亦稍登進矣。」〔註30〕

　　倪元璐雖然並不是東林黨人，但和所有正直清介的士大夫一樣，在政治上是傾向於東林的。他和黃道周是同年的進士，「並出韓太史日纘門下，一時推爲雙璧。」〔註31〕同任編修，更是志氣相投的好友。從師承上說，陳子龍是他的晚輩，於他的感情就相當於對於老師一樣。崇禎四年，陳子龍試春官時，他的詩卷就受到倪鴻寶的賞識。崇禎七年，倪元璐上了《制實八策》《制虛八策》，特別是在《制虛八策》中，「端政本」「伸公議」「礪名節」「假體貌」等等，都是針對溫體仁、呂純如等人謀翻逆案之舉而言的，因此，受到大學士溫體仁的忌恨。陳子龍在讀了倪元璐的上疏之後，深受激勵，寫了《讀倪鴻寶先生制虛八策疏有感》一詩「孤憤因群輩，昌言賴聖明。」「拔山眞可恨，填海有餘情。何日無梟獍，天池引鳳鳴。」〔註32〕對倪元璐直言抗上的精神表示支持和鼓勵。到了崇禎十年，陳子龍中進士之後，正式成爲黃道周的弟子，跟倪元璐之間的接觸也就越來越多，相互瞭解也越來越深。

　　倪元璐正直的人品受到了眾多士大夫的尊敬，「雅負時望，位漸通顯。」在崇禎八年，遷國子祭酒，在受到思宗器重的同時卻益發招來溫體仁的忌恨，當時正是體仁當政，不僅是倪元璐，像鄭三俊、劉宗周、范景文等正直的官員一一受到打擊。在溫體仁的策劃下，倪元璐也受到誠意伯劉孔昭的誣告，落職閒住。也正因爲這次的機

〔註30〕〔清〕張廷玉《明史》卷二六五，第 6835 頁，中華書局 1974 年。
〔註31〕〔清〕計六奇《倪元璐》附於《倪元璐年譜》後。
〔註32〕《陳子龍詩集》卷十一，第 338 頁。

會，陳子龍和倪元璐有了眞正的交往，據倪元璐的長子倪會鼎編寫的《倪元璐年譜》來看，倪元璐和陳子龍的交往始於崇禎十一年，這一年，黃道周被貶流放，閒住在家的倪元璐「亦渡江而東，其門士陳公子龍司理越州，並盤桓於府君（指倪元璐）之廬，時人以爲德星聚云。」〔註33〕倪鴻寶數次往來越間，兩人攜手同遊，《初夏同倪司成吳金吾畢少府同遊祁侍御寓山園亭‧八首》就寫於這一期間，「中朝柱下吏，偏愛若耶春。」「主人歌伐木，眞擬醉無歸。」看似徜徉山水，樂而忘返，但聯繫當時危急的國勢，又怎不令人心焦？「久立霑淸露，猶懸待月心。」倪元璐對於陳子龍也十分關注，崇禎十一年二月，陳子龍主持編撰《皇明經世文編》時就得到過倪元璐的指點和支持，十一月，《皇明經世文編》五百卷編撰完畢，在給倪元璐的信中還特意以凡例呈敎，還把好友宋徵璧、徐孚遠推薦給倪鴻寶，在離開越中之後，陳子龍同倪元璐和黃道周之間的書信往來也很頻繁，所寫的內容多是國家情勢，朝政得失，「忠君愛國，每飯不忘。」〔註34〕

在陳子龍和倪元璐的心中，即便不在朝堂，但對於國家政事的牽掛還是一刻未曾停止的，所以，雖然倪元璐落職閒住了七年，但這七年中所發生的事，他都看在眼裏，對於國家的情況，瞭解得非常透徹。崇禎十五年周延儒再次入閣，力主恢復，重新起用正臣，倪元璐自然在重召之列，但在寫給周延儒的信中，倪元璐卻婉然回絕了這次起復，這封信寫得非常深刻，絕不同於一般的官場虛應之文：「帝求舊德，無欲治平明甚，薄海歌舞之象，比於宋之再相溫國，物情則有然者，顧其勢會微似不同。」他把周延儒的再次入閣比之於司馬光的再相，但認爲周延儒所面臨的困難要大很多，因爲「熙寧弊政罷之而已，

〔註33〕〔淸〕倪會鼎撰，李尚英點校《倪元璐年譜》第 41 頁，中華書局 1994年。

〔註34〕《與倪鴻寶大司成》，《安雅堂稿》卷十四，見《陳子龍文集》（下），第 439 頁。

但一舉手立致歡呼；若在今日，滅竈更燃，先須借薪鑽火。即如一日見上，爲上言者，一及寬徵，上必先責之足用；一及宥過，上必先責之致功。足用致功，非一日可副之責，而天下之以寬徵宥過望老先生者，似不可須臾而待也。即此一端，其爲艱阻徘徊，豈溫國再入時之所有？」「寇深之由於民窮，才遁之由於法急。今之所謂本計失也。」在這封信裏，倪元璐對於國家弊端的分析可說是一針見血，正是因爲對當時形勢瞭解至深，分析得如此鞭闢入裏，才眞正瞭解國勢的無望，才會拒絕再次出山。

　　但是，當他看到朝廷危急，畿輔震驚，四方勤王之師紛紛入援時，就再也坐不住了，立即奮然應召入京出任兵部侍郎兼侍讀學士，不僅如此，他還散盡家財，召募奮勇義士組成勤王之師，一同上京。據記載「時京師戒嚴，元璐長跪告母曰：『自瓊州公以來，再世祿食，今天子有急，奈何？』」他的母親當場撕裂了衣褥表示支持的決心，弟弟倪瓚也率家徒相從。陳子龍寫了《石齋師召後以仲冬過越晤鴻賓先生卻歸漳南閏月聞□師大人入畿輔鴻賓先生募義旅入衛丙子之役石翁師首倡勤王舊勳不可忘也獻詩誌懷》《送倪鴻賓少司馬學士赴召聞有□□隨率義旅勤王》等詩：「六郡良家齊買轡，三河俠少盡從戎。……英謀亮節有威名，壯士紛紛都請行。已向博徒召劇孟，復從門下得侯嬴。」「此去但憑司馬法，直須痛飲□□頭。豈止忠獻聞宇縣，撫髀風雲至尊羨。……願公旦暮秉絲綸，澄清九域靖風塵。」〔註35〕對倪元璐的此次上京充滿了希望和激勵之情。除了送行詩表示鼓勵外，陳子龍還在這年的冬天給黃道周和倪鴻賓各修書一封，在給石齋的信中，主要向謫戍途中的老師報告現在的形勢，包括倪鴻賓的近況，從這裏，也可見三人交往之深；而在給倪鴻賓的書信中，則是積極地分析局勢，出謀獻策，爲保江淮：「命一重臣，建大將旗鼓，悉統諸道。渡河而北，聞薊督在滄，保督在單，再益南兵，

───────────────

〔註35〕《陳子龍詩集》卷十，第 293 頁。

為三覆以待之。確偵□□飽颺之處，更番奮擊。上則殲其精銳，次
亦截其輜重。」為守楚中：「亟斂漢口之舟於南岸，沿江嚴守，而蜀
中下巴之甲，以扼夷陵」等等。陳子龍也清楚地看到國事已經到了
不可救藥的地步，但還是不斷地給倪元璐打氣，「智者效謀，勇者效
力。」「以圖綢繆之策也。」〔註36〕

　　然而，幾代累積，明朝的國勢已經如江河之水，傾瀉而下，非
人力所能挽救了。崇禎十七年，李自成率領農民軍攻入了北京，倪
元璐在三月十九日京城陷落之後，穿起了朝衣，向北拜闕，說「臣
為大臣，不能報國，臣之罪也！」又南向再拜，與母辭別。當時他
的門第子金子廷問他何不出外舉兵圖匡復，奈何輕自擲？倪元璐
說：「身為大臣，而國事至此，即吾幸生，何面目對關公？」他拜了
漢壽亭侯像之後，在几上大書「南都尚可為。死，吾分也，勿以衣
衾殮。暴我屍，聊誌吾痛。」然後從容自縊。李自成部隊進城之後，
傳令箭告誡：忠義之門，勿行騷擾。他的死對於陳子龍和黃道周都
有極大的震撼和影響，黃道周為之感歎：嗚呼，以天子十七載之知，
不能使一詞臣進於咫尺；以五日三召之勤，不能從講幄致其功，卒
抱日星與虞淵同隕。嗚呼，豈非天乎！〔註37〕而他自己，也於四年
後，從容赴義，又一年後，陳子龍投水殉國。

錢謙益（1582～1664）

　　字受之，號尙湖、牧齋，晚號蒙叟、牧翁，江蘇常熟人。陳子龍
和錢謙益同為晚明的名士，從年輩上說，陳子龍較錢謙益晚很多，萬
曆三十八年（1610）錢謙益探花及第時，陳子龍才只是一個兩歲的孩
童；當陳子龍以復社骨幹、雲間旗手出現文壇之時，錢謙益已經是名
滿天下的東林領袖，文壇盟主；順治四年陳子龍投水殉國，年僅四十，
六十五歲的錢謙益卻已經向清廷投誠，再度出仕。兩個人雖然都以文

〔註36〕　《上倪鴻賓少司馬壬午冬》，《安雅堂稿》卷十四，見《陳子龍文集》
　　　　　（下），第440頁。
〔註37〕　〔清〕計六奇《明季北略》第503頁，中華書局1984年。

學名世，卻在立身的大節上背道而馳，給後人留下了截然不同的印象，而這兩個人之間的關係，也因爲文學、政治、感情生活等諸方面的原因變得非常微妙。

錢謙益交遊既廣，壽命又長，存世的作品，不論是詩歌還是書信序跋，都數量眾多，但在他的作品中卻找不到他與陳子龍的贈答文字，頗爲奇怪，而在陳子龍的作品中卻頗有一些寄與錢謙益的詩歌文章，因此，關於錢謙益對陳子龍的態度無法找到明證，但可以從陳子龍的作品中找到他和錢謙益交往的若干線索。

錢謙益在萬曆三十八年登科，爲探花，也就是科舉殿試的第三名，在當時名動一時，並且他的座師葉向高、孫承宗、王圖等人都是東林黨中的著名領袖，他的政治生涯無可避免地和東林黨同呼吸，共命運，被稱爲東林點將錄中的「浪子」。這既爲錢謙益贏得了更多的清流贊許，卻也使他不由自主地捲入了明末的黨爭之中，令他在仕途上遇到了不小的障礙。

按照慣例，明朝的臺閣大臣多出身於翰林，可是同樣任職翰林院編修的錢謙益卻沒這麼好的命運。萬曆三十九年（1611），東林黨在京察中失勢，剛剛丁憂期滿的錢謙益無可避免受到了牽連，一閒置，就閒置了十年之久。對於一個初入仕途，充滿熱血的青年才俊來說，十年的投閒置散是多麼悲慘的境遇，然而，噩運還不止於此。天啓元年，錢謙益主持浙江鄉試，又受到浙、齊、楚三黨的陷害，被迫辭職。天啓四年，錢謙益第二次被起復，卻又恰逢魏忠賢當政，大肆打擊東林黨人，於是，錢謙益在天啓五年再次削籍南歸，直到崇禎皇帝即位，東林黨才有機會重整旗鼓，在崇禎二年的會推閣臣中推舉了錢謙益。一時間，作爲東林黨的代表，錢謙益再次獲得了巨大的聲望。陳子龍所在的復社正於崇禎年間興起，復社以清流人物爲主，有小東林之稱，因此，這時的陳子龍對於錢謙益應該是充滿了敬仰之情。

錢謙益的聲望爲他贏得了陳子龍等青年才子的敬重，也招來了小人的妒嫉。崇禎三年，在溫體仁、周延儒等人的排擠下，錢謙益

又一次落職回常熟老家閒住，一住就是七年。然而政敵溫體仁仍然
不肯放過他，崇禎十年，溫體仁收買了常熟縣衙的師爺張漢儒誣告
錢謙益魚肉鄉里，說他是「喜怒操人才進退之權，賄賂握江南生死
之柄。」〔註38〕其實那時的錢謙益已經被溫體仁整得落魄不堪，哪
裏有什麼權力手段能夠「把持朝政」，操「生殺之權」「江南生死之
柄」〔註39〕？文秉在《烈皇小識》中清楚地寫明「常熟陳履謙巨奸
也，特為（溫體仁）獻謀，唆使張漢儒參虞山。」於是，錢謙益從
常熟老家被逮捕上京，《獄中雜詩三十首》即寫於此時，其中一首曰：
「支撐劍舌與槍唇，坐臥風輪又火輪。不作中山長醉客，除非絳市
再蘇人。褚衣苴履非吾病，厚地高天剩此身。老去頭銜更何有？從
今只合號罷民。」牧齋之悲憤心情可見一斑。這一年正是崇禎十年，
也就是陳子龍中進士的一年，當時的陳子龍應該聽聞了這件事，而
且很可能就在京師，在他的自編年譜中寫到自己「與錢、瞿素稱知
己。」知己之論可能有誇大之嫌，但是同為復社中人，結識也是自
然。這一次錢謙益因為受到溫體仁的陷害下獄，陳子龍對他也是充
滿了同情，「錢、瞿至西郊，朝士未有與通者，予欲往見。僕夫曰：
『校事者耳目多，請微服往。』予曰：『親者無失其為親，無傷也。』
冠蓋策馬而去，周旋竟日，乃還。其後獄益急，予頗為奔奏，聞於
時貴。」〔註40〕從陳子龍的記載來看，在當時的境況下，溫體仁大
權獨攬炙手可熱，錢謙益又已經是帶罪之身，一般人避之唯恐不及，
而陳子龍卻絲毫無所懼，反而主動為他們奔奏訴冤，可見臥子之凜
然之氣，而對於這樣一個披肝瀝膽的朋友，錢謙益不論在當時還是
在日後都無一語言及，頗可怪也。反而在陳子龍的詩集中有多首為
其所作的詩。

〔註38〕〔清〕計六奇《明季北略》第 215 頁，中華書局 1984 年。
〔註39〕吳晗《社會賢達錢牧齋》轉引自樊樹志《晚明史》第 893 頁。
〔註40〕《陳子龍自編年譜》「崇禎十年丁丑」條，見《陳子龍詩集》附錄二，
　　　　第 653 頁。

　　《有虺宛宛》三首就是爲錢謙益冤獄而作，陳子龍明確寫道「刺讒也，民之訛言，君子傷之也。」〔註41〕在這三首四言詩中，臥子把溫體仁之流的小人比做虺、蜮之類的姦邪力量，對錢謙益等人報以了深切的同情。所幸，錢謙益的冤獄最終平反，張漢儒被處死，溫體仁也因此罷相，錢謙益再次聲名大振，陳子龍又爲此專門寫了《贈錢牧齋少宗伯》和《東皐草堂歌》對他表示祝賀。「漢苑文章首，先朝侍從賓。三君同海嶽，一老是星辰。作直稱遺古，推賢更得鄰。當時客漸進，文舉氣無倫。陳竇園中士，蕭劉澤畔人。蟪蛄喧日夜，蘭桂歷冬春。舊學商王重，清流漢史均。范宣誰讓晉，衛軼欲專秦。獨指孫弘被，仍污虞亮塵。十年耕釣樂，七略校仇新。當戶無芳草，洪流逸巨鱗。眭眥流訛訛，鉤黨極申申。告密牢修急，經營偉節神。霜化飛暑月，劍氣徹秋旻。明主終收璧，宵人失要津。南冠榮袞繡，北郭偃松筠。艱險思良佐，孤危得大臣。東山雲壑裏，早晚下蒲輪。」〔註42〕這首詩可以說是充分表現出了臥子對於錢牧齋的態度。一方面，他對錢謙益文壇泰斗的地位表現了極大的推崇和認可，寫出他學富五車，領袖清流的才人風采；另一方面，也表現出了陳子龍對於錢謙益的深刻瞭解，他清楚地知道錢謙益強烈的用世之心，才會以「早晚下蒲輪」之言相勉勵。確實，在晚明的名士之中，錢謙益的用世之心可算是非常強烈的。他少年得志，可說是前途似錦，師友冠蓋相從，自然對自己有很高的期許，而他的經歷，卻實實是仕途不濟，命運多舛。接二連三的遭遇在阻礙了仕途經濟的同時也讓他的名利之心越加高漲，如果不是這種由來已久的失意和熱望，他也不會投降清廷，給自己留下貳臣的罵名。

　　但直到順治二年，錢謙益投降清廷之前，陳子龍始終是把他作爲東林魁首，清流領袖，文壇宗主這樣一個才高志大的前輩來尊敬的。甲申鼎革之後，陳子龍供職於南明期間，曾就南明的振頽起廢建言獻

────────────

〔註41〕《陳子龍詩集》卷一，第 2 頁。
〔註42〕《陳子龍詩集》卷九，第 265 頁。

策。他於六月到職，七月二十五日上《薦舉人才疏》向朝廷推薦治國賢能，其中除了尚書鄭三俊，御史易應昌，房可壯，侍郎孫晉英之外，還有錢謙益，並且把錢謙益和他最爲尊敬的座師黃道周並舉，同好友吳偉業，楊廷麟一起稱之爲「一時人望」，大力薦舉。可惜的是錢謙益入朝之後，爲了實現自己多年來的仕途之望，先是投靠了馬士英和阮大鋮，阿諛諂媚，又在順治二年清兵南下時，爲求自保，主動迎降，不能不讓曾對他充滿尊敬和期望的陳子龍大失所望。這種貪圖名位而變節求全的不能不讓人唾棄。因此，才會有諷刺錢謙益的《題虎丘石上》「入洛紛紛興太濃，尊鑪此日又相逢。黑頭早已羞江總，青史何曾用蔡邕。昔去幸寬沉白馬，今歸應愧賣盧龍。最憐攀折章臺柳，憔悴西風問阿儂。」〔註43〕據清代的《尊鄉贅筆》記載：「海虞錢蒙叟爲一代文人，然其大節，或多可議。本朝罷官歸，有無名氏題詩虎丘以誚之。」徐雲將、鈕玉樵都把此詩歸於陳子龍所作，王沄在編輯《陳忠裕公全集》時認爲此詩「語涉輕薄，絕不累黃門手筆。」但是陳寅恪先生在《柳如是別傳》中卻以爲這首詩很可能爲陳子龍所作，兩方各執一詞。然而在陳子龍詩集中也有類似題材的作品，《秋日雜感·客吳中作十首》都寫在南明覆亡之後的順治初年，其中第八首詩這樣寫道：「雙闕三山六代看，龍盤虎踞舊長安。江陵文武牙籤盡，建業風流玉樹殘。青蓋血飛天日暗，黃旗氣掩斗牛寒。翩翩入洛群公在，剩有孤臣淚未乾。」〔註44〕言南都覆亡之事，「順治二年五月，大兵渡江，南京大震。福王出走奔太平，……大兵至蕪湖，總兵田雄劫福王由崧以降。」〔註45〕其中「青蓋黃旗」當爲福王，而「入洛群公」等則是指投降清廷的王鐸、錢謙益等人，這和虎丘那首諷刺詩中所說的「入洛紛紛」應該所言爲一，就算那首詩不是臥子所作，但他們對錢謙益的態度和感情卻是一樣的。南明傾覆，湖兵已敗，陳子龍的舊

〔註43〕《陳子龍詩集》卷十五，第532頁。
〔註44〕《陳子龍詩集》卷十五，第525頁。
〔註45〕《明通鑒輯覽》見上海圖書館藏四庫全書本。

日好友要麼捐軀故國，要麼入仕新朝，所交遊者，寥寥僅存，難怪臥子有「豈惜餘生終蹈海？獨憐無力可移山。八廚舊侶誰奔走，三戶遺民自往還。」的無限感慨。

從陳子龍對錢謙益的態度來看，在順治二年牧齋降清之前，應該算是不錯的，但是從錢謙益方面來看，卻找不到任何同陳子龍往來酬答的文字，甚至連詩話筆記也很鮮見，這是怎麼回事呢？這兩位同時代的名士之間有何芥蒂呢？

一方面，從文學主張來看，雖然兩人都以文學名世，都在晚明的文學史上佔據重要地位，但是兩人的文學觀念卻相差很大。陳子龍承繼何李，宣揚的是七子派的復古主張，而錢謙益則對前後七子不滿頗多。從詩歌來看，陳子龍主張的是取法盛唐，中唐以後，都無足觀，對宋詩更是不屑一顧，但錢謙益恰恰主張學習宋詩，他批評前後七子的倡言復古以致模擬剽竊，肯定公安派標舉性靈以廓清擬古風氣，斥責竟陵派的褊狹之途，認爲做詩要有「獨至之性，旁出之情，偏詣之學。」〔註46〕從他自己的詩作來看，在取法唐宋名家之時力求性情與學問兼備，比如他的《五日泊睦州》「客子那禁節物催，孤蓬欲發轉徘徊。晨裝警罷誰驅去，暮角飄殘自悔來。千里江山殊故國，一抔天地在西臺。遙憐弱女香閨裏，解潑蒲觴祝我回。」風格就兼宏肆與典雅兩家之長。錢謙益在《題徐季白詩卷後》中曾說他當面規勸陳子龍和李雯，但「二子亦不以爲耳瞋。」不予接納，以至於在錢謙益所編選的《列朝詩選》中著錄明詩人一千八百餘家，卻獨缺陳子龍，可見二人在文學主張上的溝壑。

另一方面，從二人的私生活來看，錢謙益和陳子龍乃是情敵的身份。陳子龍和柳如是曾是一對璧人，相戀至深，但由於陳子龍家庭經濟的原因無法結合，只能在崇禎八年的秋天忍淚分手。崇禎十四年六月，二十四歲的柳如是下嫁給年屆六十的錢謙益，成爲錢夫

〔註46〕〔清〕錢謙益《馮定遠詩序》，見《初學集》卷三十二，上海圖書館藏四庫叢刊本。

人。但對於她和陳子龍的這段纏綿戀情，錢謙益不可能不知道；而在嫁給錢謙益之後，柳如是和陳子龍雖然沒有見面，但仍然有書信往來，陳子龍鼓勵柳如是出版《戊寅草》，還親自為之作序，錢謙益也不可能不知道。儘管陳柳二人並無任何越禮之處，但二人之間的那份情感，那種默契，卻是實實存在的，錢謙益也不可能無動於衷。作為陳子龍來說，我們看不到心存芥蒂之處，在崇禎十五年，錢柳新婚的第二年冬天，他還以晚輩的身份寫信給錢謙益「閣下開東閣而待賢人，則子龍雖不肖，或可附於溫良靄吉之列，以備九九之數。至于果敢雄武之流，世不可謂無其人，不知為閣下之所知者幾輩也。禾中孝廉陸銓李丹衷，子龍所取士也，二生馴謹士，亦有志於道，願附門牆都養之數，如其來也，乞命大閣進而教之。」〔註47〕對錢謙益推崇備至，表示自己願意馬首是瞻；但是從錢謙益的角度來說，自己已是垂垂暮年，柳如是卻是如花青春，在面對陳子龍這樣一個不僅有名有才，而且年輕瀟灑，特別還是柳如是傾心相戀的舊日情人之時，心中的滋味可想而知，而他對於柳如是又非常敬重，所以心中的怨氣只能委罪於臥子了。

　　即便拋開柳如是和陳子龍的關係，筆者以為錢謙益和陳子龍也很難成為知交好友，乃是兩個人的性格因素使然。

　　錢謙益降生於常熟錢世揚家中。這是一個悠久而有輝煌家族歷史的家庭，他的遠祖可以上溯到唐末吳越武肅王錢鏐、北宋的文學侍從錢惟演。錢謙益的曾祖錢體仁一意延師教子，二子相繼為進士，錢謙益祖父錢順時，嘉靖三十八年進士，叔祖錢順德，嘉靖四十四年進士，並且官至山東按察副使。錢謙益的父親錢世揚功名蹭蹬，一生只為增廣生員，但他精研胡氏《春秋》並以此名家，「學者咸師尊之。」錢謙益的童年少年時代是在富足、快樂而且管束不多的環

〔註47〕《上少宗伯牧齋先生‧壬午冬》，《安雅堂稿》卷十四，見《陳子龍文集》（下），第 442 頁。

境中度過的。時值錢家盛時，「僮奴數百指」，「歲時伏臘，文酒談燕，群從子姓，相邀戲徵逐者，不下數十人。」〔註48〕錢順時早逝，錢世揚單傳，又舉子多不育，婚後十二年才生下錢謙益。當時看撫這個幼兒的有乳母、祖母、外祖母和母親，頗有似南唐詞人李煜和紅樓夢裏的賈寶玉，長於婦人之手，太多的溺愛、太多的期望，放鬆了禮法的約束和世俗的浸染，給了他個性自由發展、想像自由馳騁的空間，使錢謙益形成了我行我素、任情放性的個性特點。相比之下，臥子生長於耕讀之家，並無太多可作談資的歷史，而祖父陳善謨治家嚴厲，母親早亡，養成了早熟、穩重的性格。

陳子龍和柳如是相戀至深，且同居南園，但面對禮法的桎梏，祖母的壓力，陳子龍還是忍痛和柳如是分手，雖然愛慕柳氏，但以臥子守禮重孝的個性，卻是不可能為兒女之情做出任何違背禮法之事。但錢謙益就不同。他和柳如是年齡相差三十六歲，在他迎娶柳氏之時，家中已有原配妻子，並且是常熟的世家大族，柳如是則出身青樓。從禮法來說，以一個文壇泰斗、世家貴胄迎娶青樓歌伎，實屬罕見，但錢謙益則不但迎娶了柳如是，而且是以嫡配之禮迎之，更是「先進家範，未之或聞。」〔註49〕如沈虹《河東君傳》所載：「學士（錢謙益）冠帶皤髮，合卺花燭，儀禮具備，賦《催妝詩》前後八首。……稱為繼室，號河東君，建絳雲樓，窮極壯麗，上列圖史，下設帷帳，以絳雲仙姥比之，褻甚矣。」這簡直是冒天下之大不韙，至禮法於枉顧，所以「雲間縉紳，譁然攻討，以為褻朝廷之名器，傷士大夫之體統，幾不免老拳。滿船載瓦礫而歸。」而錢謙益卻絲毫不以為意，其越禮驚俗的性格同臥子相比，何止天淵，難怪時人言道：「牧齋維時不惟一代龍門，實風流教主也。」〔註50〕

〔註48〕轉引自孫之梅《明清學術與文學》，中國戲劇出版社，2003年。
〔註49〕〔明〕談遷《棗林雜俎》「雲間許都諫譽卿娶王修徵，常熟錢侍郎謙益娶柳如是，並落籍章臺，禮同正嫡。先進家範，未之或聞。」
〔註50〕〔清〕冒襄《同人集》三，載張明弼《冒姬董小宛傳》。

　　至於在結婚之後，錢謙益不僅以匹嫡之禮待柳如是，而且給她「士」的活動場所。柳如是在閨閣中可以以才相敵，在閨閣以外的世界也可以以才和士人來往，在那個時代，可以說錢謙益給了她最大程度的自由。時值柳如是三十歲生日，錢謙益做《和東坡西臺詩韻六首》，每首的五六兩句都押「妻」字韻來寫柳如是。考察錢謙益所寫的詩文，從未以封建社會以別嫡庶的姬、妾、媵、小星之類的詞稱呼過柳如是，總是尊之以君、夫人、內、內人等。如柳如是自己所說：「適牧齋二十五年，從未受人氣。」

　　錢謙益和陳子龍巨大的性格差異僅在兩人對待迎娶柳如是的態度上就已經一目了然了，而在日後對待明清兩朝的取捨進退中，也一樣南轅北轍。古語說「物以類聚人以群分」，即便不是情敵，不是文敵，不是政敵，錢謙益和陳子龍也很難成爲眞正的知己之交，只能是同一時代中兩道平行而過的光芒，相互遙望罷了。

王元圓

　　崇禎十年，陳子龍中進士，結束了十年寒窗正式步入仕途。在這之前是他的求學過程，他曾經有過多位老師。萬曆四十三年，「師張先生，始學爲對偶。」〔註51〕是陳子龍詩教的開始；四十四年，「師李先生」；萬曆四十六年，曾師從何先生，據《年譜》說，這位何先生和陳子龍祖父的頗談得來，兩個人都是「性方整，寡言笑。」教學嚴厲，「課誦無間寒暑」甚至比較刻板，陳子龍曾自己寫過兩篇文章《伯夷叔齊餓於首陽山之下》及《堯以天下與舜》，因爲不是何先生所教授的內容，故「弗善也。」萬曆四十七年、四十八年的時候，陳子龍在家附近的佛寺中讀書，「始專治舉子業」，《年譜萬曆四十七年己未》「師爲鴻卿沈先生，宿儒也。教授嚴密，如章程焉。章句之學，頗賴以明。予幼雖不好弄，而意志流逸，多妄言，好稗官鄙野之書。時師嚴，先王父持家凜凜，每受詞譴，不敢違也。」主要學習的還是

〔註51〕《陳子龍自編年譜》「萬曆四十三年乙卯」條，見《陳子龍詩集》附錄二，第629頁。

章句之學。到了天啓二年的時候，才開始學習詩賦，這時期的老師是
王元圓。《年譜天啓二年壬戌》「春，先君歸自京師，治喪。是歲，予
事默公王先生，始學詩賦，日誦數千言。」在諸多教習陳子龍學業的
老師中，王元圓對陳子龍的影響是比較顯著的。

　　王元玄，或作王元圓，王元一，字默公，華亭人。明諸生。〔註52〕
據《松江府志》的記載，王元圓是張鼐的入室弟子，杜麟徵年少時也
曾跟隨張鼐學習，所以二人頗有舊交，是老同學的關係。「王默公先生
爲臥子師，才學爲松人所稱，與先君子有雁行誼。」〔註53〕另一方面
子龍的祖父陳善謨也曾同張鼐共同參加過曡花五子之會，王元圓同陳
子龍的父親陳所聞共同參加過小曡花之會，「偕遊侗初宗伯之門。」張
鼐與陳善謨，王元圓與陳所聞都可稱得上是故交，特別是陳所聞對王
元圓的古文詞稱譽有加，王曾經作《擊劍行》，陳子龍的父親陳所聞「見
之，稱其雍雅，曰：『廟廊器也』」，可以說是見詩知人。正是出於這樣
的淵源，陳所聞把默公請到家中，教授陳子龍，希望陳子龍不僅是在
古文詞的寫作上有所受益，更要在經國用世之志上得以啓蒙。但從今
天所留存的有關材料來看，王元圓並不熱衷八股，始終未曾中舉，他
對陳子龍影響最大的還是在古文詞的創作上。默公「素履恢奇，古文
詞稱作者。」他的詩「頓壯渾直，務去纖渺。」〔註54〕可見他對於明
季盛行的浮華纖弱的詩風是有意進行反駁的。崇禎二年，幾社成立的
時候，王元圓雖然因爲年輩的原因沒有參加，但是卻積極參加了實際
的古文詞創作，特別是崇禎五年《幾社壬申文選》選刻之時，王元圓
與宋子建同操選柄，刻成此選，並且還同李雯、顧偉南、陸慶曾、徐
鳳彩、盛鄰汝、何剛等人一起進一步地擴大徵選，作《幾社會義》初
集，「海內爭傳，古學復興矣。」他非常喜歡《昭明文選》，自己的創

〔註52〕〔清〕宋如林，孫星衍《中國地方志集成·上海府縣志輯·嘉慶松
　　　　江府志》，江蘇古籍出版社，卷五六。
〔註53〕〔明〕杜登春《社事始末》清道光十三年世楷堂刻本光緒二年印本。
〔註54〕〔明〕姚弘緒《松風餘韻》卷二八，第11頁。

作「仿《昭明文選》體」〔註55〕這不僅和陳所聞的文學觀念相似，潛移默化之中，也對陳子龍形成了深遠的影響，後來，陳子龍和艾南英曾就文學觀念和文學風格發生過激烈的爭論，艾南英就指責陳子龍對《昭明文選》「斤斤師法之」〔註56〕。

作爲師生，又同在幾社，並且都對古文詞情有獨鍾，陳子龍和王元圓的唱和之作當不在少數：「風雨相因依，澄江流日暮。夕宿吳會煙，朝覲廣陵樹。黿鼉歎洪波，長川緲無數。夫子何所之？望望燕山路。黃河改新道，平原列古戍。風烈易水哀，關津薊門固。碣石宮已摧，黃金臺已故。昔人重慷慨，今人理章句。未識天子尊，豈無公卿顧。壯士有大略，不爲險情誤。朗然冰雪心，十年奉誠愫。英酋拯時運，明珠照玉輅。既展謁帝篇，當諷甘泉賦。庶以達沉懷，平居念天步。吾道未云非，去矣榮竹素。」〔註57〕此詩作於崇禎七年，王元圓上京應試之時，這時臥子自己第二次春官失利，回到松江，閉門謝客，寫了大量的古文詞，心情之鬱鬱不歡可想而知。因此在給老師的詩中，不乏對於前途迷茫之感，相比於同年臥子所寫的《送勒卣之金陵省試·七首》和《送闇公聖期應試金陵》詩來看，風調有所不同。「皇都盛冠蓋，宮闕何奕奕！燕山帶三隅，清流穿中宅。」「清華在都市，環佩何玲瓏？秦淮十二樓，天外青濛濛。」「若人曠世才，大道豈固窮？十載琬琰交，昔日雙飛鴻。」詩人有意在朋友面前表現出激昂的鬥志，是爲好友打氣，而在老師的面前，則流露出自己內心的彷徨，不僅是由於身份的不同，也可以看出陳子龍和王元圓師生之間的親厚之情，當然，面對老師上京赴試，即便自己內心有所迷茫，也不能不爲老師祝福，詩中對王元圓的才華志氣都加以稱頌，鼓勵老師此次上京大展宏圖，有所作爲，這也是臥子自己的心願。

雖然默公與臥子情感深厚，文氣相投，但在人生理想上還是有所

〔註55〕〔明〕杜登春《社事始末》，清道光十三年世楷堂刻本光緒二年印本。
〔註56〕〔明〕艾南英《答陳人中論文書》，見《明文海》卷一五九。
〔註57〕《送默公師應試燕都》，見《陳子龍詩集》卷四，第106頁。

不同的，僅從性格來看，臥子激昂，默公孤高，臥子慨然以天下志，默公則著意爲文，所以終其一生都沒有步入仕途，而以諸生終老。

袁繼咸（1593～1646）

陳子龍不僅是一個才子文人，也具有相當的軍事才能，不僅有豐富的理論知識，還曾經親自參加過圍剿山寇的戰鬥，具有實戰經驗。他所交往的友人，在文人文官的範圍之外，還開列了長長一串與軍事有關的將軍統兵的名單。

袁繼咸，字季通，號臨侯，明宜春縣寨下橫塘村人。天啓五年進士，授行人。崇禎三年冬，擢御史，坐謫，七年春，擢山西提學僉事。在赴任之前，曾上書反對思宗起用內臣。當時國家的朝政日壞，文官武將們互相傾軋的多，忠心理事的少，思宗皇帝在清除魏忠賢閹黨短短幾年之後，無奈再次起用內臣。先是任命了內臣前往軍營作監軍，繼而總理戶工二部的中官張彝憲又有朝覲官齎冊之奏，也就是說所有來到京城的地方官員都必須先去拜謁張彝憲，這對於正直的士大夫來說，無異於奇恥大辱。奏議一上，群情激奮，袁繼咸隨即上疏進行反駁，說：「士有廉恥，然後有風俗；有氣節，然後有事功。今諸臣未覲天子之光，先拜內臣之座，士大夫尚得有廉恥乎？」〔註58〕這樣一來，無異於大大地得罪了張彝憲，張彝憲與袁繼咸互相訐奏，但崇禎帝充耳不聞。這次彈劾內臣雖然沒有結果，但袁繼咸疾惡如仇的個性卻一覽無餘，這和陳子龍非常相像，陳子龍在後來給袁繼咸的書信中也對這一點非常欽佩，稱讚他是「嚴氣表俗，清心疾惡。一本至誠。」〔註59〕

袁繼咸去山西赴任之後，他的頂頭上司是當時任山西巡撫的吳甡。吳甡，字鹿友，也是當時一位豪俠忠義之士，在他巡按河南的時候曾親手擒誅大盜李思愼。後來擢僉都御史，巡撫山西四年，又入朝

〔註58〕〔清〕計六奇《明季北略》第 503 頁，中華書局 1984 年。
〔註59〕《與袁臨侯憲副》，見《安雅堂稿》卷十四，第 418 頁。

爲兵部侍郎，拜東閣大學士。他和陳子龍也有交往，陳曾寫過《獻吳
鹿友少司馬》一詩：「勁節西臺山嶽崇，擁旄嘗建并州功。晉陽一鎭
終磐石，淮海三年起臥龍。南省夏卿原掌政，左樞上將本居中。籌時
獨對承華殿，武帳清秋憶大風。」〔註60〕對他非常尊敬。袁繼咸的正
直不阿很快得到了吳甡的賞識，上書向朝廷薦舉他的廉潔和才能，但
是巡按御史張孫振卻在張彝憲的鼓動之下，上疏誣衊袁繼咸枉法貪
贓。崇禎皇帝大怒，在未瞭解事實的情況下，便把袁繼咸逮捕回京了。
這件事在當地引起了很大的轟動，山西的士子們都跟隨著袁繼咸返京
的囚車來到京城，成群結隊地匍匐在宮門前爲他請冤，吳甡也再次上
疏爲袁繼咸訴說眞相，怒斥張孫振，最終，張孫振以誣告被逮捕，坐
謫戍，袁繼咸恢復原官，並隨即被任命爲除湖廣參議，分守武昌。這
時正是崇禎十年，也就是陳子龍得中進士羈留京師的時候，就是在這
個時候，他結識了袁繼咸，在袁繼咸離京時寫下贈詩《袁臨侯先生督
學山石右爲御史奏下獄晉人伏闕稱冤狀者數百人適御史以他事逮天
子命轉公一官備兵武昌郡余作詩送之》：「袁公直節海內聞，論文三載
高河汾。官廚煙冷太行雪，講壇樹拂中條雲。天子已虛九卿席，群公
薦奏何紛紜。誰其繡衣來綽綽，昔爲神羊今宋鵲。更化青蠅飛集人，
梁獄黃塵白日薄。父老伏闕訟延壽，諸生脂車迎孟博。須臾回光燭不
難，讒者下吏公拜官。讒言可爲不可爲，一朝天定徒悲歡。近來海內
多拂鬱，借公此事皆彈冠。山南漢北屯豺虎，鄂渚殷殷動鼟鼓。君王
大度拔檻車，公其擊節臨江湑。不須秋月嘯高樓，早晚飛書慰明主。
君不見魏尙張敞從赦來，功名磊落眞奇才。」〔註61〕對袁繼咸不畏強
權的凜然正氣大加讚賞，認爲通過這件事「使清議得以少存，正氣賴
以克振。孤陽復長之機，皆始於此。其關世道，豈細故哉。」兩個人
都是正人君子，雖是初交，但從詩中來看，卻可說是一見如故，惺惺

〔註60〕《陳子龍詩集》卷十五，第515頁。
〔註61〕《陳子龍詩集》卷九，第259頁。

相惜。

　　在袁繼咸離開京師於武昌赴任之後，兩人還書信不斷，陳子龍在
《與袁臨侯憲副·時臨侯在武昌》中還對袁臨侯剿賊給出了具有實用
性的建議，比如他針對流寇散於山中，我兵聚則彼散，我兵散則彼聚
的情況提出「寇延數省，何從而合圍之？⋯⋯唯有稱大剿以恫嚇之，
使散而督責郡縣之兵分境雕剿，聚大兵於要害之地，以邀擊之。」的
建議，並且還向袁繼咸大力推薦自己的岳父張軌端：「婦父邵陽令張
君某，醇雅之士，幸在麾節之下。前在都門，曾以姓名上奏記室，辱
承推念，廈覆宏深，近得家郵，知其在官頗能操潔勤敏，至於募練民
兵至數千。多有可戰者。若執事廉訪得實，稍爲獎勵，以風示其餘。
即某所以圖報知己，忘其身矣。」由此可見，兩人相交時間雖短，卻
已經是同仇敵愾，推心置腹的好友了。

　　袁繼咸去武昌赴任兩年後，移任淮陽，在這期間，陳子龍給他寫
過《贈淮楊袁臨侯憲使》一詩，「揚部旌門望斗邊，吳關千里靜烽煙。
牙璋落日搖淮甸，玉帳秋風散楚天。海霧漫漫鳴畫角，江流歷歷下戈
船。應知上客多辭賦，遙寄相思叢桂篇。」〔註62〕從這首詩來看，任
職淮陽的袁繼咸主要是帶兵，不久，崇禎帝起用楊嗣昌任督師，對農
民軍施行全面的剿賊計劃，楊嗣昌知道袁繼咸精通軍事，便舉薦他來
到自己帳下任職，崇禎十三年的四月擢右僉都御史，撫治郎陽。陳子
龍特意寫了《喜袁臨侯開府郎陽卻寄》一詩對他表示祝賀，其中有「西
南十載無眞氣，自此嘗應靖虎狼」〔註63〕這樣充滿豪氣的句子。在郎
陽任上，袁繼咸的軍事才能確實得到了進一步地施展，配合楊嗣昌的
剿賊大計，徵調糧餉，轉輸不匱，受到一時稱頌。這時的陳子龍剛剛
結束了三年的守志，離開家鄉上京受職，旋即前往紹興任推官，兩人
各在一地，同爲國效命。

　　甲申鼎革之後，陳子龍和袁繼咸都任職於南明。但是很快，在馬

〔註62〕《陳子龍詩集》卷十四，第 490 頁。
〔註63〕《陳子龍詩集》卷十五，第 500 頁。

士英、阮大鋮的把持和排擠之下，陳子龍被迫辭去，而袁繼咸則在夾縫中求取生存。南明覆亡之後，陳子龍組義軍於太湖，袁繼咸抗清兵於淮揚，後爲清兵所捕，清朝看重他的氣節和才能，沒有立即處死他，而是把他押解上京。在路上，袁繼咸幾次求死，在存世的《六柳堂遺集》中他寫道：六月十八夜書：「嗚呼，余在江州舟中自死者三矣。恨不得死，不爲清臣甘爲清民，猶眷念二人之在堂也，寧爲明鬼，並不願爲清民，不忍往見九廟之邱墟也。吾自盡臣誼，豈博忠名哉。」〔註64〕其拳拳忠義，可以血淚言之，最終在第二年的三月，袁繼咸因爲不肯屈降而爲清兵所殺，而陳子龍不久也投水殉國。

張軌端（？～1638）

張軌端，字方同，是陳子龍的岳父。

從陳子龍爲張軌端的哥哥張履端所寫的行狀〔註65〕來看，張家世代居住在華亭，曾祖張良佐、祖父張謨都任俠好施，在鄉間頗有名望。父親張元輔，「以邑庠生補國子生，博學能文。」在公卿中間都有令名。陳子龍在《張邵陽誄》中稱述張家是「經術醇深，洽聞禮樂，稽綜古今，三嗣競秀，翰飛藝林。」〔註66〕這裏的三嗣指的就是張元輔先生的三個兒子，方同先生是家中的季子，萬曆四十年壬子與兄履端、拱端同登萬曆四十年應天榜，時稱「三鳳」〔註67〕，被松江人稱爲「三張」。之後張方同任興化教諭，後遷湖廣寶慶府邵陽縣任知縣。

據《松江府志》載，張軌端在任職邵陽時，曾有楚賊犯境，他沉著冷靜，一面派出間諜，一面聯絡當地的苗人共同出兵，終於在天王寺大頗賊兵，因此受到朝廷的嘉獎。崇禎十一年張軌端病卒於邵陽任上，邵陽的人民爲之痛哭失聲。

〔註64〕〔明〕袁繼咸《雜錄》上海圖書館藏清抄本《四庫禁燬書庫》集部116。
〔註65〕《明故兵部職方清吏司主事澹若張公行狀》，見《陳忠裕公全集》卷十一，第597頁。
〔註66〕《陳忠裕公全集》卷十一，第590頁。
〔註67〕《浦南三鳳張氏族譜（華亭)》（四卷)，清咸豐七年（1857)寫本。

　　陳子龍的父親陳所聞和張家兄弟既是同鄉，又是好友。張軌端先生有一女五子，萬曆四十七年，陳所聞爲陳子龍聘張方同先生長女爲妻。崇禎元年，張氏入門，端莊淑儀，克勤克儉。當時，陳所聞已經辭世，祖母高太安人年事已高，繼母唐宜人又素來多病，因此張氏一進門就挑起了操持家政的重擔。「上奉高安人晨昏，得其歡心。侍唐宜人疾，手治湯藥，積歲不倦。中外稱其孝。」〔註68〕陳子龍爲耕讀之家，從其祖父開始，家道就日益衰落，到了陳子龍，豪邁灑脫，不問生產，一切經濟都來源於張氏的操持安排，張氏甚至節衣縮食供給臥子的詩酒之會，其賢德不能不說是來自張方同先生的言傳身教。除了這門親事的關係之外，張履端還是黃道周的座師，是他第一個在福建的鄉試中發現並且提拔了黃道周，而黃道周又是陳子龍終生敬重的座師，因此，陳子龍和張軌端兄弟可以說是世代姻親，幾重師友。儘管陳子龍和張孺人之間的感情曾因爲柳如是的原因一度疏遠，但是對於自己的這位岳父大人，陳子龍則是一直充滿敬意的。

　　張方同先生「秉德亮誠，飭躬嚴整。」〔註69〕是一位正直謙和的君子。

　　在中試之前，張方同先生一直隱居鄉里，「簡抗息交。迹絕公府，徑掩蓬蒿。猗與處子，耿介自操。」中試之後，任職地方官員，「君子所屆，政和民睦。安靜無擾，潔清不辱。」在遭受兵襲的時候，張方同召募俠義志士，用忠君體國的大義教導激勵他們，在作戰中指揮若定，身先士卒，在邵陽一縣形成了民皆兵，兵皆民，家家治行伍，人人辦軍資的軍民一心通力抗敵的壯觀景象。陳子龍自己也曾做過地方官，因此對於地方官務的細碎煩瑣，有著深刻的瞭解。他也曾參加過圍剿山寇的戰鬥，可以說和張方同有著一樣的從征帶兵經歷，因此

〔註68〕〔清〕王沄《三世苦節傳》，見《陳子龍詩集》附錄二，《陳子龍詩集》（下），第738頁。

〔註69〕《張邵陽誄》，見《陳忠裕公全集》卷十一，《陳子龍文集》（上），第590頁。

對於岳丈在地方官任上所做出的成績也就更加從心眼裏欽佩不已。尤其是在崇禎十一年二月張方同病勢沉重的彌留之際，他所交待給後人的並不是自己家庭的私事，而是「口授符檄，手揮樓櫓。」這種一心為公的奉獻盡職精神，怎不令陳子龍肅然起敬？在《寄懷婦翁張方同先生時令邵陽》一詩中臥子就不吝筆墨，對張方同任職邵陽的政績作了描述：「君王顧南服，夫子誠國器。神鋒蘊盛年，歷覽見深智。俯瞰瀄水清，坐引衡山翠。平易乃近民，經術緣吏治。庭戶敞虛寥，揮弦碧雲至。谿水飛林端，千里綠禾穗。九月國賦畢，業祠開鼓吹。人物比中州，風謠存古意。湖湘氣蕭索，逆徒擅名字。橫連荊嶽氛，轉斗郴永熾。公與父老謀，開誠飭武備。修政閭黨間，隱然得渠帥。勁兵扼要津，四鄰偃烽燧。大君方殷憂，蒼生日憔悴。勉公旂常勳，康衢展騏驥。不見茱萸灘，銅柱古所置。男兒靖風塵，豈曰非快事。賤子伏江皋，蒼茫雲海志。」〔註70〕

可見，雖然張方同任職邵陽，同臥子相距千里，但是陳子龍依然時時關注著這位岳丈，「南雁日已稀，尺書良不易，瀟湘多明月，何緣一相寄。」他們通過詩歌書信的形式相互問答，名雖為翁婿，而實已近知交。然而，讓臥子沒有想到的是，這封寫於崇禎十年的書信到達的時候，張方同已經溘然而逝了，「憶別京輦，班荊論心。如何日月，一往煙沉。聞訃驚憒，曷禁沾襟。」對於臥子來說，他不僅失去的是岳丈，是親人，更是一個令他尊重的君子，一個相交多年的前輩，一個知之甚深的良友。「湘山沉水，魂兮曷尋。撫今悼昔，愴然悲吟。嗚呼哀哉。」這對於正在喪居守志的臥子來說，不啻為又一個沉重的打擊。

張天如（1602～1641）

日暮維舟楓樹林，玉峰峰外漏沉沉。
那堪獨對當時月，淚落吳江秋水深。

〔註70〕《陳子龍詩集》卷七，第 184 頁。

去年相見語情親，今歲相思隔世塵。

聞道月輪迴地底，可能還照去年人。

（《去歲孟秋十三夜予從京師歸遇天如於鹿城談至四鼓而別孰知遂成
永訣也金秋是夜泊舟禾郡月明如昨不勝愴然》）

這首詩寫的是臥子對於亡友的懷念，這位亡友便是復社的領袖張溥。

張溥，字天如，號西銘。太倉人，是吳偉業的同鄉。張溥以博
學能文知名天下，吳偉業還曾經跟從他學習過易經。根據《明史·
張溥傳》和《明季北略》等資料的記載，溥幼年時即嗜學，「奇慧好
學如成人，日讀書數千言，」十五歲的時候父親去世，奉母金居西
郭。十九補諸生，並且加入了當時的文社應社，「文社始天啓甲子，
合吳郡、金沙、樵李，僅十有一人，張溥天如、張採秉章、楊廷樞
維斗、楊彝子常、顧夢麟麟士、朱隗雲子、王啓榮惠常、周銓簡臣、
周鍾介生、吳昌時來之、錢栴彥林，分主五經文字之選，而效奔走
以襄厥事者，嘉興府學生孫淳孟樸也。」〔註71〕是應社最早的成員
之一。在這十一個人中，有相當多的人後來都加入了復社，並且和
陳子龍有著密切的交往，但在應社成立之初，最出名的是張溥和張
採，號爲「婁東二張」。崇禎元年，二人均以選貢生入都，並且以他
們的古學才華名滿都下。從京師回鄉之後，張溥就積極地開展了並
社活動，把自己所在的應社和吳翻、孫淳成立主持的復社合二爲一，
成立了晚明歷史上繼東林之後成員最多，勢力最龐大，影響最深遠
的政治性文人社團 —— 復社。

在這個轉變過程中，張溥所起到的作用是巨大的，因爲早先，應
社和復社的關係並不像我們以爲的那樣友好。「始庚午之冬，因魚山
熊先生（開元）自崇明凋宰我邑，最喜社事，孫孟樸乃與我婦翁吳翻
及呂石香輩數人始創復社，頗爲吳門楊維斗先生所不快。孟樸常懷刺
謁楊先生，再往不得見，呵之曰：『我社中未嘗見此人。』我社者應

〔註71〕〔清〕朱彝尊《靜志居詩話》卷二十一，第 649 頁，人民文學出版
　　　社 1998 年。

社也。」〔註72〕所以，應社後來能夠和復社合併，「賴天如先生調劑
其間，而兩社始合為一。」〔註73〕

　　雖然張溥將應社併入復社是在崇禎二年，但陳子龍和復社的淵源
則可以向前追溯到天啟六年，「是歲，始交陳眉公、董玄宰兩先生，
及漻水侯豫瞻、武塘錢彥林昆弟。」武林錢彥林昆弟中就有參加應社
的最早成員錢栴（字彥林）。到了天啟七年，「始交婁江張受先、張天
如，吳門楊維斗、徐九一。」〔註74〕至此，陳子龍和日後成為復社領
袖的張溥也建立了聯繫。他們的關係自建立的這一刻起，就再沒有中
斷。從陳子龍所留下的詩文中我們可以真切地感受到他和張溥之間的
深厚友情。崇禎三年，張溥和陳子龍同一年中了舉人，四年，陳子龍
鄉試落選家居，陳繼儒規勸他「居下至義」，張溥卻在這一年以第七
名的好成績中了進士，改庶吉士，他的聲名越發響了起來，復社也如
火如荼地發展著。復社成立的同時，陳子龍也和杜麟徵、夏允彝等人
創立了幾社，從體制上看，幾社可以看作是復社的分支，但在實際活
動上，卻是各自為政的。幾社成立的初衷在於研磨經史，以興復古學，
所謂「幾者，絕學有再興之幾，而得知幾其神之義也。」除了詩酒唱
和之外，並不過多地牽涉政治，雖然在陳子龍的倡導和組織下，也編
寫了《皇明經世文編》《壬申文選》這樣以經世致用為目的的文選，
但從根本上來說，還是一個文人性質的社團，這和張溥領導復社，通
過支持閣臣，操縱進士考題，積極參與政治就相差甚遠了。

　　周延儒當政時，是張溥的座主，後來周延儒在與溫體仁的傾軋中
落敗，溫體仁攬權，張溥屢受壓制，最終乞假歸養。但是，他並沒有
就此放棄積極入世的信念，而是通過復社，把天下士子集合起來，形
成了一股強大的輿論力量，做周延儒背後的支柱，對抗溫體仁，打擊

〔註72〕計東《上吳祭酒書》轉引自謝國楨《明清之際黨社運動考》上海書
　　　店出版社，2004年。
〔註73〕王應奎《柳南隨筆》轉引自謝國楨《明清之際黨社運動考》。
〔註74〕《陳子龍的自編年譜》「天啟六年丙寅」條，第638頁。

薛國觀，最終促成了崇禎十四年周延儒的起復：「通內而執幣帛者，馮涿州也；奔走而靈線索者，太倉張溥、嘉興吳昌時也。」「延儒再召時，庶吉士張溥、馬世奇以公論感動之，故其所舉措盡反前事，向之所排，更援而進之，上亦虛己以聽。」〔註75〕由此可見，在入仕這個問題上，張溥和陳子龍擁有著一樣的積極態度，但不同的是，張溥顯然比陳子龍更加具有行動力，並且更加大膽，

可惜的是，周延儒四月裏入了閣，張溥卻帶著他未完的心願在五月裏就暴病身亡了，年僅四十歲。對於剛剛再相的周延儒來說，他的死是一個沉重的打擊，甚至間接導致了周延儒日後的失敗「初，溥既沒，世奇遠權勢，不入都，延儒左右皆昌時輩，以至於敗。」〔註76〕對朋友來說，則是巨大的無可彌補的傷痛。而張溥就在去世前，還在跟陳子龍通信，「越山北望指吳關，一月緘書定往還。數日不傳雲裏字，那知非復在人間」。他死得非常突然，讓作為好友的陳子龍完全沒有思想準備，因此，悲慟也就愈發強烈。除了《哭張天如先生》二十四首之外，臥子還寫過一組七言絕句來追憶他。陳子龍和張天如從天啓七年訂交，已經過去了將近二十年，兩人同在崇禎三年中舉，張溥比臥子年長六歲，對臥子來說，張溥既是好友又如兄長，「二十春秋如一日，生平兄事更何人？」「溥詩文敏捷，四方徵索者，不起草，對客揮毫，俄頃立就，以故名高一時。」死後著述豐碩，有七錄齋集，史論一編，二編及論略，春秋三書，十三經合撰，歷代文典、文乘，通鑒紀事本末，宋、元紀事本末，古文互刪，漢魏百三名家，歷代名臣奏議等傳世。臥子更是許他為天才級的人物，說他「有敦敏之姿，宏遠之量，英俊之才，該博之學，弱冠而名滿天下。」「無愧乎大賢矣。因為他。德高而能下士，才廣而能進善者。」〔註77〕對天如非常的敬重和佩服。在張溥遭到彈劾的時候，陳子龍始終積極地支持他，

〔註75〕〔清〕計六奇《明季北略》第343頁，中華書局1984年。

〔註76〕〔清〕計六奇《明季北略》第342頁。

〔註77〕《張天如先生文集序》《安雅堂稿》卷一，第24頁。

「會吳中奸民張漢儒訐錢牧齋瞿稼軒以媚政府，有旨逮治。而奸民陸文聲又以復社事上書，齮齕張受先天如，報聞。一時無賴惡少年，蜂起飇發，縱橫長安中，俱以附會宰相矜誇，且夕得大官矣。閩人周之夔者，舊司李於吳，險人也。有宿嫌於二張，以病去官。尋喪母家居，揣時宰意，縗絰走七千里，入都門告密，云『二張且反』，天子疑之，下其事巡按，予與錢、瞿素稱知己而二張密友也。錢、瞿至西郊，朝士未有與通者，予欲往見。僕夫曰：『校事者耳目多，請微服往。』予曰：『親者無失其爲親，無傷也。』冠蓋策馬而去，周旋竟日，乃還。其後獄益急，予頗爲奔奏，聞於時貴。而之夔既上書，因石齋師比之人梟，撼甚，又疑予輩爲二張道地，則以黃紙大書石齋師及予與彝仲、吳駿公數人之名，云：『二張輦金數萬，數人者爲之囊彙。』投之東廠，又負書於背，鼈蹩行長安街，見貴人輿馬過，則舉以愬之。蜚語且上聞，人皆爲予危之。」〔註78〕這種支持，不僅來自他對張溥人品才德的敬佩，還有兩人之間的惺惺相惜的知己之情，「憶君弱冠負經綸，予亦童年許俊民。」陳子龍是把自己和張溥是處在相等的位置上的。

張溥以文名天下，又是復社的領袖，陳子龍也被看作復社重要的代表作家之一，他的文學思想和復社的文學主張之間存在著同構性，之所以說他和張溥惺惺相惜，很大程度上也是指他們的論文主張一致。在《七錄齋集序》中，陳子龍說：「余不敏，然有友數人皆天下賢士，有張天如溥者，其一也。夫天如之文，天下莫不知其能，余獨疑其所繫者異，觀夫文貴不羈之體，而道符和平之旨，故文之工者，必振蕩吒嗟，協其不平之心而窮於所往，然必以爲違棄精神，觀其要妙憔悴未嘗不謂離道也，及乎心安意馳，愷悌仁人之言發而條直，淡薄難爲工，美修辭者所不道，是二體者立。故文士則騁其放佚，薦紳則樂其便近，文章日衰而道亦以散。今觀天如之書，正不掩文逸不逾

〔註78〕《陳子龍自編年譜》「崇禎十年丁丑」條，見《陳子龍詩集》附錄二，第 655 頁。

道，彬彬乎，釋爭午之論，取則當世不其然乎？」可見，他們都欣賞文質彬彬的中國古典之美，強調文以載道之用，簡單地說就是「興復古學」「務爲有用」。這種思想也貫穿在他們一生的立身處世之中。

在張溥死後，復社也遭到了政敵的攻擊，爲此，早已脫離復社的張採上言道：「復社非臣事，然臣與溥生平相淬礪，死避網羅，負義圖全，誼不出此。念溥日夜解經論文，矢心報稱，曾未一日服官，懷忠入地。」這一段話，可以說是對張溥一生個性行事的最好總結。

鄭友玄（不詳）

古代士子所稱師者，存在著多種情況。有師徒之間確有教授學習關係的老師，有以參加考試的主考官爲師的，也有並無教授學習關係而因爲受到前輩文人的賞識、指點所以稱之爲師的，鄭澹石之於陳子龍便是如此。

據《青浦縣志》：「鄭友玄，號澹石，湖廣京山人。天啓乙丑進士，有文名。令青浦三年。」通過查閱青浦縣志中的職官表，可知鄭澹石任青浦縣令的時間是從天啓六年到崇禎元年止，正好三年。根據陳子龍的自編年譜：「予時爲文，頗尙瑋麗橫決，而彜仲稱譽揚屬之過其實，名益顯。先君亦深賞慰，以爲可望特達。而是時交遊日進，先君重以爲戒。嘗曰：『交道自古難言之，而名者，難副之物也。小子無馳騖以爲親憂。』是夏，受知於京山鄭澹石先生。」〔註79〕這一年，也是鄭澹石來到青浦作縣令的第一年，可以推斷，陳子龍和鄭澹石的相識並交往正是從天啓六年開始的。

鄭澹石是一個精明強幹的官吏，在青浦任縣令的時候「能以片言折獄，發奸摘伏如神。年甚少，老吏皆憚之。」〔註80〕崇禎元年起，他兼任華亭縣令，在任共有四年，到崇禎四年爲止。他與陳子龍交往的時間也主要集中在這段時間裏。那時陳子龍只是一個秀才，所以鄭

〔註79〕《陳子龍自編年譜》「天啓六年丙寅」條，見《陳子龍詩集》附錄二，第638頁。
〔註80〕《青浦縣志》，見上海圖書館藏，《歷代方志集成》。

澹石對他的賞識可能主要是對於他古文詞的賞識，據說鄭澹石的性格「孤刻」，這從他斷案的機斷中也可見一斑，陳子龍也說他是「束髮在朝列，音徽常自持。」〔註81〕所謂文如其人，他的文章「峭厲自峙，別闢蹊徑。」詩歌「高寒，比孟貞曜。」從詩歌風調上來說，雖然不一定與臥子趨同，但宗崇風雅的本源卻是一致無疑的。

任職華亭之後，由於頗有政績，鄭澹石擢升爲監察御史，在他任職御史的時期內，正是溫體仁和周延儒相互傾軋的高峰期，朝臣們紛紛柔便自保，鄭澹石嚴刻孤傲的個性無疑與此格格不入，他曾直言上書：「延儒之貪，倍於國觀；體仁之奸，又毒於延儒。今延儒、國觀皆相繼伏法，獨體仁以先死逭誅。乞將體仁官廕、貲產，或顯斥嚴追、或比秦檜醜繆之諡，貌其奸慝；勿令國觀獨恨地下。」〔註82〕而君臣矛盾爆發的導火索則是思宗對於內臣的重用，崇禎三年思宗下令，讓太監張彝憲總理戶、工兩部錢糧，又以司禮監太監曹化淳提督京營，太監陳大金、閻思印、謝文舉、孫茂霖爲內中軍，分入曹文詔、左良玉的軍營記功過，催糧餉，甚至令入觀官投冊，官員見內臣行屬下禮，外地官員入京先要謁見內臣等等，「友玄拜御史，疏論奄寺變置軍政、養豎總戎、跋扈薊門。」〔註83〕顯然是針對思宗的上述做法提出了抗議，其結果是「嚴旨降調。」並且很快「以欠漕折，被逮，謫戍。」崇禎七年，陳子龍在《寄上京山鄭師》中「關多虎豹文深法，家旁豺狼都戰功」是就閹寺監軍而言，「梁獄初回逐轉蓬，翻然江漢歷西風」則是針對鄭澹石被謫戍來說的，「楚國大夫瑜瑾暮，長沙才子蕙蘭叢。莫愁秋見朝陽雁，一帶衡湘明月中。」對於老師正直敢言以至謫戍遠方的遭遇，陳子龍除了給予深切的同情之外，也表達了無比的懷念之情。

〔註81〕《春日寄獻澹石師》，見《陳子龍詩集》卷五，第102頁。

〔註82〕《偏安排日事迹》卷三，見《臺灣文獻叢刊》全文檢索資料庫，第三零一種。

〔註83〕《湖廣通志‧鄭友玄傳》，見上海圖書館藏《歷代方志集成》。

　　在經歷了宦海浮沉之後，鄭澹石決定辭官回鄉，「杜門著述。」過起了隱居山林的生活，遭受同樣命運的還有熊開元。吳偉業，《書宋九青逸事》提到熊開元（魚山）、鄭友玄（澹石）時說：「兩公用言事得罪，流離放廢，又家在湖北，日逼狂寇，坎凜無聊生。……魚山欲逃諸老、佛，無當世意矣。」〔註84〕鄭友玄寫過一首《北湖歌》：「四十里外城西山，青過城中照湖綠。湖水綠也到青山，水荷岸柳相連屬。幾家亭館繫無船，亦不河房棧高足。樓廳端正接街衢，肯留餘地生委曲。一樓三層換三面，告我湖光山光續。一圍荒軒老數株，告我雕裝正粗俗。將霽未霽北闕煙，登登望望通晴矚。幾亭酒罷幾歌停，斜陽已與淒清觸。」〔註85〕從中不難看出他長久以來對於官場的厭倦之情。而臥子卻在仕途上一步步地前行。崇禎十年，臥子中了進士，但由於廷對發揮得不理想，沒能留在京城為官，而是被分配到了廣東惠州任司李，這對滿腔抱負的陳子龍不能不說是一個打擊，就要離開京城，遠赴邊地的臥子想起來已經回到家鄉隱居的老師，寫了《寄郢中鄭澹石座師》一詩，詩中表達了對於老師的思念：「我思鄭夫子，遠在漢江旁。素衣娟娟吹白雪，郢歌激楚蘭臺前。」也表達了對於隱居生活的嚮往：「人生江海足娛樂，何必定遊日月旁？鄭夫子無逍蹇，楚西山，吳林屋，其中有書佇深谷，紀事都在人皇前。唐虞以還皆碌碌，不知理亂心無憂，日披一卷教麋鹿。此事若成莫問天，扼腕燕市何足賢，荊歌高築徒茫然。」〔註86〕這是他在仕途不如意情況下所產生的自然的迴避情感，而他選擇了鄭澹石作為傾吐的對象，一方面是因為鄭澹石本身是一個隱者，假如他選擇的傾訴對象不是隱居山林的鄭澹石而是為國嘔心的黃道周，可能不等他抒發憤懣之情，石齋先生已經要批評他了吧；另一方面，也可以看出，陳子龍對於鄭澹石的感情是非常私人化的，可以把自己心中的哪怕十分細小的感情也盡情表

〔註84〕〔清〕吳偉業《吳梅村全集》卷二四，第 607 頁，上海古籍出版社1999 年。
〔註85〕〔明〕劉侗《帝京景物略》卷一，北京古籍出版社 1983 年。
〔註86〕《陳子龍詩集》卷九，第 258 頁。

達出來，對著他發發牢騷，不會覺得不妥。

　　但是對於心懷天下的陳子龍來說，所謂的隱居山林只能是牢騷時的感慨罷了，他不僅不可能去隱居，相反，在崇禎十五年，明王朝搖搖欲墜的前夕，他還給鄭澹石寫信，勸他出仕。《寄上京鄭師》：「我師昔立殿西頭，龍淵欲擬安昌侯。一朝忽失絳灌意，十載翻從屈宋遊。鄢郢城高風景切，鹿門野陰桑柘幽。年年著書殊未止，吾道何須歌虎兒。劉向七略簡欲青，蔡邕九經石半紫。羅網更盡三千年，上掩龍門追魯史。爾來禍亂眞倥傯，中原萬里旌旗紅。大梁公子逐流水，襄陽耆舊如飄風。尤來大槍相間出，海內殺氣纏衡嵩。安陸卿雲成紫蓋，素皇以來比豐沛。軒轅神臺不敢攀，康成德里人所賴。春風落日顯陵西，輕裘馬衣冠會。指日徵書下玉京，登車攬轡奏澄清。豈得徘徊留白社，早知不免爲蒼生。掃除天下必英俊，戡定變亂歸忠貞。予持刀筆趨公府，署事本州亦無補。但願時清兵革稀，束書牛角還農圃。法言應自授侯邑，河汾門下慙房杜。」〔註87〕他把鄭澹石比做是失意的屈原和宋玉，擁有非凡的才華卻因爲受到排擠而不能見用，以至於流落蒼莽，著述爲業，但是現在國家的形勢已經到了岌岌可危的地步，祖宗的基業眼看就要淪喪，在這樣的危急時刻，他希望鄭澹石能夠再次出山，共同挽救國家的危難，以後再回到田園，清閒終老。

　　我們不知道鄭澹石有沒有看到陳子龍的這首詩，但是最終他出山了，或許這其中也有陳子龍的籌劃之功〔註88〕。

交遊之同輩摯友

方以智（1611～1671）

> 方子廬江珍，倜儻能好奇。
>
> 脫略湖海氣，神貌揚參差。

　　方以智，字密之，號曼公，南直桐城人。崇禎庚辰進士，官翰林院檢討。方以智出身於桐城的世族大家，如陳子龍在《聞桐城亂

〔註87〕《陳子龍詩集》卷十，第294頁。
〔註88〕〔清〕計六奇《明季南略》第16頁，中華書局，1984年。

久矣龍友從金陵來知密之固無恙也甚喜又以久不見寄書寒夜有懷率
爾成詠》中所說：「君家皖城裏，冠蓋何綏綏？朱門高插天，……君
族既鼎貴，甲第誰能追？祖父爲九卿，中外多臺司。」〔註89〕他自
己更是明代著名的文學家、詩人、哲學家，名列晚明四公子之一，
晚遊方外，旅病萬安，臨終與弟子講道不輟，生平博極群書，著有
《烹雪錄》、《浮山全集》、《周易圖》、《通雅》、《易餘》等。在文學
哲學之外，他還寫有《物理小識》、《藥地炮莊》等自然科學著作，
可以說是我國清代重要的科學家。這樣豐贍多樣的學術成就是和他
傳奇式的人生分不開的，在明清易代之前，他是風流倜儻，義氣干
雲的貴公子，和陳子龍、李雯等復社才子都有相當的交往，寫下了
大量反映現實，抒發抱負的詩歌；入清之後，他卻洗盡鉛華，祝髮
爲僧，潛心學術，苦修終老。可以說，他的人生，就是時代巨變的
一個縮影。

　　陳子龍和晚明四公子都有所來往，但和方以智的詩文往來是最
多的。方以智和陳子龍的交往可以追溯到崇禎五年，在《陳臥子詩
敘》中，他說：「余束髮時爲詩，即與天下言詩者不合。年二十，乃
交雲間陳子臥子。」〔註90〕方以智生於 1611 年，年二十也就是在
1631 年左右，同時他在《宋子建秋士集序》〔註91〕說壬申年他「初
過雲間」，壬申年是 1632 年（崇禎五年），由此可以推斷，他和陳子
龍的交往正是開始於崇禎五年。兩個人雖然素昧平生，但是一見如
故，如方以智所說「志相得也。」這裏的志，首先是文學之志，也
就是他們的文學主張不謀而合。陳子龍作有《遇桐城方密之於湖上
歸復相訪贈之以詩》二首，表達了自己對於詩文的看法：「小雨煙波
碧可憐，殘荷衰柳各娟娟。才人南國皆紈扇。軼女西陵怨翠鈿。」

〔註89〕《陳子龍詩集》卷五，第 134 頁。
〔註90〕《浮山文集》，見《浮山文集》卷二《稽古堂二集》清初方氏此藏軒
　　　　刻本《四庫禁燬書》集部 113。
〔註91〕《稽古堂二集》，《後編卷一》。

〔註92〕當時詩壇風行的詩體是竟陵體，陳子龍對此頗有微詞，故而有絕世獨立之感，方以智對於詩壇「趨時取寵」的風氣也是深惡痛絕，「仙才寂寞兩悠悠，文苑荒涼盡古丘。漢體昔年稱北地，楚風今日滿南州。(時，多作竟陵體) 可成雅樂張瑤海，且剩微詞戲玉樓。頗厭人間枯槁句，裁雲剪月畫三秋。」陳子龍在論詩主張上推崇七子派的復古，方以智也是「少知事古學。」做詩力求故免於時趣，而能「醞藉騷雅。存比興也。」故而兩人一見投契，雖然是初次見面，又是寒冬天氣，卻在古廟裏一直聊到了半夜。陳子龍在爲《方子流寓草》的序言中稱讚方以智的詩「皆憂愁感慨之作。然其情怨而不怒，其辭整渾而達。其氣激壯而沉實。」方以智則說陳子龍的詩「聲聲黃鍾」「沉壯多慷慨」，一個激壯沉實，一個沉壯慷慨，評價竟然如出一轍，不僅如此，他們還都爲對方的才華所傾倒，方以智說臥子「家擁萬卷，負不世之才。」陳子龍則說他「六齡知文史，八歲遊京師。十二工書法，隸草騰龍螭。十五通劍術，十八觀玄儀。旁及易象數，物理不可欺。」對其多方面的才能讚歎不已。

詩爲心聲，同樣沉著慷慨的詩風讓陳、方二人惺惺相惜，而以天下爲己任的家國之志又讓他們進一步在對方身上找到了自己的影子，陳子龍「負天下材，欲有所爲欲天下。」方以智也是「素慷慨欲言天下事。」一個在父親陳所聞的教導下從少年時就傾心東林，究心國事，一個是出身貴冑之家，從小耳濡目染，欲有所爲，慷慨沉著的詩風落實到現實中來，就表現爲積極用世的人生態度。

陳子龍在經歷了幾次落榜之後，終於在崇禎十年考上進士，找到實現人生理想的機會，「看花馬上錦連錢，得意珊瑚再著鞭。早著山中金匱史，傳聞闕下玉杯篇，故人望汝非今日。天子知君定少年。」人在金陵的方以智聽說了臥子高中的消息，自然爲好友的成功感到高興，馬上寫了《寄臥子都中》二首表示祝賀，同時鼓勵他「焦心黃屋

〔註92〕《陳子龍詩集》卷十三，第415頁。

求賢者，努力朱纓作大臣。」這不僅是一般的對於高中者的激勵和吹捧，同時也是自己人生理想的反映。同一年，陳子龍的繼母唐宜人病逝，臥子回鄉守志，悲痛的心情剛剛平復下來，就向李雯詢問方以智的近況，「李子云密之近有信來，在金陵甚豪頓。躍馬飲酒，壯士滿座。或引紅妝，曼歌長嘯。殊自快也。因出足下詩文二編讀之。」在別人眼中，方以智寓居金陵，詩酒風流，何其瀟灑如意，但是在陳子龍讀了方以智的詩歌之後，卻體會出完全不同的心情。他對李雯說：「密之良苦非能全其天者。我於詩文知之。君不見千里之馬乎，方其在山澤嚙水草，悠然自適也，然其心未嘗不預備法駕而鳴和鸞者。不然，胡為長鳴哉。密之名家盛年，多才負氣，又當世亂，不能為人主建一奇，立一策，故不禁其言之頹激而恢蕩也。」〔註93〕能從表面的瀟灑中看出內心的痛苦和焦灼，這才不失為知音之言，所以方以智在接到了臥子的信之後感動不已，寫了《得臥子書讀其白雲草感而答之》「長書讀罷短歌成，自倚東風變羽聲。青簡數行知我苦，白雲一卷以官名。顧瞻宮闕傷時事，交接公侯說世情。好學貴人誇得意，牢騷何故不能平。」〔註94〕「青簡數行知我苦」感激的是陳子龍對於自己的瞭解，「牢騷何故不能平」表達的卻是自己對於陳子龍的關注，事實上，臥子這時也正在體驗著內心的焦灼和痛苦。雖然中了進士，觀政刑部，在別人看起來春風得意，但是政局的混亂污濁卻不是他人可以體會的，魏忠賢一派雖然早被打倒，但是翻逆之風不絕，對於東林清流的詆毀攻擊一日不曾停止。溫體仁攬權，力排異己，「才入初夏，告密紛紛，清流之禍，幾在吾黨。」張漢儒誣告錢謙益，陸文聲彈劾復社，這樣混淆黑白，顛倒是非的事紛至沓來，雖然事情最後都有解決，但是卻讓初登政途的陳子龍感到了危機和失望。他想上書言事，但人微言輕，皇上根本不予採納，反而招來他人的側目，以至於有「黨

〔註93〕《答方密之》，《安雅堂稿》卷十四，見《陳子龍文集》（下），第408頁。

〔註94〕《方子流寓草》卷六，見明末刻本《四庫禁燬圖書》集部50。

魁」之名，「一二有職告弟，以子上書而不指政地，不破黨論，則爲
厄言；若言之，是挑邪說。而以子爲東南遊說也。」〔註95〕雖然看起
來陳子龍中了進士，入了仕途，但距離他所期望的施展才華的理想卻
還依然遙不可及。面對這樣複雜的政局，陳子龍「終至隱忍」，「同郡
李子徐子輩貽書，未嘗不以庸人達官相誚。嗟乎，弟雖有不得已，而
實係懦怯，豈敢辭良朋之責哉。天下悠悠，安往而不得庸人達官？此
段何堪爲他人道？惟與足下一言，欲足下知我心耳。」李雯、徐孚遠
都和未中試前的臥子一樣，充滿了激情和理想，他們是不可能完全體
會到政治的複雜性的，因此也就不能深刻理解陳子龍的矛盾和痛苦，
陳子龍把所有不足爲他人道的心事傾訴於方以智，他相信方以智能夠
理解自己，體諒自己。事實的確如此，出身於官宦世家的方以智對於
政治的認識遠比李雯等人現實和深刻，「人生難得者故人，故人不多
多苦貧。今君得時已富貴，努力事君爲名臣。拍手至地何所望，望君
諫書且莫上。紛紛市兒爭得官，刀筆媚人肆譏謗。豈徒重足爲公卿，
寂如寒蠅皆不鳴。布衣操觚偶憤激，動以腹誹加書生。書生畏人人不
喜，強顏作笑向誰是，唯有閉門仰天臥，夢見故人斯已矣。起書一札
投長安，長安道路傳書難，作詩三月寫紈扇，至今七月西風寒，知君
垂綬當郡邑，簿書期會今最急。旌旗不日過江南，猶望相逢下車揖。」
〔註96〕小人得志，正人失路，「書生畏人人不喜，強顏作笑向誰是。」
他對文人爲官的尷尬處境的刻畫可以說是極爲深刻的，因此，他對於
陳子龍進退兩難的處境完全能夠瞭解，與李徐等人對臥子的譏誚不
同，他反而規勸臥子「望君諫書且莫上。」從這裏我們不能不感歎陳、
方二人相知的默契，在人生的苦惱面前，他們相互寬慰，相互扶持，
因此，雖然有失望，但是他們都沒有放棄爲國家，爲民生的理想。

〔註95〕《陳子龍自編年譜》「崇禎十年丁丑」條，見《陳子龍詩集》（下），
　　　　附錄二，第653頁。
〔註96〕《懷臥子》見《方子流寓草》卷三，見明末刻本《四庫禁燬圖書》
　　　　集部50。

　　崇禎十三年，方以智考上了進士，然而，父親的冤獄卻使他的人生理想不得不停頓了下來。方以智的父親方孔炤，字潛夫，是萬曆四十四年進士。天啓初，爲職方員外郎，因爲得罪了閹黨崔呈秀，被削藉。崇禎元年，閹黨被剷除，方孔炤再次起復，十一年以右僉都御史巡撫湖廣，和農民起義軍作戰八戰八捷，是一個不可多得的將才。然而，因爲政見不同，他得罪了楊嗣昌，遭楊嗣昌彈劾，被逮下獄。方以智爲了替父親申冤，伏闕訟冤兩年，終於打動了崇禎皇帝，方孔炤減死戍紹興。在爲父申冤的這段時間裏，方以智內心的激憤可想而知，陳子龍爲此寫了《贈方密之進士》：「故人射策未央宮，何事蕭條燕市東？四海交遊誰是石？五侯賓客盡如風。孤臣莫上緹縈書，聖主終明魏尚功。指日湛恩還棨戟，期君再世有彤弓。」〔註97〕寬慰他，鼓勵他。

　　甲申年，明朝覆亡，方以智和陳子龍相繼來到南明供職，但是南明的政局依然是烏煙瘴氣。甲申八月二十七，御史王孫藩論方以智自虧臣節，復撰僞書以亂是非，命令逮捕方以智〔註98〕。陳子龍也在差不多的時間請辭回家。後陳子龍蟄伏鄉間，聯絡水師起義，方以智則輾轉流離，又在隆武朝廷任中允官〔註99〕，直到永曆三年，國勢危如累卵，清勢重如泰山，而舉朝文武猶爾夢夢，「欲不亡得乎〔註100〕？」看破世事的方以智於順治七年（1650），在江西廬山開先寺祝髮出家，從此青燈古佛，潛心學術，不問政治。

　　從年齡上看，方以智的年齡比陳子龍略小幾歲，「而觀形貌，似予（方以智）長。」〔註101〕雖然他和陳子龍在文學觀念、人生理想上志同道合，但是兩個人的性格卻相差甚遠。宋徵輿說陳子龍「長七

〔註97〕　《陳子龍詩集》卷十五，第497頁。
〔註98〕　〔清〕計六奇《明季南略》第130頁，中華書局，1984年。
〔註99〕　〔清〕計六奇《明季南略》第337頁。
〔註100〕　〔清〕計六奇《明季南略》第421頁。
〔註101〕　《陳臥子詩敘》見《浮山文集》卷二《稽古堂二集》清初方氏此藏軒刻本《四庫禁燬書》集部113。

尺餘，晳而髭，眉目修廣，善言笑，喜飲酒，州閭之會，男女雜坐，坐得孟公，未嘗不過夜半。抵掌微言，雅謔錯矣，然至其陳六藝，辯先王之道及忠義大節，則持論斷如也。」〔註102〕看得出來，陳子龍的性格是比較隨和歡快的，同臥子相比，方以智則顯得更加老成一些，「崇禎十五年八月，定王出閣讀書，方以智任訓講——方以貌過莊，王不啓齒——方聲壯厲，訓句三四，王止依聲一二——方以即日應誦之書進上，王則掩卷而背之。」〔註103〕陳子龍曾說他「多才負氣。」他自己也在《吳門過臥子作兼寄舒章》中寫道「我生好慷慨，所以逢亂離。二十亦已邁，何求爲人知。不能成隱士，又非游俠兒。無家復遠遊，努力還自疑。夜泊金閶門，逢子問安之，君從秣陵來，訪我不相期。酌酒拔劍舞，作歌其聲悲。見子不悲歌，悲歌當告誰。君負天下才，何事不可爲，我獨困蓬蔚，被褐行且遲。從此亂離多，請瞻浮雲馳，君歸見李子，云我長相思。但戒勿慷慨，天下多事時。」可以看出來同臥子的寬和相比，方以智是較爲偏執激烈的。因此雖然同樣是追求詩文的沉著慷慨，臥子講求和雅、高華，延續的是古典詩歌溫柔敦厚的中正之美，而方以智則近於變風之作，「或日詩以溫柔敦厚爲主，今日變風，頹放已甚。毋乃噍殺。余日是余之過也。然非無病而呻吟。各有其不得已而不自知者，字長過大梁，嗣宗登廣武，退之祭田橫，弔望諸君墓。永叔出宋，欲求暉鳳就擒之處，子瞻所至登臺有長楊五柞之感。……今之歌，實不敢自欺，歌而悲，實不敢自欺，既已無病而呻吟矣，又謝而不受，是自欺也，必日吾所求爲溫柔敦厚者以自諱，必日吾以無所諱而溫柔敦厚，是愈文過而自欺矣。日當流離，故鄉已爲戰場，困苦之餘，蒿目所擊，握粟出□，自何能夠。此果不敢自欺於鳴鳩之淵冰者。」〔註104〕表現在詞言風格上，陳子

〔註102〕〔清〕宋徵輿《林屋全集》《於陵孟公傳》上海圖書館藏清康熙中九篽樓藏版。

〔註103〕〔清〕計六奇《明季北略》第384頁，中華書局，1984年。

〔註104〕〔清〕方以智《陳臥子詩敍》，見《浮山文集》卷二《稽古堂二集》

龍的語言比較華麗蘊藉，善於用典，而方以智的詩歌則較爲平實直白，比如他的《田稼荒》：「田稼荒，農夫亡，老幼走者死道旁。走入他鄉亦餓死，朝廷加派尤不止。壯者晝伏夜行歸，歸看雞犬人家非，賊去尚餘一茅屋，官軍又來燒不足。」〔註105〕這首詩寫在崇禎十六年的袁州兵荒背景下，賦稅、荒寇交至，民不聊生，讓方以智不勝感愴，語言已經近似白話，相比之下陳子龍的《經高唐傷旱》：「胡塵吹不息，旱魃爾何威！四月無春旱，千村惟落暉。」〔註106〕就顯得古雅多了。當然，性格也是在經歷中慢慢塑造的，在動蕩的社會裏，才不見用，有才難用，方以智的負氣剛直表現得特別突出，而在經歷了那麼多的人生坎坷生死離別之後，當一切都塵埃落定時，一時官民敬禮之，稱他爲「大和尚」，在經歷了這麼多世事變故之後，他的心境也逐漸變得寬和平穩，不似昔年講官時嚴肅了。

侯岐曾（1594～1646）附兄峒曾、岷曾

陳子龍在爲好友徐石麒所寫的《皇明殉節光祿大夫太子太保吏部尙書虞求徐公行狀》中說自己「雖交滿天下，然生平同德稱蘭石者，莫過於御史大夫劉公宗周，大中丞祁公彪佳，小宗伯吳公麟徵，左納言侯公峒曾，考功郎夏君允彝茂才，顧子明德，許子□……」〔註107〕其中左納言侯公峒曾就是侯岐曾的同胞兄長。在陳子龍逃亡到最終被捕殉國的這段時間裏，頂風冒險收容他，保護他支持他的正是侯岐曾。

侯岐曾一輩共有兄弟三人，峒曾年最長，字豫瞻，岐曾年最少，字雍瞻，此外還有一個兄弟名爲岷曾，兄弟三人皆以文名鄉里，有「江南三鳳」〔註108〕之稱。陳子龍的自編年譜「天啓六年丙寅」條：「是

清初方氏此藏軒刻本《四庫禁燬書》集部113。
〔註105〕　〔清〕計六奇《明季南略》第394頁，中華書局，1984年。
〔註106〕　《陳子龍詩集》卷十二，第369頁。
〔註107〕　《陳忠裕公全集》卷十一，見《陳子龍全集》（上），第604頁。
〔註108〕　《嘉定縣志》「侯岐曾，字雍瞻，震暘季子。少奇慧，與兄峒曾、

歲，始交陳眉公、董玄宰兩先生，及漻水侯豫瞻、武塘錢彥林昆弟。」漻水侯豫瞻昆弟指的便是他們。計六奇說：「吾友徐石麒家宰、侯峒曾銀臺、馬世奇太史、陳子龍給諫，皆世所指名東林也。」〔註109〕可知他們和臥子都曾列名東林，是「重氣節，敦行誼」的士大夫。其中，陳子龍和侯岐曾兄弟，包括他們的家人兒女都有深厚的交誼，《陳子龍詩集》中有《輓侯文中·二首》〔註110〕就是爲侯岐曾早逝的二兒子侯洵所做，陳子龍說他「風儀整秀，規簡貞令。」同時，侯洵也是陳子龍好友夏允彝的女婿，可以說侯、陳、夏幾人之間是亦親亦友，情感自然深厚。

侯峒曾，號廣成，曾以江西督學分守，歷官至順天府丞，但是未赴而京師失陷，只得回鄉家居。南明弘光建立之後，峒曾以左通政使被召，但是朝政的混亂荒謬讓峒曾大失所望，「覆巢之下尙爲處堂，難矣哉。」〔註111〕隱不赴。順治元年閏六月，清兵攻打嘉定，嘉定的士人百姓群起抗爭，峒曾被推爲盟主，與兒子侯玄演、侯玄潔一起治兵。明將李成棟投降清廷，帶領清兵於廿二日壬寅圍攻嘉定。峒曾和明朝進士黃淳耀一起死守，百方禦之，嘉定雖然只是一個小小的郡邑，既沒有強有力的兵力也沒有充足的武器火藥，但就在這樣艱難的情況下，峒曾等人竟然死守了十二日之久。直到七月初四忽降大雨，水深積有數尺，導致了邑城一角坍塌，李成棟帶兵入城，侯峒曾趨拜家廟，自沉而死，成爲抗清不屈，以身殉國的先行者。

到了順治四年，陳子龍遭到清廷的通緝之時，他所投靠躲避的地方也就是侯岐曾的家。當時，侯岐曾的家中還有兒子侯汸、侯涵和女婿顧天逵，他們爲保護陳子龍盡了最大的努力，甚至不惜犧牲自己的性命。

岷曾同補諸生。學使者表其廬爲『江南三鳳』。」

〔註109〕〔清〕計六奇《明季北略》第698頁，中華書局，1984年。
〔註110〕《陳子龍詩集》卷十二，第362頁。
〔註111〕〔清〕計六奇《明季南略》第263頁，中華書局，1984年。

　　在清廷抓捕最急的時候，顧天逵主動挺身而出，船載臥子，把他送到了陳子龍的另一個友人楊彝的家躲避，楊彝大驚曰：「我以陳先生在千里之外矣，乃猶至是耶？」顯然陳子龍的到來讓他又驚又怕，以至閉門不納。顧天逵慨然曰：「陳先生與天逵交未深，然已諾，誼不可棄。」就把陳子龍藏在了黃泥潭的墓舍之中。這時，清廷已經尋蹤覓迹，來到了嘉定。據《忠義錄三顧傳》中記載說：「岐曾怒急，具告。土國寶遣卒夜至昆山，縛天逵臥床。天遴久居彈山，適歸家，出曰：『我實匿陳公，兄無與。』天逵亦曰：『匿陳公者，我也。』吏皆縛之，亦得子龍黃泥潭。三人同舟縱飲吟新詩。天逵、天遴見巴山、國寶，互引罪如初，皆殺之。」把三顧定性為忠義烈士，而把岐曾說成是賣友求榮的小人，顯然是不對的，事實上，顧天逵之所以私藏陳子龍，完全是受了岳父侯岐曾的囑咐。白堅對此做了詳細的考證和校對，他以侯岐曾所留下的日記為資料，是比較可信的。現將其辯證抄錄於此。「白堅案：余讀丙戌丁亥日記，更不能歎服著者侯岐曾之不可及也。天逵之藏子龍，實緣岳翁岐曾之囑，日記丁亥五月初六云：『大鴻方理歸戢，告以急病之謀，渠亦欣允。』即指此言。此際侯家正處艱危之際，於子龍竭盡全力，護持、寬慰而激勵之。日記五月初二鈔存岐曾與李車公（陳子龍化名為李車公）云『此番危機，弟細究可無恙，我既無行事可躡尋，又無筆蹤可推按，豈有掛名文移便可懸坐者！但既供耳目，從此不得不過防，將來連染亦定非一姓，彼以為不除此屬天下終不得太平耳。故弟每以防遠不必防近，慮公不必慮獨，而翁兄今日氣志所動，吾輩之安危繫焉。要使精華果銳之氣時時叩存，切勿過於催塌，若將付之不可奈何者，命世之一人以為不可奈何，則天下事真不可奈何矣。……如弟迂愚老生，離亂俱無所用。……身則日日懸絲，家則刻刻累卵。……邇日又為風鶴驟驚，盡室奔迸。……願翁兄勿作速徙之圖，至祝至祝。』初十（岐曾被逮之前一日），情勢危急，收者將至，日記已不能終篇，問子龍走唐市為楊彝所拒，猶疾書數行欲寄，實未

及寄，此爲岐曾絕筆，多年後猶存，玄方爲黏貼於日記之末，云：『大兵將入矗境，聞多所征捕，寒家實萬分極危，然不暇自計，而亟望吾翁擇其所安。眞切心事不出前柬所云，但愧意有餘而力不及，更無一條必穩之路。惟吾翁自審擇之。』其急公好義，一片拳拳如此。參稽諸書，泄露子龍蹤迹者爲子龍僕，即隨行童子，見年譜引昆山縣志及陸時隆侯文節傳。」〔註112〕

同時，《嘉定縣志》侯岐曾條也記載了岐曾隱匿臥子而全家遭戮的史實：「侯岐曾，……順治丙戌，以匿故人陳子龍被逮，巡撫土國寶陰使人致酒脯曰：『汝湖海無名，待家信通，得不死。』岐曾曰：『我已無家，何信焉？』遂受刑。子沄、洵、涵，與峒曾子演、潔、瀞群從……」從縣志來看，當時受到牽連的還不止侯岐曾一家，還有峒曾的兒子侯玄演、侯玄潔、侯玄瀞等等。舉全家老幼之性命爲保全一友人，不能不令人爲之動容。

明亡之後，江南對於清廷的抵抗是特別頑固的，其中又以江南的士人爲代表，故而清政府對於抗清的江南士人採取的是異常嚴厲的剿殺政策，在陳子龍逃亡之時，他的故交友人們，要麼已經殉國而亡，在世的也多半閉門不納，黃宗羲曾把陳子龍比作投門望止的陳儵，指的就是這段經歷，而僅存的幾位能夠置個人性命於不顧的，也多半遭受了牽連。黃宗羲的話是否語含譏誚姑且不論，像侯氏一門這樣能夠在如此危急的情勢之下，豁出性命來保護陳子龍的義士，不能不讓人感佩。今天我們紀念陳子龍，對於侯岐曾一家，則更加不應忘記。

宋徵璧（1617～？）附宋存標

黃門洵天挺，才華冠藝苑。

龍鸞性不馴，河海氣常滿。

詩志本離憂，賦心殊放誕。

豪邁數文舉，頹唐亦中散。〔註113〕————（宋徵璧）

〔註112〕白堅《夏完淳集箋校》，上海古籍出版社 1991 年。
〔註113〕〔清〕宋徵璧《陳黃門子龍》，見《抱眞堂詩稿》卷二，上海圖書

　　陳子龍一生交遊特廣，其中主要以文士居多，特別是在組織復社幾社之時，結交了很多與他年齡相仿的青年才俊，其中如陳子龍與夏允彝，是以氣節相論；於雲間三子中的李雯，則是以在文章之外，猶有深厚的兄弟之情；而與宋存標、宋徵璧兄弟，則主要是對彼此才華的欣賞，在詩酒唱和的文社活動中建立起友誼來。

　　宋存標，「字子建，華亭人，堯武孫。明崇禎十五年副貢，注選翰林孔目。甲申後隱居東田，嘗作西北祠以祀列代忠烈。」〔註114〕其弟宋徵璧，「字尚木，華亭人，初在幾社中名存楠。崇禎十六年進士，授中書，充翰林院經筵展書官，奉差督催蘇松四府柴薪銀兩，未復命以國變歸里。入國朝以薦授秘書院撰文中書舍人，舟山之役，從征有攻，轉禮部祀祭司員外，升本部精膳司郎中，出知潮州府，卒。」〔註115〕

　　宋存標和宋徵璧是宋徵輿的從兄，他們都出身於宋代的宗室後裔，在南宋的時候遷移到了華亭，成為聞名一方的世家望族。宋氏家族代有聞人，具有深厚的家學修養。吳梅村在《宋尚木抱眞堂詩序》中說：「宋氏既右姓，兄弟多讀書知名，一門之內，魚魚雅雅，望而知為溫柔敦厚之風。」〔註116〕宋氏兄弟都是當時有名的才子，宋存標著有《棣萼新詞》、《國策本論十六卷》，宋徵璧則是以「鴻才麗藻」聞名鄉里，與從弟宋徵輿合稱為「大小宋」。他們對於復古詩文的提倡甚至要早於陳子龍，在彭賓的《二宋唱和春詞序》中就說道：「同人之公於倚聲者，宋氏最先，則推為前輩矣。」〔註117〕我們所熟知的雲間詞派和雲間詩派都和宋氏兄弟有著密切的關係。李雯《與臥子

　　　館藏康熙七年刻本。
〔註114〕〔明〕方岳貢、陳繼儒《松江府志》第323頁，見《歷代方志集成》
　　　　　上海圖書館藏。
〔註115〕〔明〕方岳貢、陳繼儒《松江府志》第318頁，見《歷代方志集成》
　　　　　上海圖書館藏。
〔註116〕〔清〕吳偉業《吳梅村全集》第674頁，上海古籍出版社1999年。
〔註117〕《四庫全書》集部，197冊，上海圖書館藏。

書》中提到令詞的創作時也說：「春令之作，始於轅文。」〔註118〕陳
子龍說：「吾友李子、宋子，當今文章之雄也。……所爲小詞，以當
博弈。余以暇日，每懷見獵之心，偶有屬和。」雖然日後陳子龍詞的
藝術成就在小宋之上，而被看作是雲間詞派的宗主，但從其作詞之初
衷來看，卻是對小宋之「和」。宋徵璧的《抱眞堂詩稿》中有超過三
分之一的「壬申課業詩」，以至吳梅村在《詩序》中說：「論次雲間之
詩者，或開其先，或拄於後，兼之者其在君乎。」陳子龍稱讚他的詩
「其旨適以忠，以氣和以貞，以調宏以渾，其色溫以麗……思深哉，
正而有節，陽舒陰聚，此古者朱襄氏之音耶。」推重若此，可以說在
以陳子龍爲代表的雲間復古文化創作中，宋徵璧兄弟佔據了非常重要
的位置。

　　宋存標和宋徵璧同陳子龍的年紀相仿，故而交遊的時間要早於
從弟宋徵輿。從陳子龍的自編年譜來看，天啓五年他「始交同郡夏
彝仲、周勒卣、顧偉南、宋子建、尙木、彭燕又、朱宗遠、金沙周
介生諸君。」在崇禎二年幾社建立之後，他們自然也就成爲文社中
的積極分子，彼此之間交遊日益密切，詩酒流連，相互唱和，留下
了不少來往應答的詩文，如《戊寅春仲同志集君子堂即席爲建安聯
句》《中秋偕闇公舒章讓木集飲》《十六夜又偕闇公讓木諸同社集飲》
《秋潭曲·偕燕又、讓木、楊姬集西潭舟中作》《秋雨同讓木泛舟北
溪各賦四絕》《重九後一日集子建宅觀菊》《送宋子建應試金陵隨至
海州成婚》《江都絕句同讓木賦》《八月大風雨中游泖塔連夕同遊者
宋子建尙木陸子玄張子慧》以及宋徵璧的《予以病請假戲摘幽蘭緘
寄陳臥子》《乙酉初秋村居寄懷陳子》等等。從這些詩作中可以看到，
他們當時作詩的氛圍多半是在同社或者好友的集會之中，所寫的主
題也多以詠花，泛舟，集飲，同遊這樣的活動爲內容，是非常典型

〔註118〕　〔清〕李雯《蓼齋集、後集》《與臥子書》第 506 頁，見《四庫禁
　　　　　燬書叢刊》集部 111，北京出版社。

的文人社團創作，而他們的關係也就建立在這種較爲輕鬆、純粹的文學活動之上。在集會之外，陳子龍寫給宋存標的詩有《爲宋子建悼亡》《送宋子建應試金陵隨至海州成婚》，給宋徵璧的有《寄讓木問疾》《賀尚木生子》等，也都以日常生活爲主題，既不涉及國家大事，也無關人生理想，所以，他們之間可以稱作是來往密切的詩友，酒友，卻不是能夠互訴衷腸，交流思想的知己。這就和李雯、夏允彝、方以智拉開了相當的距離。

　　這種分歧，在他們各自的人生態度上表現得很明顯。臥子一生都積極入世，以國家興衰爲己任，雖然每遇厄困，但始終都懷有強烈的士人責任感。崇禎九年，在爲宋徵璧上京赴考的送別詩中《計偕之役尚木先行歌以送之》，臥子就用「人生有才應自秘，忍視王路長崎嶇。勸君攬轡長安道，華陽之館空文藻。無論射策開金門，但得乘時寫懷抱。……澄清天下屬吾等，君當請劍予請纓。」這樣充滿豪情偉願的詩句鼓勵宋徵璧建功立業。事實上，跟「揚扢風雅爲事」的兄長宋存標相比，宋徵璧可以算是宋氏兄弟中最具有入世精神的一個了。在陳子龍、徐孚遠編寫《皇明經世文編》時，宋氏三兄弟都列名其中，所不同的是，宋徵輿只是做了一些文章的編選工作，而宋徵璧則是負責了整個文編的企劃工作，包括整個 500 卷的刻板與印刷工作都是由他來負責的。如果僅憑著對於文學的喜愛，而沒有關注世事，務爲有用的決心，如此浩大的工作量是很難完成的。但是，在面對政治風浪時，相比於陳子龍的「知其不可而爲之」宋徵璧則選擇了「卷而藏之」的明哲保身態度。

　　國變之後，宋徵璧和陳子龍曾共同任職於弘光朝廷，對於弘光朝政治的混亂無望，兩個人都心知肚明。所不同的是，陳子龍選擇了言路五十日，奏章三十餘，而宋徵璧則回到了故鄉，並且給陳子龍寫了一封束書：「時同侍從武英，陳曰所謂君隨丞相後，我往日華東。予曰不若婉鸞昆山陰。何期束髮便相親，百尺樓邊美十鄰。十載浮沉同硯席，一時憔悴識君臣。東風苦雨愁啼鴂，南浦扁舟問採蕁。知有昆

陰堪婉鸞，可容觴詠倦遊人。」〔註119〕從這首詩可以看出，宋徵璧
和陳子龍的關係還是很好的，他把陳子龍看作是自己多年交往的老
友，故而勸告陳子龍急流勇退，和自己一同歸隱亂世。在另一首《百
憂集行答陳子大樽》中，這種獨善其身的情緒表現得更為明顯：「餘
生一日還百憂，四時常若風雨秋。兒啼婦謫抵詬誶，弟歡兄嗟仍倡酬。
世途險巇不自保，閉戶掃軌心更擣。旨酒釃多且不足，醒來萬事增局
促。」同臥子相比，宋徵璧缺乏的是士大夫的責任感，所以，當危機
來臨的時候，他更多地考慮的是自己，他所選擇出路的標準也必然是
自己。這從他後來選擇出仕清朝這一點就看得非常清楚了。

　　儘管人生的態度和道路不同，但從文學詩酒中結成的友誼卻始終
存在著，在陳子龍殉國之後，宋徵璧寫了很多懷念陳子龍的詩歌，如
《江上唫效太白弔陳子》《暮春同陸麗京蔣鑅鴻單狷庵楊扶曦王盛時
吳六益馮羽公董德仲董蒼水董閬石張洮侯馮振仲吳日千及家子建楚
鴻同集燕又古晉齋小飲追懷大樽鯤庭分得十三元》《答贈陽羨陳其
年·其年來雲間訪大樽遺稿，歲且暮矣，長歌見懷，賦以酬之》等，
其中有「讀君文章三太息，翠竹紅巾啼不得。」「與爾同生不同死，
生亦不足恨，死亦安足樂。」「情多不復傷漂泊，為覓遺篇未忍歸。」
等句，特別是在若干年後，當他坐船經過陳子龍讀書，葬親的廣富林
時，寫下了一首《舟經富林》：「富林遲日理扁舟，十載傷心易白頭。
北海漫悲祠客盡，南冠不為小山留。魚龍杳杳驚前夢，松柏蕭蕭遂古
丘。猶是西園芳草色，幾人把袂復同遊。」他看到蔥鬱的樹林，想起
舊時同臥子把袂同遊的情景，少年的狂放，歡笑，意氣，無憂無慮，
如今西園的芳草依然碧綠，但是昔日同遊的人卻已經不在了，物是人
非，這種感傷和悲哀是非常真摯動人的。只不過這種悼念，更多地是
對時光流逝本身的無奈和感慨，而並不完全是為了感念捨身殉國的陳
子龍。

〔註119〕　〔清〕宋徵璧《乙酉柬臥子》，見《抱真堂詩稿》卷八，上海圖書
　　　　　館藏康熙七年刻本。

萬壽祺（1603～1652）

「豐沛多奇才，東吳擅修能。」陳子龍的交遊之中，除了文壇前輩，政界名流，還有很多和他同時代在文學上有所造詣的少年俊材，其中大部分是松江本地的，但也有很多他鄉的才子，比如萬壽祺、吳應箕等等。

萬壽祺，「字年少，又字介若，江蘇徐州人。由選貢中鄉試，五上公車，不第。築室袁公浦，博覽群書，吟詠無虛日，書畫俱精工絕倫。」〔註120〕他是明末著名的書畫家，善詩、文、書、畫，旁及琴、劍、棋、曲、雕刻、刺繡，亦靡弗工妙，尤工人物畫，精篆刻書法。根據朱彝尊的《明詩綜》記載：「萬壽祺，崇禎庚午舉人。」庚午年即崇禎三年（1630年），《陳子龍自編年譜》中記載崇禎三年「六月，和夏允彝一起去南京，參加八月鄉試，中舉。」故爾，萬壽祺和陳子龍、夏允彝應該是同時中舉。同樣是青年才子，同樣熱衷於文學，同樣懷有著無限的抱負和激情，萬壽祺和陳子龍很快便把酒言歡，一見如故。臥子還特意做了《酬萬年少》二首來記載他們的友情，其一寫道：「石華秀南澗，幽蕙揚中陵。物情有欣慕，在遠各自矜。豐沛多奇才，東吳擅修能。與君新結交，意氣來相憑。帝京共遊戲，江表觀徽繩。道歡洽清燕，雅負賢豪稱。傷哉禮俗士，焉能辨淄澠！風塵滿天地，阿閣飛青蠅。何年輓長劍？昔人如股肱。」〔註121〕詩中所寫的正是他們剛剛結交時的情景，意氣相投故而形影不離，如《年譜崇禎六年》所記載的那樣「邸中朝夕者，兗州黃楨臻、彭城萬年少也。」

中舉之後，萬年少和陳子龍一起回到了松江，詩酒流連了一段時間，陳子龍又把萬年少介紹給自己的朋友李雯和前輩陳繼儒，因此有《偕萬年少李舒章宿陳眉公先生山房》〔註122〕詩，當時陳繼儒「方營生壙，築呂仙洞於其旁」故有「預營高士墓，乃築仙人祠」之句，

〔註120〕《江南通志》見上海圖書館藏中國歷代方志集成。
〔註121〕《陳子龍詩集》卷四，第107頁。
〔註122〕《陳子龍詩集》卷十一，第319頁。

「夜深更語笑，明月畏相看。」他們相處是十分融洽愉悅的，繼而，又同萬年少、李雯把臂同遊，並寫有《冬日同萬年少游橫雲山李舒章園亭》詩，詩中所說的橫雲山莊據《婁縣志》記載是李雯父親李逢甲的園林，得與李、萬二子同遊，陳子龍非常的高興，欣然寫下「名士秀萬子，文苑長李郎。身在林泉際，思橫日月旁。明詩一握手，願言保孤芳。」〔註123〕之句，對彼此的友誼表現出極大的激動和珍視。

自崇禎二年之後，陳子龍和萬年少的交往正式開始。徐州距離松江並不太遠，萬年少曾數次往來松江彭城之間。崇禎五年，當時萬年少正打算明年納姬吳中，並且順便再同陳子龍等人相見，陳子龍在《送萬年少還彭城》中調侃他：「指點橫塘春事近，莫教惆悵鬱金堂。」〔註124〕指的就是這件事。第二年，萬年少眞的如其所言，納姬吳中，陳子龍也寫了《彭舍人因萬年少乞予作催妝詩戲贈二律》〔註125〕作爲應答。

年少的時光總是充滿了歡笑的，而隨著年歲的增長，入世日深，才子們心中那風花雪月的興致也漸漸替換爲憂國憂民的愁思，陳子龍與萬年少的交往中也漸漸看不到調侃與玩樂，代之以「早霜戒疏林，勁秋吹已暮。憶別銅馬門，至今吳江樹」的深沉感慨。

明王朝的敗迹一天比一天明顯，政治黑暗，官員無能，農民軍起義不斷，連老天也跟著湊熱鬧，地震、洪水，人禍天災，接二連三，黃河潰決，民不聊生，而總河尙書劉榮嗣卻在崇禎八年九月因爲疏鑿黃河而得罪瘐死〔註126〕。崇禎九月三月，李自成又率領著農民起義軍從南山穿越商州、洛陽進入延綏。張獻忠、羅汝才也率各部兵馬潛伏在伏牛陽、商州、洛陽的山區之中。不久，延綏總兵俞衝霄在羅家山和李自成展開激戰，以官軍的失敗收場。剿賊又一次遇到挫敗，農

〔註123〕 《陳子龍詩集》卷四，第 97 頁。
〔註124〕 《陳子龍詩集》卷十三，第 414 頁。
〔註125〕 《陳子龍詩集》卷十三，第 431 頁。
〔註126〕 〔清〕張廷玉《明史·河渠志》卷八三，第 2013 頁，中華書局，1974 年。

民軍的勢力再次壯大，形式進一步惡化了。陳子龍身在松江，心卻在商洛，在《酬萬年少·二首》中寫道：「音問何時發，方春恨不勝。花明千里道，月照九微燈。衰亂誰當念，風流敢自矜。還應謀大隱，荊棘滿青蠅。」「海內方多難，殷憂動草萊。奔流群盜近，疏鑿大河開。落日雲龍氣，春風戲馬臺。知君高臥穩，心念出奇才。」〔註127〕這時的萬年少已經開始了隱居的生活，在袁公浦讀書度日，事實上，從崇禎七年之後，他們便沒有再會面，只是通過書信互通音訊，雖然一者出世，一者入世，一者隱居在野，一者爭取入朝，但兩人在人生理想的終極目標上並沒有差別，仍然在相互鼓勵。

崇禎十年，陳子龍終於得中進士，在中試之後，他迫不及待地給萬壽祺回了一封信——《答萬年少》，既是向友人報告自己目前的狀況，也是向友人表達自己心中最眞切的情感。「自甲之春迄丁之冬，中間千有餘日，雖山川間之，干戈繼作，然渺河梁以述懷，望雲龍而不見，每當遙夕，未嘗不明月欲墮也。」〔註128〕詩中情意眞切，對友人的懷念無不出自肺腑，讀來令人泣然，「流人作孽，淮西榛梗。屬聞足下遭太夫人之戚，欲將一介而群傔歔嘘，如使絕域。遂使古義墜廢，至今罪戾極深，便應斥絕。而足下尙推夙昔，遠使陳辭告哀穗帳，何小人之薄而君子之厚也。」萬壽祺的母親辭世，萬壽祺爲此如臨絕域，陳子龍自身也以孝著稱，自然能夠理解友人喪親之痛，對於友人在這樣的境遇之下，還不遠千里陳書相告，陳子龍也非常感動。「春夏僕僕京輦，趨走朝貴之門，俯仰興臺之側，生平意氣不勝搖落。奉諱以來，愁疾交侵，昔時風流，何可再聞。弟年已及立，足下又稍過之，嗟竹素之難期望丹紗之可學，能不愴然耶。足下資質朗逸，才情雄麗，孔嘉之樂，其事多端。至於朝吟繁欽之詩，夕誦相如之賦，鳴琴在堂，風人所慕矣。又聞遠宗伯鸞卜居吳市，使後世繼士衡吳趨之篇者增，此勝流何其盛歟。」

〔註127〕 《陳子龍詩集》卷十一，第339頁。
〔註128〕 《陳忠裕公全集》卷九，第499頁。

在我們看來，經過了十年奮鬥，三次會試，終於得中進士的陳子龍應該是魚躍龍門，喜不自勝的，而在他給萬年少的信中，我們卻看到臥子心中眞實的擔憂：京師政治的局面，朝廷大臣的嘴臉，陳子龍全部看在眼裏；世事之艱難，陳子龍也無不心知肚明。只有在面對最爲知己的好友時，他才能將心中塊壘一吐爲快。然而，陳子龍並不是萬年少，對於萬年少那種鳴琴在堂，誦賦終日的生活，雖然在理想上可以羨慕，但在實際中卻無法實現，因爲在臥子的心中，國家的興衰存亡是比自身的榮辱更讓他掛懷的。「秋英粲林麓，揚舲大江湄。子愛澗中藻，余愛瀨下籬。幽芬娟似淑，心曲多恢奇。偕遊不其山，道遠方俟時。流焱生雙闕，白日忽已移。赴難愧古人，變服良可悲！子負河朔風，默坐流英姿。問誰執此？我言既相疑。幽憤當見理，何言酬恩私！」

明亡以後，萬壽祺誓不降清，參加松江起義，兵敗被捕並被投入監獄。多虧有人暗中相助，在被捕兩個月後，萬壽祺逃出監獄，回到江北，遷於淮陰清江浦西。他削髮爲僧，儒衣道服，更名壽，改字內景，法名慧壽，號明志（素道人、壽道人、慧道人、內景道人）。以遺民自居，每天穿著儒士的衣服，戴著和尙帽子，往來吳、楚之間，世稱「萬道人」，和閻爾梅被人並稱爲「徐州二遺民」。清順治三年（1646年），已降清的李雯請辭回鄉，路過淮安看望萬壽祺。兩人相對而坐時，李雯不禁淚流滿臉，泣說自己好比投降了匈奴的李陵。萬壽祺則奔波於江淮一帶，伺機再起，作《聞雁》詩感歎復國艱難：「此夕初聞雁，居然知異鄉。驚心萬里月，回首一年霜。未敢同胡越，非因謀稻粱。天涯淪落者，半夜起彷徨。」

萬壽祺不幸早死，其子孫牢記不做清朝官吏遺訓，在徐州城北築寨自居，即今萬寨。萬壽祺善書畫，書法從顏眞卿而有變化；畫仕女師法周昉，得靜女幽閒之態；山水林石隨意點染，夐然出塵。然頗自矜惜，不輕易作畫與人，流傳作品極少。順治八年（1651年），他爲送別顧炎武所作的《秋江別思圖》卷，現藏浙江省博物館，《松石圖》

軸藏故宮博物院，《山水圖》冊頁藏江蘇省美術館。萬壽祺的書房叫做「顓西堂」，著作有《顓西堂集》、《墨志》存世。

夏允彝（1596～1645）附夏完淳

「二十年來金石期，誼兼師友獨追隨。冠裳北闕同遊日，風雨西窗起舞時。志在春秋眞不爽，行成忠孝更何疑。自傷舊約慚嬰杵，未敢題君墮淚碑。」〔註129〕

陳子龍一生交遊特廣，先參與創立幾社，有六子之稱，又因爲同李雯、宋徵輿唱和詩詞，而有云間三子之名。但不論是六子還是雲間三子之譽，多因其文學才能而著，以氣節並稱者，則非陳夏莫屬。而陳子龍也曾感歎過：「嗟乎！僕雖交滿天下，安得義兼師友如足下者哉！」〔註130〕可見他與夏允彝相交之非常。

夏允彝（1596～1645），字彝仲，號瑗公，華亭人。復社成員，也是幾社六子之一。《明史本傳》說他「好古博學，工屬文。」但從今天所留傳的詩文來看，其所以能夠留名後世者，更多的因素在其人格方正，氣節高華。

《會葬夏瑗公》寫於順治四年（1647年），是陳子龍的絕筆之作，其中有「二十年來金石期」之句，所言非虛。根據陳子龍的自編《年譜》，陳夏兩人的友誼開始於天啓五年（1625年），「是歲，師事陳威玉先生，始交同郡夏彝仲、周勒卣、顧偉南、宋子建、尙木、彭燕又、朱宗遠、金沙周介生諸君。」夏允彝「地望既高，四方人士爭附其門，好獎勵後進，多因以成材。」〔註131〕他與陳子龍之間二十年的金石之誼就是最好的例子。夏允彝比陳子龍年長十二歲，是萬曆四十五年（1617年）的舉人。天啓五年，陳子龍還是未滿二十的少年，「才過

〔註129〕　〔明〕陳子龍《會葬夏瑗公》見《陳子龍詩集》卷十五，第531頁。
〔註130〕　《報夏考功書》《陳忠裕公全集》卷九，見《陳子龍文集》（上），第477頁，華東師範大學出版社1988年。
〔註131〕　〔明〕方岳貢、陳繼儒《松江府志》，見《歷代方志集成》上海圖書館藏。

志學，僅解操觚。」夏允彝已經「薦州里、隨計吏十餘載。」早已是
聞名鄉里的孝廉，故而臥子說他們「忘年結納。」少年陳子龍「年少
氣盛，血肉憤躁，語言輕脫，負正平誕傲之資而兼嵇生好盡之累，每
爲流俗所疾，動成疚痾。」老成穩重的夏允彝對他多有提點，「匡救
彌縫，解諷支拒，曲蓋其短，闡詡其長，至於醉飽之失，偶軼規繩，
愛憎之間，或違衡量，未嘗不殷勤責善，期於敦復。」給了陳子龍很
多的幫助和教誨，故而陳子龍說他們「誼兼師友。」陳子龍一生積極
入世，慨然以國家自任，夏允彝也是「學務經術，洞曉世務，獨處一
室，志在天下。」〔註132〕正因爲他們的抱負相同，性情投契，對比
他們的一生，在人生各個重要的選擇路口上，機緣巧合也好，有意爲
之也罷，他們也確實做到了不離不棄，陳子龍的腳步與夏允彝緊密「追
隨」。

追隨之一，上京會試

崇禎十年（1637 年），陳夏兩人一同上京參加會試，一同考中進
士，一同爲復社奔走，一同被政敵目爲「黨魁」。中試之後，陳夏等
人曾一同遊春，陳子龍以樂觀暢快地心情寫下：「且登高臺立斯須，
幾甸千里開神圖。夏子名譽聞東吳，錢郎相門眞鳳雛。一朝彈冠事天
子，長纓何計摧□□。矯首北望嗟崎嶇，諸陵煙樹神所扶。」〔註133〕，
表達了面對大好仕途的萬丈雄心。

追隨之二，造福地方

就在崇禎十年刑部觀政之後，夏允彝被任職長樂知縣，離開北
京，先回到松江，隨後去福建赴任。他離京時，陳子龍曾做《仲夏直
左掖門送彝仲南歸》詩相送，詩中充滿了對知己好友的眷戀不捨之
情，和共同勉勵之義。「晨趨閶闔門，炎風吹綺疏。輕雲過員闕，鳳

〔註132〕〔明〕方岳貢、陳繼儒《松江府志》，見《歷代方志集成》上海圖
書館藏。
〔註133〕《高梁橋行偕夏彝仲、錢仲馭遊賦》，見《陳子龍詩集》卷九，第
256 頁。

吹聞清虛。言與君子別，引領一躊躇。分手即長道，何時還故廬？非無騏與驥，修板自崎嶇。子行慎霜露，予留愁卷舒。少小重南國，歡愛日同車。入宮方見妒，況迺更離居。努力理文繡，無事徒歔噓。　金塘回素波，中有雙鴛鴦。託身在清禁，和鳴君子旁。人生會有別，孤翼忽南翔。顧此同林鳥，安知天路長？平生志慷慨，何事獨難忘？本為四海人，豈得常相將。丈夫重知己，萬里同芬芳。黽勉效貞亮，德輝在嚴廊。莫憂青蠅多，和璧貴善藏。執手不能語，恨矣結中腸。」
《明史》中稱讚夏允彝在長樂縣任職期間「善決疑獄。他郡邑不能決者，上官多下長樂。居五年，邑大治。吏部尚書鄭三俊舉天下廉能知縣七人，以允彝為首。」他辦案不畏權勢，當時福建總兵鄭芝龍飛揚跋扈，且庇護部將，在南澳島殘害過往商賈，歷來主管官員，投鼠忌器，視而不問。夏允彝查實案情，先斬後奏，以「非天意彰露，則鄭鎮長為其冒託；不惟污朝廷之法網，又虧鄭鎮之清節」等詞，使鄭芝龍得悉後，也只得啞子吃黃蓮，無可奈何。而陳子龍後來也任職紹興推官，斷獄判疑，賑糧救災，組織武裝，剿滅寇賊，同樣為百姓疾苦任勞任怨，雖然二人身處兩地，所為卻一，實不負知己之志。

追隨之三，任職南明

甲申之變以後，在家丁憂的夏允彝在第一時間「走謁尚書史可法，與謀興復。」「隨以舊都再建，東南有君，自謂晉宋之業可成，溫陶之績可繼。」「累繭南齊，調護群帥。」把所有的家產都捐獻了出來，「為江南、浙東西舉大義倡。」並被弘光朝廷授予吏部考功司主事。隨即，陳子龍也來到了南明朝廷，以兵科給事中起復，「揮扇江滸，呼集餘艎。」〔註134〕

追隨之四，共同抗清

弘光朝廷在一片烏煙瘴氣的傾軋之中很快歸於覆滅，夏允彝和陳

〔註134〕〔清〕張廷玉《明史・夏允彝傳》，卷二七七，第 7098 頁，中華書局 1974 年。

子龍卻並沒有消解救國復興的宏願，他們一同投入了組織義兵抗清的
事業之中。其實這時的陳夏二人對於起義的形勢都已經看得非常清
楚，陳子龍在《報夏考功書》中就已經說到：「各郡義兵起，同志之
士紛紛建旗鼓，足下斷其不可恃。」但是，他們所共同擁有的士大夫
的責任感和氣節意識，卻依然鼓勵推動著他們繼續前進。吳淞的總兵
吳志葵是夏允彝的門生，陳子龍就聯絡了夏允彝聯合吳志葵一同反
清，但是很快就失敗了，夏允彝也就在這次兵敗之後慷慨殉國，陳子
龍則依然繼續抗清。

追隨之五，投水殉國

在松江起義失敗之後，夏允彝的哥哥夏之旭曾力勸他出家避禍，
但是夏允彝都斷然拒絕了，他說：「舉事一不當，而行遁以求生，何
以示萬世哉。」〔註135〕八月中，他在松塘爲明殉節了，據說當時松
塘的水很淺，無法淹沒他，他就努力地把頭扎在水裏，好把自己悶死。
從他留下的《絕命辭》中，「志在春秋」「行成忠孝」的人生大節表現
得淋漓盡致。「少受父訓，長荷國恩。以身殉國，無愧忠貞。南都繼
沒，猶望中興。中興望杳，安忍長存。卓哉吾友，虞求、廣成，勿齋、
繩如，愨人，蘊生。願言從之，握手九京。人誰無死，不泯者心。修
身俟命，敬勵後人。」他的死對陳子龍是巨大的打擊和哀痛，讓陳子
龍「拊膺頓足摧心肝」而無法解脫，但同時，他的死也是對陳子龍無
比的激勵，陳子龍在評價夏允彝之死時說道：「嗟乎，事當橫流，以
身殉難者多矣，或迫於勢地，計無復之，又或激發，乘一時之氣，豈
若足下素所蓄積，捨命不渝，如履常蹈，和著哉。上報九廟，下存三
綱，太史公以屈子，與日月爭光，又云死有重於泰山，若足下可當之
矣。」〔註136〕

在夏允彝死前，曾給陳子龍寫過信，信中說「勉以棄家全身，

〔註135〕〔清〕侯玄涵《夏允彝傳》，見《夏完淳集》附錄二。
〔註136〕《報夏考功書》，《陳忠裕公全集》卷九，見《陳子龍文集》（上），
　　　　第477頁，華東師範大學出版社1988年。

庶幾得一當。」希望陳子龍能夠保存性命，繼續未竟之業。事實上，陳子龍也是這樣去做的，他沒有像夏允彝一樣選擇即死，而選擇了不斷地流離逃亡，雖然是爲了奉養祖母，不敢早決，但其中也必然有夏允彝的期望之責，所以在經歷了一次次的抗清失敗後，陳子龍才會有「常思上負國家生成之恩，下負良友責望之旨」之歎。

順治四年，吳勝兆反清一事因爲泄漏而失敗，陳子龍被作爲主謀受到通緝，並最終在昆山被俘。在生命的最後時刻，他選擇了同夏允彝一樣，以身殉國，而且連投水殉國的方式也是相同。這是他最後一次追隨夏允彝，也爲他們之間二十年肝膽相交的友情畫上了完滿的句號。

第二年七月，他的學生，夏允彝的兒子夏完淳路過陳子龍曾經戰鬥過的細林山，寫下了《細林野哭》一詩：「細林山上夜烏啼，細林山下秋草齊。有客扁舟不繫纜，乘風直下松江西。卻憶當年細林客，孟公四海文章伯。昔日曾來訪白雲，落葉滿山尋不得。始知孟公湖海人，荒臺古月水粼粼。相逢對哭天下事，酒酣睥睨意氣親。去歲平陵鼓聲死，與公同渡吳江水。今年夢斷九峰雲，旌旗猶映暮山紫。瀟灑秦庭淚已揮，彷彿聊城矢更飛。黃鵠欲舉六翮折，茫茫四海將安歸！天地踉蹌日月促，氣如長虹葬魚腹。腸斷當年國士恩，剪紙招魂爲公哭。烈皇乘雲御六龍，攀髯控馭先文忠。君臣地下會相見，淚灑閶闔生悲風。我欲歸來振羽翼，誰知一舉入羅弋！家世堪憐趙氏孤，到今竟作田橫客。嗚呼！撫膺一聲江雲開，身在落網且莫哀。公乎，公乎！爲我築室傍夜臺，霜寒月苦行當來！」〔註137〕在詩中，夏完淳深情地回憶了曾經與老師共同戰鬥的日子，同時也表明了自己殺身取義，追隨父師的決心。

夏完淳（1631～1647），夏允彝之子，字存古，號小隱、靈首（一作靈胥），乳名端哥，國變後更名爲「復」。明松江府華亭縣人。夏完

〔註137〕白堅《夏完淳集箋校》，上海古籍出版社 1991 年。

淳幼承家學，天資特高，五歲讀完五經，有神童之稱。當時陳繼儒曾寫詩贊他：「包身膽，過眼眉，談精義，五歲兒。」七歲能詩文，九歲寫出《代乳集》。夏允彝出遊遠方，常帶完淳在身邊，使他閱歷山川，接觸天下豪傑。他從陳子龍爲師，又受知於復社領袖張溥，十一、二歲，已「博極群書，爲文千言立就，如風發泉湧；談軍國事，鑿鑿奇中。」一次他問岳父錢栴：「今日世局如此，不知丈人所重何事？所讀何書？」錢栴驚愕，一時無從回答。崇禎十六年（1643 年），夏完淳與同縣友人杜登春等組織「西南得朋會」（後改名爲「求社」），成爲「幾社」的後繼。次年春，農民起義軍席卷北方，完淳自稱「江左少年」，上書四十家鄉紳，請舉義兵爲皇帝出力。

清順治二年（1645 年），清兵下江南，十五歲的夏完淳隨父、師在松江起義抗清。失敗後，夏允彝投水自殉。夏完淳追隨陳子龍與太湖義軍聯繫，參謀義軍領袖吳易軍事，繼續從事抗清復明活動。不久，太湖義軍被包圍消滅。完淳泅水脫險。順治四年春，明魯王賜謚夏允彝爲「文忠」公，並授完淳爲中書舍人。完淳寫謝表，連同抗清復明志士數十人名冊，交與專在海上往來通信聯繫的秀才謝堯文，使赴舟山呈與魯王。謝在漴闕候船，被清兵拿獲，解送提督吳勝兆處繫獄。後吳勝兆反清事敗，清當局搜得完淳所書謝表等，於是南京總督軍務洪承疇，秉承清攝政王意旨，按名冊嚴緝夏完淳等，務要一網打盡。完淳避在嘉善岳父家中，曾秘密西行受阻，返回松江，決定渡海至魯王處，再圖大舉。不幸於六月底被清當局偵獲逮捕，取水道解往南京受審。船過細林山（即辰山），想起老師陳子龍，《細林夜哭》就寫於此時。押至南京後，洪承疇愛惜他的才華，有意勸降，說：「童子何知，豈能稱兵叛逆？誤墮賊中耳！歸順當不失官。」完淳挺立不跪，佯爲不知審訊大員就是洪承疇，高聲答道：「我聞亨九（洪承疇字）先生本朝人傑，松山、杏山之戰，血濺章渠。先皇帝震悼褒恤，感動華夷。吾常慕其忠烈，年雖少，殺身報國，豈可以讓之！」當左右差役告訴他堂上「大人」就是洪承疇時，完淳更聲色俱厲地說：「亨九

先生死王事已久，天下莫不聞之，曾經御祭七壇，天子親臨，淚滿龍顏，群臣嗚咽。汝何等逆徒，敢僞託其名，以污忠魄！」洪承疇色沮氣奪，無辭以對。據說當時他的岳父，也是陳子龍的好友錢栴也被捕，意志沮喪。完淳在旁勉勵說：「今與公慷慨問死，以見陳公於地下，豈不亦奇偉大丈夫哉！」

夏完淳被稱作最得臥子眞傳的復古派文人，也是最具有才氣的少年詩人。有賦 12 篇，各體詩 337 首，詞 41 首，曲 4 首，文 12 篇。他的作品先曾編爲《玉樊堂集》、《內史集》、《南冠草》、《續幸存錄》等。清乾隆五十五年（1790 年），吳省蘭合編爲《夏內史集》，頗有遺漏。嘉慶十二年（1807 年），王昶、莊師洛編刻爲較完整的《夏節愍全集》，共十四卷。1959 年由中華書局上海編輯所重加校訂，編印爲《夏完淳集》，爲今日較完備的通行版本。他的詩文詞均深受陳子龍的影響，古詩心摹漢魏，律詩上追盛唐，語言華美，色彩濃麗。早期的《青樓篇》、《楊柳怨》等詩以流連詩酒的文人生活爲內容，如「醒來錦袖飄歌院，醉後紅牙唱酒樓」等。但在明亡之後，十四歲的夏完淳「揭竿報國，束髮從軍」，從此「風駢霜胝，提襟短衣，備人世之艱辛，極忠臣之冤酷。」所作詩文也迥然一變，如「投筆新從定遠侯，登壇誓飲月氏頭。蓮花劍淬胡霜重，柳葉衣輕漢月秋。勵志雞鳴思未楫，驚心魚服愧同舟。一身湖海茫茫恨，縞素秦庭矢報仇。」無不直面人生，正視現實，表達少年英雄倚劍報國的俠肝義膽，意境蒼涼悲壯。尤其是他的詞作，更是秉承了大樽「香草美人」的風騷之旨，如他的《一剪梅》就是以閨情寫寄託的佳作：「無限傷心夕照中。故國淒涼，剩粉餘紅。金溝御水自西東。昨歲隋宮，今歲陳宮。往事思量一餉空。飛絮無情，依舊煙籠。長條短葉翠濛濛。才過西風，又過東風。」他在獄中寫下的詩被編爲《南冠草》留傳於世，其慷慨之情，深沉之思與陳子龍在國變之後所寫的《焚餘草》可稱雙璧。其中如《別雲間》：「已知泉路近，欲別故鄉難。毅魄歸來日，靈旗空際看。」《寄內》：「九原應待汝，珍重腹中身」等，都是慨世、傷時、懷友和悼念死者

之作，慷慨悲涼，傳誦千古。正如陳均在《夏節愍全集序》中所評：
「故其忠肝義膽，發爲文章，無非點點碧血所化。」此外，他還延續
父親夏允彝的《幸存錄》，寫了《續幸存錄》，分析南明弘光王朝敗亡
的原因，識見超卓、如謂「南都之政，幅員愈小，則官愈大；郡縣愈
少，則官愈多；財賦愈貧，則官愈富。斯之謂三反。三反之政，烏乎
不亡？」故郭沫若驚歎「完淳不僅爲一詩人，而實爲備良史之才者也。」

　　順治四年（1647 年）九月十九日，十七歲的少年夏完淳被押出
處斬。臨刑時，他立而不跪，神色不變。死後，由友人杜登春、沈羽
霄收殮遺體，歸葬於蕩灣村夏允彝墓旁。

楊廷麟（ ?～1646）

　　埃火清笳夜月明，漢家誰爲請長纓？
　　侍臣親下承華殿，大將分屯細柳營。
　　鳳詔頻煩中貴使，龍韜悉獲羽林兵。
　　知君彩筆干雲氣，鏡吹春風滿百城。〔註138〕

　　陳子龍筆下這位文武雙全，器宇軒昂的將軍指的就是楊廷麟。

　　「楊廷麟，字伯祥，清江人。崇禎四年進士。改庶吉士，授編修，
勤學嗜古，有聲館閣間。」〔註139〕崇禎十年，陳子龍中了進士，他
的座師就是晚明著名的士大夫黃道周，石齋「以文章風節高天下，嚴
冷方剛，不諧流俗。」凡是正直的士人無不對他敬仰有加，身在館閣
的楊廷麟也「與黃道周善。」崇禎十年的冬天，皇太子將出閣，楊廷
麟被任命爲講官兼直經筵。能夠做皇太子的老師，也就是將來皇帝的
座師，對於所有士大夫文人來說，這是一份莫大的殊榮。但是楊廷麟
卻上書朝廷，主動要求把這個職務讓給黃道周。就楊廷麟本身來說，
他是進士出身，又擔任翰林編修，完全有資格做經筵將官，之所以要
把這個機會讓給黃道周，是出自他對於黃道周博學剛正的欽佩和敬
仰。雖然這一建議並沒有被崇禎皇帝採納，但從中不難看出楊廷麟對

〔註138〕　《寄楊伯祥》，見《陳子龍詩集》卷十四，第 486 頁。
〔註139〕　〔清〕張廷玉《明史》卷二七八，第 723 頁，中華書局，1974 年。

於黃道周的敬重和任人唯賢的胸襟。爲此陳子龍特意給他寫了一首詩《人日寄楊機部太史充東宮講官》，其中有「玉樹朝輝接書幡，橫經青禁日臨軒。鳳條已見棲荀隆，龍翰還應讓邴原」〔註140〕之句，對他表示了感激和稱讚。

　　崇禎八年，鄭鄧之事起。黃道周遭遇了很大的冤獄，崇禎十三年，黃道周、解學龍被逮流放，楊廷麟和其他正直的士人們紛紛解囊相助，「姜曰廣送六兩，楊廷麟送二十兩。余如臯司吳、守道潘、高安令蔡、豐城令郝等，俱有助金，約千兩。」〔註141〕其中，楊廷麟甚至因爲這件事受到牽連，險些被捕。從陳子龍所寫的《寄懷楊機部太史時機部以漳浦之獄有連》「汝從高臥豫章城，何滅關西伯起名。鉅鹿風塵餘部曲，匡廬煙霧擁諸生。清時黨錮非難解，亂後音書倍欲驚。此日楚臣愁獨醒，滄浪東去不勝情。」〔註142〕中就可以看出他對於權臣當政，肆意打壓正人的憤慨，同時，他和楊廷麟之間的感情也通過這件事進一步深化了。

　　據陳子龍的詩作《楊翰林伯祥過邸中投贈》〔註143〕，他和楊廷麟的交往最早可以追溯到崇禎六年。這一年，有一個叫做莊鼇獻的晉江進士，上太平十二策，極論東廠之害，並論溫體仁六大罪。楊廷麟和陳子龍同爲東林中人，自然對這件事非常關心，「才名亦是千秋事，翹首燕山萬仞峰。（是日雜論時人，並言莊黃門疏。）」從這首詩寫作的題目來看，陳子龍稱呼楊廷麟爲「楊翰林伯祥」，而在其他寫給楊廷麟的詩作中則一律代之以「楊伯祥」或者「楊機部」，可見，這首詩是寫在二人初交之時，故而表現得客套尊敬。崇禎八年，楊廷麟奉召出使蜀藩，路過吳中再次見到陳子龍，故人相見，感慨良多，陳子龍寫下了《楊伯祥太史奉使冊封蜀藩予遇之吳中作詩贈行兼述懷舊

〔註140〕　《陳子龍詩集》卷十四，第472頁。
〔註141〕　〔清〕計六奇《明季南北略》第276頁，中華書局，1984年。
〔註142〕　《陳子龍詩集》卷十五，第520頁。
〔註143〕　《陳子龍詩集》卷十三，第430頁。

也》〔註144〕以作紀念。楊廷麟從蜀藩回來之後，陳子龍還寫下了《夢
與楊伯祥同舟語時事時伯祥使蜀方歸》，連夢中都會掛念故友，這種
情懷顯然不是泛泛之交了。究竟何以陳子龍和楊廷麟之間會有如此深
厚的感情呢？這是因爲陳楊二人的人生取向一致，他們都是文人，但
又不僅是文人，楊廷麟曾任兵部職方主事，「贊畫像升軍」，他的身份
已經從文人轉變爲了將領，陳子龍雖然這時沒有出仕，但他一貫對於
軍事情有獨鍾，後來也帶兵剿寇，任職兵科給事中，也就是說，他們
二人在文學之外，都有著一份沙場報國的男兒豪情，因此他們之間也
就比之他人有著更多的共同語言。在《楊伯祥太史奉使冊封蜀藩予遇
之吳中作詩贈行兼述懷舊也》中就有「劍外豺狼滿，川東羽檄纏。庸
知無李特，妄意學劉焉。宰相迴翔處，英雄割據權。」這樣充滿豪氣
的詩句。《夢與楊伯祥同舟語時事時伯祥使蜀方歸》裏也有「共歡黃
巾殊未息，似攜紅錦坐相投」〔註145〕的句子，直接說出二人相坐一
處，交談相投的不在文學而更多的是在軍政國事。

　　崇禎十年，陳子龍中了進士，正式踏入了仕途，但還沒有來得及
施展自己多年來的抱負，就因爲繼母唐宜人的辭世回鄉廬居，而這時
的楊廷麟正在遙遠的常山帶兵逐虜，「北風吹晏歲，白日淡無光。念我
同門友，攜手一彷徨。」〔註146〕思念著楊廷麟，也就是思念著臥子的
夢想，「牽牛豈無期？雲漢亦有梁。我懷獨在遠，徒使心內傷。……人
生貴同願，胡爲思故鄉。」而遠在常山的楊伯祥也在時時關注著遭遇
不幸的友人，他一面寬慰友人節哀順變，一面又鼓勵陳子龍打起精神，
振頹起廢。收到楊伯祥的信，陳子龍頗受鼓舞，在回信中他說：「子龍
草士輕微，煩冤日久，不識宏深，尤願與高賢相助也。」〔註147〕表達
了自己不甘失意，積極振作的決心。

〔註144〕 《陳子龍詩集》卷十六，第 539 頁。
〔註145〕 《陳子龍詩集》卷十四，第 448 頁。
〔註146〕 《歲暮雜詩》二首，見《陳子龍詩集》卷七，第 175 頁。
〔註147〕 《與楊機部太史》，見《安雅堂稿》卷十四，第 411 頁。

在這之後的三年，楊廷麟一直忙於戰事，陳子龍則守志在家，但對於時事和好友的關注從未稍減。崇禎十一年，「虜警日急」，楊廷麟以兵部主事參盧象升，陳子龍遠在江南，「朔吹寒花載酒過，流澌一夜滿江河。音書斷後憑烽火，歲月驚心長薜蘿。……請纓無計悲華髮，徒作詞人奈爾何？」「愁聽鼓角路漫漫，柏酒盈樽未忍乾。楊子驛前頻問訊，滹沱河上寄加餐。……虛擬明春遊五嶽，那堪此夜憶長安。」〔註148〕北方的戰事卻時時牽繫著他的心，而他卻只能作爲一介文人，心有餘而力不足，他能夠做的只有把自己的抱負轉告給楊伯祥，勉勵好友積極奮進，報效國家。在《與楊機部太史·戊寅冬》的信中，他這樣說楊廷麟：「足下激昂論事，慷慨請纓，未出國門，而已氣馳。」這種激昂論事，慷慨請纓，也正是陳子龍自己內心的寫照，「弟草土碌碌，學業不進，未知何時得效執鞭之役。分橫草之勳。既念君父，又愧友朋，可勝悒悒。」〔註149〕

崇禎十六年秋天，楊廷麟授職方主事，但沒有來得及赴職，京師就失守了。「廷麟痛哭，募兵勤王。」鼎革之後，福王立，祁彪佳舉薦楊廷麟，但被楊廷麟婉拒了，或許他早已看清了弘光朝廷馬士英、阮大鋮之流的嘴臉，陳子龍在供職南明五十日後，也辭去了。但是，他們兩人都沒有就此放棄復國救世的決心。陳子龍幾次出入水師義軍。楊廷麟也在順治二年，受到唐王的徵召，並且在三年正月，來到江西，與黃道周相呼應。順治三年十月四日，清兵登城，楊廷麟與之鏖戰良久，最終由於軍力不足，敗走西城，投水而死。不謀而合的是，一年之後，起義失敗的陳子龍也在昆山投水殉國，兩個有著相同志向的好友，最終選擇的也是相同的道路。

「男兒不願生封侯，但願當世無百憂。眼中不見讒謟士，杖黎飽飯何所求？」〔註150〕這是陳子龍寫給楊廷麟的贈詩，也是他們二人相同的志向所在。

〔註148〕　《戊寅除夕·二首》，見《陳子龍詩集》卷十四，第485頁。
〔註149〕　《安雅堂稿》卷十四，第412頁。
〔註150〕　《送楊伯祥還豫章》，見《陳子龍詩集》卷九，第271頁。

楊文驄（1596～1646）附孫克咸

說起楊文驄，腦海中不自覺地出現了《桃花扇》中的那個跳梁小
丑來，既周旋在復社的名士之間，又和阮大鋮之流稱兄道弟，爲虎作
倀，是個不折不扣沒有立場，沒有操守，牆頭草，兩邊倒的人物。但
陳子龍卻說他「天資英拔，觸類多能。」〔註151〕「飛英騰聲，縱橫
藝林，標建雋目」是「人倫之特立也。」〔註152〕對他大加稱讚，頗
可怪也。

對於楊文驄的記述和評價，歷來褒貶不一。在正史或野史的視角
下，在文學和藝術的描述中，對他的記載有所不同甚至大相逕庭。而
跟隨著陳子龍的指引，我們所看到的是一個不同於文學虛構的眞實的
楊文驄。

楊文驄（1596～1646），字龍友，號山子，萬曆二十四年生於貴
陽城南郊的石林精舍。貴陽地處西南，也就是中古的夜郎，成語有「夜
郎自大」就是形容其國遠地僻，「其民與侗瑤雜處，以故多鄙樸而少
文。」〔註153〕但是，在這個環境中長大的楊龍友卻博學能文，很有
藝術細胞。萬曆四十六年（1618年），楊龍友在鄉試中舉，並且同馬
士英之妹結爲夫妻。天啓四年（1624年）二十四歲的楊龍友奉母移
家南京。不久復社組建，楊龍友成爲復社的早期社員之一，他與張溥、
陳子龍、吳應箕等人的交往也就從這個時候開始。

陳子龍說「三代以上將帥必敦詩書，公卿皆習射御。」〔註154〕
推舉楊龍友有文武「兼人之才。」所言非虛。

楊龍友是明代著名的畫家，與董其昌、王時敏等大家齊名，合稱
「金陵九子」。在當時的南京城裏的可以說是無人不知，「雖片楮尺
幅，人爭寶之。」執明末畫壇牛耳的董其昌，見了他的畫大爲驚歎：

〔註151〕《楊龍友洵美堂詩集序》，見《安雅堂稿》卷一，第29頁。
〔註152〕《楊龍友四十壽序》，見《安雅堂稿》卷五，第129頁。
〔註153〕《楊龍友四十壽序》，見《安雅堂稿》卷五，第129頁。
〔註154〕《楊龍友洵美堂詩集序》，見《安雅堂稿》卷一，第29頁。

「楊龍友生於貴築，獨破天荒，所作臺蕩等圖，有宋人之骨力去其結，有元人之風韻去其佻，余訝以爲出入巨然、惠崇之間，觀止矣！龍友一日千里，春秋甚富，未見其止。」他作畫，能「納天地靈秀之氣」於胸中，「奇者移而幻，巧者移而淡，俊者移而深，麗者移而幽，奔而峭者移而靜且遠。」陳子龍在看了他的畫之後題詩道：「天姥峰頭丹欲就，若耶溪邊花正開。珊瑚爲杖玉爲屐，攜手與君歸去來。」〔註155〕對他所描繪的安閒寧遠的生活狀態無比嚮往，對他這種自然、逼眞、悠遠而自得神韻的繪畫境界倍加肯定，稱讚他的畫「上掩李黃，近匹沈董」。

楊龍友的詩也非常出色，「辭章藻麗，歌詠明逸」，「紆徐以導遠，篤誠以達情，引物連類，廣博曼衍。」運思之神，斐然生動，「景爍千秋而俯仰絕代」，被列爲「崇禎八大家」之一。他早年的詩，大都收入《山水移》，「噫嘻！山水不移，而移山水者龍友」。後期的詩，則收在《詢美堂詩集》，「沉詹淹遠，有正始之音」。陳子龍在爲《洵美堂詩集》所作的序言中說他的詩：「有幽峭之思，沉鬱之色，壯烈而不失和平，夷曠而中存莊雅。颯颯乎廟廊之音，泠泠乎山水之調也。」還說「龍友即無他長，此亦足以傳矣。」評價不可謂不高。

正因爲他在詩畫方面有這樣的成就，因此在人們心目中，雖然他不是江南人，但他的形象也就成了一個風流瀟灑的江南才子，《桃花扇》中雖然對他多有嘲諷，但也同樣把他看作一個儒學文人。然而事實上，他的功業實在不能僅以詩畫論，在晚明日益衰敗的國運之中，楊龍友實在是一位懷有「經世濟時」抱負與才能的「奇男子」、「大丈夫」。陳子龍評價他「兵家之言，尤爲精實。」〔註156〕可謂知己之言。

早在天啓元年（1621年），二十五歲的楊龍友就表現出了過人的勇氣和非凡的智慧，當時安邦彥進圍貴陽城，龍友就募士隨父拒守。第二年，貴陽圍解，楊龍友率所募追擊，大克之。在《明季南略》中

〔註155〕　《題楊龍友效襄陽雲山卷歌》，見《陳子龍詩集》卷九，第272頁。
〔註156〕　《楊龍友洵美堂詩集序》，見《安雅堂稿》卷一，第29頁。

還記載了他和黃得功之間所發生的傳奇故事。黃得功是南明時期鎮守四鎮的將領之一，性情豪爽，「素稱忠勇」〔註157〕，他「微時驅驢爲生計。有貴州舉人楊文驄、周祚新北上，於浦口傭其驢，初未知爲豪傑也。道經關山，突遇響馬六人，聞驄、祚新亦嫻於弓馬，欲與之敵。得功大呼曰：『公等勿動，我往禦之！』……一手挾驢，一手提行囊，突撲響馬。響馬大驚，乞止之，且曰：『有言相告。』得功不聽，撲擊如故。響馬急，齊下馬羅拜……楊、周兩孝廉見其勇而有志，待以弟兄禮。」從這個類似傳奇的小故事中可以看到楊龍友豪傑自命的俠者之風。因此《華亭縣志》中說他「爲人豪俠自喜，頗推獎名士，士亦以此附之。」

崇禎七年，楊龍友在華亭任教諭，「嘗作養賢堂，招諸生論文角藝其中。有貧而好學者，輒傾囊餼給之。時輕騎出郊，率諸生擊劍校射，務爲有用實學，以紓世難。」〔註158〕一時間，學習射箭成了松江士人流行的時尚，陳子龍在觀看了楊龍友的射藝之後還特意寫了一首《觀楊龍友射歌》：「平原杲杲日正中，微風畫動旌旗紅。良家少年好身手，一一欲墮雙飛鴻。楊侯起彎三石弓，周旋閒雅神融融。徐抽夏服已不見，九枝中處皆相同。電掃流星輕一擲，看罷千人皆辟易。侯也今爲儒者師，生平自許文章伯。長槍大箭古來有，羞與諸生弄文籍。祕枕無人閱素書，絳帳有時留劍客。自言本系出黔陽，少小飛騰勢莫當。錦衣繡帶紫騮馬，左馳右射開蒼茫。蠻家女兒笑不止，夜郎酋長驚如狂。皆言十三佩侯印，天南掌大難翺翔。自此縱橫十餘載，漸向中原交吾輩。年年獻策不見收，幾回欲擊珊瑚碎。慷慨聊從俠少游，滑稽戲作師儒態。時從小隊出城南，悲歌不禁雄心在。鄜西弓馬事已非，藍田射鼠今應在。君家兒郎亦太奇，終軍賈誼能同時。大兒矯捷不可羈，手持繁弱東西馳。小兒神貌殊

〔註157〕《敵情叵測疏》，見《陳忠裕公兵垣奏議》《陳子龍文集》第81頁。
〔註158〕〔清〕馮鼎高，王顯曾《華亭縣志》，上海圖書館藏乾隆五十六年刻本。

可喜，開弓躍馬來遲遲。海內風塵今若此，英雄歎息徒相視。可憐
兒戲棘門軍，忍使神州盡蛇豕。安得借君大羽箭，北掃王庭南越巂。
樓船將軍安足比，功名又在君家矣。」〔註159〕其中不僅對楊龍友高
超的射藝作了精彩傳神的描述，而且還特別寫出了楊氏父子文武全
才，立志報國的雄心偉願，而這一點和同樣胸懷大志，豪氣干雲的
陳子龍不謀而合。

崇禎十七年（1644年）清軍入關，七月，楊文驄自薦邊材〔註160〕，
九月楊文驄京口監軍，任南明弘光朝（福王朱由崧）官兵備副使〔註
161〕。次年，南京陷落，又在隆武朝（唐王朱聿鍵）任兵部右侍郎兼
右僉都御史。清順治三年（弘光二年，1646年）在浙江衢州抵抗清
兵，敗退浦城。被俘後不屈而遭殺，一家同死者三十六人。《明史》
中將楊龍友與袁繼咸、陳子龍等人共入「本傳」：「……明年（1646
年），衢州告急。誠意侯劉孔昭亦駐處州，王令文驄與共援衢。七月，
大清兵至，文驄不能禦，退至浦城，爲追騎所獲，與監紀孫臨（式公）
俱不降被戮。」文後贊曰：「廢興之故，豈非天道哉。金聲等以烏合
之師，張皇奮呼，欲挽明祚於已廢之後，心離勢渙，敗不旋踵，何尺
寸之能補。然卒能致命遂志，視死如歸，事雖無成，亦存其志而已矣。」
無疑是把他作爲一個忠心體國的烈士來看待的，然而，在《明季南略》
之《馬士英特舉阮大鋮》一則中記呂大器奏：「……士英拉大鋮於尊
前，徑授司馬，布列私人，越其傑、楊文驄等有何勞績？倏而尚書宮
保內閣，倏而金吾世蔭也。」而《明史》對此事也有載：「福王立，
遷大器吏部左侍郎。大器以異議絀，自危，乃上疏劾士英。言其擁兵
入朝，覬留政地，翻先皇手定逆案，欲躋阮大鋮中樞。其子以銅臭爲
都督，女弟夫未履行陣，授總戎，姻婭越其傑、田仰、楊文驄先朝罪
人，盡登膴仕，亂名器。『夫吳甡、鄭三俊，臣不謂無一事失，而端

〔註159〕 《陳子龍詩集》卷九，第244頁。
〔註160〕 〔清〕計六奇《明季南略》第72頁，北京中華書局，1984年。
〔註161〕 〔清〕計六奇《明季南略》第97頁，北京中華書局，1984年。

方諒直，終爲海內正人之歸；士英、大鋮，臣不謂無一技長，而奸回邪慝，終爲宗社無窮之禍。』疏入，以和衷體國答之。」看來，對於呂大器的奏章，主政者並未認真研究，只是敷衍而已。同時《明季南略》記載弘光元年四月，左良玉參馬士英「如楊文驄、劉泌、王燧、以及趙書辦等，皆形同犬彘，或罪等叛逆，皆用之於當路。」攻擊之強烈已近乎詆毀。再聯繫一下《桃花扇》中楊龍友被歪曲的形象，不能不讓人感到委屈。

　　說到底，楊龍友受誣的根源在於他與馬士英、阮大鋮的的淵源瓜葛。他是馬士英的妹夫，阮大鋮的盟弟，而馬、阮與閹黨餘孽勾結，爲世人不滿，誠如《明史‧楊文驄傳》所說：「然其父子，以馬士故，多爲人詆。」有了這樣的背景，在以罵阮討逆爲主旨的《桃花扇》中，楊龍友自然不能以正人的面目出現，而左良玉、姜曰廣等人也必然因爲馬阮遷怒楊龍友。但實際上，儘管楊龍友出身官宦之家，過著優裕的生活，但他的前半生，一直是鬱鬱不得志，卻並沒有因馬、阮的關係飛黃騰達。他六次進京會試都因不合時宜而落了榜，年逾三十而功名未就。直到 38 歲才踏入仕途，做了個「不入流」的華亭縣教諭。幾年過去了，好不容易才補了個知縣，但不久便因營救復社文士得罪了阮大鋮，被罷了官。在南明，他主動請纓，鎮守江防，儘管遭到了很多的誤解和歪曲，但是在國家危急的時刻，他依然挺身而出，擔當起天下的興亡，顯出了鐵骨錚錚的英雄本色。據《黔詩記略》記載：「隆武二年七月（1646），大清入閩，龍友、式公急移軍衛仙霞關，家室從焉。而大清兵已間道先入，二人不能禦，負重創，退至浦城，皆被執。貝勒屢諭之降，並不屈，乃斬之。……一家同死者……龍友死時年五十，式公少龍友十四歲。」與他同時殉難的除了妻妾、子女及僕從三十六口之外，還有他的監軍孫臨夫婦。

　　孫臨，字克咸，任城人，也是陳子龍的好友之一。王士禛《肆雅堂詩集序》對他有一個簡短的介紹：「孫先生諱臨，字克咸，更字武公，少司馬晉季弟。少讀書任俠，與里中方密之、周農父、錢飲

光齊名。所爲歌詩古文詞，流傳大江南北。崇禎末，流賊蹂楚、豫……皖當其衝。先生渡江走金陵。益散家財，結納奇才劍客。與雲間陳大樽、夏瑗公、徐復庵三君厚善。」大樽曾有《贈孫克咸》一詩，曰：「孫郎歷落天下才，龍文手握雙玫瑰。自言三卷授黃石，談兵說劍如風雷。時與少年四五輩，呼鷹走馬登高臺。春風初綠長干草，白門柳花飛滿道。紅妝落日嘴輕霞，影寫清淮金騣裏。酒酣拔劍爲我歌，結交賢豪苦不早。鄂渚風煙亂素秋，千帆斗艦上荊州。上客重題鸚鵡賦，書左還陪明月樓。數行能折虎牙將，一言叱吒龍頷侯。歎息我謀適不用，歸來仍典驌驦裘。錢塘八月與君遇，慷慨猶存肝膽露。明河欲墮西泠橋，疏鐘半暝南屛樹。十年衰亂難重陳，把酒相看淚如雨。皓齒青絲委路塵，淮水長江尙東去。君家哲兄多雄風，擁軍十萬鎮雲中。今年逐虜來盧龍，天子賜宴明光宮。何不拂君大羽箭，仰天一射天山空。第五之名比驃騎，指揮萬里平諸戎。黃河鯉魚紅撥剌，長安故人素書至。白波惡浪高於山，焚林觸石知何意？千古終無廉藺徒，眼前惟見蕭朱事。軒冕甘爲五鼎烹，壯士翻爲二桃棄。以之塵世難盤桓，掉頭煙海空漫漫。子學任公垂釣竿，予亦逢萌早掛冠。天陰野曠龍蛇蟄，雲高日薄鴻雁寒。此行倘把浮丘袖，翠羽金支掃石壇。」〔註162〕可見，這也是一位器宇軒昂，頗有豪俠之風的文士。《板橋雜記》中記載道：「克咸負文武才略，倚馬千言立就。能開五石弓，善左右射。短小精悍，自號飛將軍。然好俠邪遊，縱酒高歌，其天性也。葛嫩才藝無雙，定情一月不出。甲申之變，移家雲間，間道入閩，監楊文驄軍事，兵敗被執，並縛葛，主將欲犯之，嫩大罵，嚼舌碎含血唾其面，將手刃之。克咸見嫩抗節死，乃大笑曰：『孫三今日登仙矣。』亦被殺。」〔註163〕楊龍友同孫臨死後，蒲城人民慕其氣節，爲之舉袁腸，將其忠骨埋於城東三

〔註162〕　《陳子龍詩集》卷十，第 278 頁。
〔註163〕　孫臨葛嫩事迹可參見蔣星煜《孫克咸、葛嫩娘之生平與殉難事迹考》《上海師範大學學報》2002 年 1 期。

十里的楓香嶺，人稱「雙忠墓」。

　　陳子龍和楊龍友的交往將近二十年，「初見其繪事，上掩李黃，近匹沈董，而服其藝。已見其辭章藻麗，歌詠明逸，而遜其敏。既見其芝田永嘉之治行，清惠可師，而式其政。又觀其挽強馳駿，矢無虛發，而畏其勇。及談濟世之事，智略輻輳，意思宏深，而歎其未可測量。」〔註164〕臥子的這段話，可說是對楊龍友一生行事才能的最好總結。

周立勳（1597～1640）

　　搖落周生後，風流頓黯然。
　　盛名猶在世，大雅竟誰傳？
　　窮巷悲橫笛，高山欲斷弦。
　　華亭雙白鶴，何日是歸年！〔註165〕

　　在陳子龍所交之友人中，有以文章顯者，有以氣節名者，而周立勳則尤以其才性之不羈給我們留下一個高才大志但懷才不遇，風流倜儻卻天不假年的晚明才子形象。

　　周立勳，字勒卣，華亭人，他和陳子龍的交往始於天啓五年。「天啓五年，始交同郡夏彝仲、周勒卣、顧偉南、宋子建、尙木、彭燕又、朱宗遠、金沙周介生諸君。」〔註166〕他的年輩較子龍爲長，「故諸君子皆兄事之」。在晚明文人結社風行之時，「婁江張採、張溥，吳門顧夢麟，虞山楊彝，金壇張明弼、周鐘，江右陳際泰、艾南英，諸人聲望相挈。立勳與同郡夏允彝、徐孚、遠彭賓、陳子龍、杜麟徵六子聯社以應之。」據杜登春的《社事本末》：「幾社會議止於六子，六子者何？先君（杜麟徵）與彝仲兩孝廉主其事，其四人則周勒居立勳、徐闇公孚遠、彭燕又先生賓、陳臥子先生子龍是也。」其中，幾社的發

〔註164〕〔明〕陳子龍《楊龍友洵美堂詩集序》，見《安雅堂稿》卷一，第29頁。

〔註165〕《哭周勒卣之一》，見《陳子龍詩集》卷十二，第374頁。

〔註166〕《陳子龍自編年譜》「天啓五年條」，見《陳子龍詩集》附錄二，第636頁。

起者很顯然是杜麟征和夏允彝兩人，而緊跟在杜夏兩人之後的就是周立勳，陳子龍的位次則置於最末。關於這個順序的排定，杜登春是這麼說的：「時先父延燕又先生於館席授諸叔古學，凡得五人同筆硯。」「臥子先生甫弱冠，聞是舉也，奮然來歸。諸君子以年少訝之，乃其才學則已精通經史，落紙驚人，遂成六子之數。」也就是說，在幾社最開始籌劃建立的核心小組裏，並沒有陳子龍，之所以沒有陳子龍，是因爲他太年輕，較之其他五子爲「子侄行」，故而「諸君子以年少訝之。」但是，由於他的才學出眾，所以最終加入進去，而周立勳則因爲年輩稍長且「以高才負盛名」置身於幾社成立的核心團隊之中。

　　幾社成立之後，陳子龍、徐孚遠、周立勳、聞子將、顧開雍等人竟日流連，詩酒倡答，臥子曾寫過《聞子將結廬吳山之上壬申秋予與周勒卣顧偉南徐闇公登茲宇見修竹交密下帶城堞萬雉遠江虛無嬋媛其間風帆落照沖融天際眞幽曠之兼趣也予賞其疏異許爲賦詩忽忽未究今年冬晤子將於湖上心念幽棲卒未及登眺以續舊遊竟責前諾追賦一章亦有今昔之感矣》等詩歌予以紀念。周立勳死後，在悼念亡友的《哭周勒卣‧八首》中，陳子龍特別對這一段慷慨激昂的青春歲月作了深情的追憶：「念我生平時，弱齡意縱橫。嬋娟戀文史，時俗羞逢迎。慷慨事君子，大雅方流聲。黽勉望寥廓，結交繇中誠。」〔註167〕這既是陳子龍自己的描摹，也可以看做是對那些和他一起走過青春時代的好友們的共同寫照。而臥子不早不晚，恰在悼念周立勳的時候回想起曾經一起度過的青春時光，則是因爲在那個小小的團隊中周立勳佔據了重要的地位。這不僅是因爲他的才華，更是因爲他不羈的性情，在他的身上凝縮了一代士人的青春夢想。臥子從他的身上看到了自己青春的影子，而後人從他的身上則能看到晚明一代文人窮途當哭而又強力自持的倔強與悲哀。

　　關於周立勳的才華，史書已有所論述，《奉賢縣志》說他「與同里陳、夏齊名，爲雲間五子之一。」而且復社四公子之一的侯方域還

─────────────────────

〔註167〕《陳子龍詩集》卷十二，第 374 頁。

曾經不遠千里，特意邀請他北遊，「諸名下士共重立勳。」同每一個充滿才華的年輕人一樣，周立勳也以名節自勵，在崇禎五年、七年、八年、九年多次赴試，臥子給他寫有大量的贈詩。

「憶得秦淮舊酒樓，無端不見已三秋。當年輕薄誇宮體，此度凄清滿石頭。白羽新軍懷楚練，（時，金陵新立一軍）黃雲俠客動吳鈎。即今天地多兵甲，勿向城西問莫愁。」〔註168〕從陳子龍的《自編年譜》可查，臥子去南京是在崇禎三年六月，所以這首詩應該寫於崇禎五年。詩中陳子龍寫到了當時國家的局勢動蕩不安，溫州有盜警，「倘過東山思舊隱，永嘉烽火正縱橫。」正是人才匱乏的時候，「海內於今嗟鳳隱，眼中誰是識龍蟠？生平寂寞孫劉輩，空老周郎強自寬。」周立勳在這個時候去金陵，本是建功立名的良機，「勿將禮數問朱軒，更有風流暗斂魂。且譜紅弦豔南國，可傳白苧到中原。湖名玄武開滇水，山號盧龍出薊門。漢室公卿愁散地，無心挾策莫輕論。」

崇禎七年的時候，臥子的業師王元圓先生，好友徐孚遠、徐鳳彩兄弟都相繼去南京赴試，周立勳也於同一時期去南京赴試，面對師友們的離去，臥子不免「居者傷中情。」一口氣寫了《送勒卣之金陵省試》七首，為他送行。從文學觀念上說，幾社的士人多推崇大雅復古之文，周立勳也不例外，「墳籍將何期？古人為我師。」兩人可稱知音，而臥子自己這時卻正逢第二次會試下第，抑鬱困於家中，對於同樣在科舉道路上命運坎坷的周立勳，臥子頗有一種同病相憐的感慨，故而在第七首中臥子寫道：「加餐事遠方，意氣何揚揚！秋風掃阿閣，行遊入帝鄉。皇途正多難，英賢自輝光。奮策效明運，區寓資和康。與君共令德，何時日月傍？勖爾飲此酒，掩涕以彷徨。」〔註169〕勉勵周立勳抓住機遇，大展雄才。

在陳子龍的好友當中，周立勳的命運算是較為悲慘的一個，特別是在科舉的道路上，屢次赴試，卻履試不中。在七年下榜之後，崇禎

〔註168〕《送勒卣之金陵》四首，見《陳子龍詩集》卷十三，第415頁。
〔註169〕《陳子龍詩集》卷四，第104頁。

八年周立勳遊南雍，這時方有選舉太學之旨，陳子龍寫了《送周勒卣遊南雍》對他加以勉勵「憶君策馬古丹陽，淡柳疏風入大航。公瑾曲高多見誤，伯仁酒態莫須狂。龍旗聖主方求士，虎幄諸生盡拜郎。知爾澄清應有志，可無奇計奏明光。」〔註170〕九年周立勳又一次赴金陵省試，陳子龍又寫了《送勒卣省試之金陵》其中有「憐君才調似臨邛，獻賦何年動九重？」〔註171〕兩句，這一時期陳子龍也是處於科舉失利的準備和磨礪當中，兩人這麼多年的悲苦酸辛，可以說是盡在其中。

崇禎十年，陳子龍終於高中進士，周立勳卻依然詩酒飄零。「知君壯思生杯酒，愁絕中原攬轡難。」崇禎十一年秋，在松江老家爲繼母守志的陳子龍寫了《送勒卣遊睢楊》：「昔日旌旗同漢殿，至今賓客想梁園。抽毫雪夜清樽滿，放騎秋天荒草繁。幾度平臺能悵望，憐予偃蹇臥江村。」〔註172〕一者是有才未能見才，一者是有才卻無法見用，這一對難兄難弟就是在同樣的坎坷命運之中結下了深厚的友情。

和周立勳有著類似命運的還有徐孚遠，但兩人的性情卻截然不同，史書說孚遠「以直諒稱」，個性較爲豁達寬易，故而慷慨牢騷已即胸次灑然，立勳則是不折不扣的性情中人，快樂的就大聲笑，失意了就放聲哭。據宋徵璧的記載，「勒卣……善飲，少年時雪夜乘醉曾走入大浦中，幾死。……遇客必大醉，醉必大哭。」〔註173〕而且從宋徵璧的記載來看，周立勳還是一個翩翩美少年，從少年時即「性好歌伎。」雖然功名無成，卻是情場得意，《虎墩筆藝》中就記載了他的風流情事：「勒卣納施子野妓張壽娘，後緣事斷離，勒卣不忍割，同社又爲娶一娼以贈之。爲董姬。」陳子龍還寫了《勒卣從中州歸納董姬金陵人也作詩調之》來打趣他，說他「周郎新度洛陽街，歸路春

〔註170〕 《陳子龍詩集》卷十四，第 447 頁。
〔註171〕 《陳子龍詩集》卷十三，第 458 頁。
〔註172〕 《陳子龍詩集》卷十四，第 480 頁。
〔註173〕 〔清〕宋徵璧《抱真堂詩稿·卷八《夢勒卣二首·附》上海圖書館藏康熙七年刻本。

風白鼻騧。每顧小喬留一曲，還聞阿杜餉雙釵。」〔註 174〕在晚明文人和妓女的交往，已經成為一種非常普遍的現象，陳子龍和柳如是非不如此，在這個江河日下的國家中，文士狎妓，已經不僅僅是風雅餘韻這麼簡單，而成了文人自己生活焦慮的一種折射，在經歷了夢想的破滅之後，周立勳還自然的把所有的情緒都傾注在了聲色詩酒之中，美酒、美人成為周立勳生活中最重要的夥伴，並且最終因此客死他鄉，卒年僅四十三歲〔註 175〕。

陳子龍《哭周勒卣·八首》「勒卣歿兩月矣，忽忽未得為哀誄之文，越署小暇，為詩八章以哭之，神理有知，庶幾不忘生平之言。」據《竹坨詩話》記載：「歲己卯，勒卣就試金陵，質素清羸，寓伎館。伎聞貢院檛鼓，促之起，勒卣尚堅臥也。未幾，遂客死。」則周立勳死於歲己卯，即崇禎十二年，但是從陳子龍的詩序來看，有「越署小暇」之句，則陳子龍的詩當作於他任職紹興推官，也就是崇禎十三年秋之後，詩序中又說此時「勒卣歿兩月矣。」可知《竹坨詩話》所記有誤，周立勳實死於崇禎十三年庚辰。他的死訊令陳子龍悲痛不已，在他謝世兩個月後，臥子依然淒然轉側，難以釋懷，所以寫下了八首誄詩以資緬懷。「數子皆狂簡，如君埋照多。放言天地外，痛飲歲時過。雲散南皮讌，珠沉東海波。酒罏已昨日，流恨遍山河。」其中這第五首詩可說是對周立勳率性而又不幸的一生最好的總結。

〔註 174〕 《陳子龍詩集》卷十四，第 486 頁。
〔註 175〕 〔明〕方岳貢、陳繼儒《松江府志》，見《歷代方志集成》上海圖書館藏。

附錄二　陳子龍詩詞補遺

七言律詩

《舟月散想》三首

翠巘明河石燕飛，寒潮書到洞中稀。

銀屏屈戍回孤夢，金鎖葳蕤掩夕暉。

三秀赤芝遺許子，九華黃玉見安妃。

蟠桃花落靈風緊，吹亂單絲錦縠衣。

閣道新寒閉綺櫳，麟毫簾畔影重重。

春顏玉鍊因餐術，弱骨綃輕任吐龍。

明蛤代燈醒睡懶，魁堆入畫鎮心忪。

低帷無復開雙笑，石葉芳煙枉自濃。

甲煎瓊酥玉樹詞，朱門霜冷歲華宜。

襜褕繡坼殘香夜，條脫金寒贈遠詩。

可得寶珠名記事，不應仙羽號長離。

重逢月地雲階後，共歎香桃似瘦肌。

（據〔明〕朱隗《咫聞齋稿》卷下上海圖書館藏善本）

《聞永平警》

不堪日落炤城煙，回首幽燕萬里塵。

三輔悲風吹白骨，五原秋草遍青燐。

關中士馬何由盡，天下金錢亦易貧。

及爾尚能收勝算，何須魏絳有經綸。

八月十八日觀潮申浦

錦湍奔突亂菰蒲，百尺濤頭風力阻。
銀鳥半函鯨甲怒，金波直控鷺濤驅。
排空雷鼓連滄海，惱日龍車薄五湖。
鴻洞鮫官聞戰鬥，不知得似廣陵無。

七言古詩

《北變》

幽燕自古號神州，紫氣騰宵箕尾收。
陰鏑俄飛白馬鏃，玉門因啓夜郎矛。
十陵慘黛連三輔，五夜愁雲布九幽。
洛蜀競爭牛共李，誰彎栝矢報同仇。
蠢而岷峨妄自猖，揮戈五鳳暗扶桑。
諸臣孤注高金穴，列祖弘章隕工霜。
名列顧廚皆縮□，軍分南北但翱翔。
縱然留得花門騎，杜甫當年暗自傷。

《橫雲山看梅弔若翁》

橫雲山屏劈千尺，雲光靉靆蒼然白。
客至初疑雪未消，香來知是梅花發。
誰種此樹領春風，江南才子隴西翁。
上書言事忤執政，拂袖此山號麋公。
樓閣巍峨羅竹木，別築此園名梅屋。
滿載鐵杆百餘枝，虬枝石裂青山骨。
我翁自是風霜姿，故愛此花滿亭池。
天子垂衣思典刑，復出茲山佐鼎□。
一朝俄賊起倉促，燕山血灑甚弘碧。
公既早舉歸崆峒，此花猶復秀而律。
我來踏雪橫雲巔，枝枝花發霜華鮮。
當年手植人何在，寂寞山空喚杜鵑。

《春江花月夜》

蘭膏欲續歌聲度，流雲凝戶聞玉樹。

楊家繡□江南來，秦淮花谷蕪春雨。
誰謂春江花月新，六鼇雲輦蒙風塵。
波瀾夜夜蕩春色，花魂月魂泣青燐。
忽逢煬帝愛瓊花，錦帆百幅冒飛霞。
翠羽幕窗飛水玉，長鯨跋浪發清茄。
十二橋西花月滿，迷樓百尺煙光煖。
萬枝瓊片落塵飛，長樂花歌停玉管。
淮南江北海西頭，爭傳佳麗獨揚州。
鶗弦鴈柱消不盡，煙塵一夜廣陵秋。
角聲不住陣雲橫，芙蓉夢煖水晶舷。
江天杜宇垂楊綠，只是臨春閣外聲。

古樂府

《神仙曲》

三神山窟碧海西，中有靈文封金泥。
山空夜靜雲漢低，遊戲天門控鳥啼。
西池青鳥傳尺素，列洞仙人群來赴。
青蜺劈浪駕長風，瞬息樓臺浮銀霧。
鸞聲鳳笛煙中度，玉山香倒青瓊乳。
回頭卻見蟠龍花，參差五井爛紅霞。

《磐石篇》

嵯峨山巔石，乘颶如飄蓬。
太山本故里，何爲客海東？
沙岸頻崩裂，波瀾一望紅。
灌水無安枝，孤嶺先秋童。
□氣凌蒼莽，樓臺飛雲同。
當晝陰霾合，劃波走蛟龍。
腥風沾飛沫，毒霧罩長空。
□羽入蜃市，蝦鬚橫蟑蜍。
縹緲一方舟，雙帆飛輕鴻。
珍玩動百錘，瞬息千里通。
南極交趾域，東望扶桑封。

看雲蕩琉璃，觀日破鴻蒙。
中宵仰蒼靈，星漢失故蹤。
百萬豈雲杪，險阻不一逢。
精魂緲無託，軀命懸鮫宮。
撫躬長太息，何日歸故鄉。
長辭馮夷窟，咲傲春山風。

（宋徵璧《抱真堂稿》有同題之作，或為社稿。）

《鳴雁行》

清霜皎皎北雁飛，朝發衡陽暮何依。哀鳴喚儔侶，中葉彷徨星欲希。衡風弱羽零落稀，萬里迢迢到湘漢，波瀾闊壯沙草蔓。戈人設網草芊綿，夜深月黑驚飛竄。遼水東西荷戟人，半是江南流庶民。網羅欲盡爾何忍，當念風霜同苦辛。（宋徵璧《抱真堂稿》有同題之作，或為社稿。）

《古離別》

橫塘君去後，青閨妾獨守。
綺線繡蒼苔，煙絲垂弱柳。
塞鴈乘秋至，蕩子歸何後。
自分紅顏命，簾扃朱雀牖。
西鄰有佳人，娉婷自倚門。
長看畫遠岫，倚翠彈鳴琴。
咲妾空帷裏，蕭條夢遠行。

《長別離》

與君離別後，庭草五回青。
妾年正芳華，空閨易為春。
紅窗疊煙柳，綠夢醒早鶯。
搖蕩難自持，生妾天涯心。
愉悅貌嘗小，悲惋顏易零。
憨君封侯志，負妾青春名。
子陵冰蘗士，羈囚十九齡。
定還歸玉門，霜絲兩鬢盈。
君才定如此，白日愁西傾。

《楊白花・四首》

楊白花，春風一夜起。吹入長秋宮裏飛，隨風還墮春江水。
墮水復作水上萍，飄蕩江湖千萬重。

楊白花，本自宮中樹。天風吹作陌頭泥，何日飛飛還往往。
寄語穿簾雙燕子，銜來玳瑁巢春雨。

楊白花，開向三月暮。此時宮裏無雜花，飛揚欲碧青苔路。
空留弱線舞東風，新鶯啼斷相思樹。

楊白花，窈窕春風綺。飛來玉境繞妝臺，旋落平池沾泥滓。
可憐綽約風華姿，碧煙如縷吹不起。

（以上據《啓禎遺詩》〔清〕陳濟生清順治刻增修本《四庫禁燬書》
集部 97）

參考文獻

說明：

　　本文所參考的論文，緒論中已經列出，注釋中也有標注，故不再列出。此處所列參考文獻按撰者姓名首字的音序排列，少數不著撰者按書名首字音序編入。

A

1. 艾南英《重刻天傭子全集》清光緒五年梯雲書屋重刻本

B

1. 白堅《夏完淳集箋校》上海，上海古籍出版社，1991 年。

C

1. 陳濟生《啓楨遺詩》清順治刻增修本《四庫禁燬書》集部。
2. 陳繼儒《白石樵眞稿》明崇禎刻本，《四庫禁燬書叢刊》。
3. 陳夢蓮《眉公府君年譜》《陳眉公先生全集》卷首，上海圖書館藏崇禎刻本。
4. 陳乃乾《清名家詞》上海，上海書店出版社，1982 年。
5. 陳田《明詩紀事》北京，中華書局，1981 年。
6. 陳廷焯《白雨齋詞話》《詞話叢編》北京，中華書局，1986 年。
7. 陳霆《渚山堂詞話》《詞話叢編》北京，中華書局，1986 年。
8. 陳威、喻時修、顧清《松江府志》正德七年刻本，上海圖書館藏歷代方志集成。

9. 陳維崧《陳迦陵文集》上海圖書館藏四部叢刊本。

10. 陳維崧《湖海樓詩集》上海圖書館藏四部叢刊本。

11. 陳寅恪《柳如是別傳》上海，三聯書店，2001 年。

12. 陳永正《王國維詩詞全編校注》，廣州：中山大學出版社，2000 年。

13. 陳振孫《直齋書錄解題》上海，上海古籍書店，1987 年。

14. 陳子龍、李雯等《皇明詩選》上海，華東師範大學出版社，1991 年。

15. 陳子龍《安雅堂稿》明末刻本。

16. 陳子龍《安雅堂集》續修四庫全書本。

17. 陳子龍《陳忠裕公全集》上海，華東師範大學出版社，1988 年。

18. 陳子龍《陳子龍詩集》上海，上海古籍出版社，1983 年。

19. 陳子龍《皇明經世文編》北京，中華書局，1962 年。

D

1. 戴笠、吳喬《流寇長編》北京，書目文獻出版社，1997 年。

2. 鄧廷楨《雙硯齋詞話》《詞話叢編》北京，中華書局，1986 年。

3. 丁放《金元明清詩詞理論史》合肥，安徽大學出版社，2000 年。

4. 丁紹儀《清詞綜補》北京，中華書局，1986 年。

5. 丁元薦《西山日記》康熙己巳先醒齋刊本。

6. 杜登春《社事始末》清道光十三年世楷堂刻本光緒二年印本。

7. 杜騏徵《幾社壬申合稿二十卷》明末小樊堂刻本《四庫禁燬書叢刊》集部。

F

1. 樊樹志《權與血》北京，中華書局，2004 年。

2. 樊樹志《晚明史》上海，復旦大學出版社，2003 年。

3. 樊樹志《萬曆傳》北京，人民文學出版社，1995 年。

4. 范景中、周書田《柳如是集》杭州，中國美術學院出版社，2002 年。

5. 范景中、周書田《柳如是事輯》杭州，中國美術學院出版社，2002 年。

6. 范曄《後漢書》上海圖書館藏四庫全書本。

7. 方以智《方子流寓草》上海圖書館藏明末刻本《四庫禁燬圖書》。

8. 方以智《浮山文集》清初方氏此藏軒刻本《四庫禁燬書》。

9. 方岳貢、陳繼儒《松江府志》上海，《歷代方志集成》上海圖書館藏。

10. 方智範《中國詞學批評史》北京，中國社科院出版社，1994 年。

11. 費振鐘《墮落時代》上海，東方出版中心，2004 年。

12. 馮金伯《詞苑粹編》《詞話叢編》北京，中華書局，1986 年。

13. 傅衣凌《明代江南市民經濟初探》臺北，谷風出版社，1986 年。

G

1. 高攀龍《高子遺書》東林書院重刊本，清光緒二年。

2. 高揚文《戚繼光研究叢書》北京，中華書局，2001 年。

3. 高祐《湖海樓詞序》上海，上海書店影印《清名家詞》本。

4. 谷應泰《明史紀事本末》北京，中華書局，1977 年。

5. 顧從敬《類編草堂詩餘》嘉靖二十九年刻本。

6. 顧公燮《消夏閒記摘抄》民國十三年上海商務印書館排印《涵芬樓秘籍》。

7. 顧景芳《蘭皋明詞彙選》，見《新世紀萬有文庫》瀋陽，遼寧教育出版社，1998 年。

8. 顧憲成《顧端文公遺書》清光緒三年涇里宗祠刊。

9. 顧憲成《小心齋札記》四庫全書本。

10. 顧炎武《顧亭林詩文集》北京，中華書局，1983 年。

11. 顧炎武《天下郡國利病書》上海，上海書局，1985 年。

12. 郭紹虞、富壽蓀《清詩話續編》上海，上海古籍出版社，1983 年。

13. 郭紹虞《照隅室古典文學論集》上海，上海古籍出版社，1983 年。

14. 郭紹虞《中國文學批評史》上海，上海古籍出版社，1979 年。

15. 郭廷弼、周建鼎《康熙松江府志》清康熙二年（1663 年）刻本，上海圖書館藏歷代方志集成。

16. 郭預衡《中國古代文學史》上海，上海古籍出版社，1998 年。

H

1. 何良俊《四友齋叢說》北京，中華書局，1997 年。

2. 何宗美《明末清初文人結社研究》天津，南開大學出版社，2003 年。

3. 胡士瑩《話本小說概論》北京，中華書局，1980 年。

4. 胡薇元《歲寒居詞話》《詞話叢編》北京，中華書局，1986 年。

5. 黃仁宇《萬曆十五年》北京，三聯書店，1997 年。

6. 黃升《唐宋諸賢絕妙詞選·中興以來絕妙詞選》上海圖書館藏商務

印書館民國間《四部叢刊》縮印本，據明翻宋刊本影印。

7. 黃宗羲《明儒學案》北京，中華書局出版社，1985 年。

8. 黃宗羲《明文海》上海圖書館藏文淵閣四庫本。

J

1. 嵇文甫《晚明思想史論》北京，東方出版社，1996 年。

2. 計六奇《明季南略》北京，中華書局，1984 年。

3. 計六奇《明季北略》北京，中華書局，1984 年。

4. 江順詒《詞學集成》《詞話叢編》北京，中華書局，1986 年。

5. 蔣平階、沈億年、周積賢《支機集》順治刻本。

6. 蔣平階《支機集凡例》《詞學》第二輯上海，華東師範大學中文系，1983 年。

K

1. 孔尚任《桃花扇——中國四大名劇》鄭州，中州古籍出版社，1994 年。

2. 況周頤《蕙風詞話》《詞話叢編》北京，中華書局，1986 年。

3. 李調元《制義科瑣記》載《叢書集成新編》臺北，新文豐出版公司，1985 年。

L

1. 黎靖德《朱子語類》北京，中華書局，1986 年。

2. 李康化《明清之際江南詞學思想研究》成都，巴蜀書社，2001 年。

3. 李夢陽《空同集》上海圖書館藏《景印文淵閣四庫全書》本

4. 李聖華《晚明詩歌研究》北京，人民文學出版社，2002 年。

5. 李雯《蓼齋集、後集》上海圖書館藏四庫禁燬書叢刊本。

6. 李延昰《南吳舊話錄》上海圖書館藏瓜蒂庵藏明清掌故叢刊影印本。

7. 李一泯《花間集校》北京，人民文學出版社，1981 年。

8. 李贄《焚書》長沙，嶽麓書社出版社，1997 年。

9. 梁啓超《中國近三百年學術史》北京，東方出版社，1996 年。

10. 廖可斌《明代文學復古運動研究》上海，上海古籍出版社 ，1994 年。

11. 廖可斌《復古派與明代文學思潮》臺北，臺北文津出版社，1994 年。

12. 劉大杰《中國文學發展史》上海，上海古籍出版社，1982 年。

13. 劉侗《帝京景物略》北京，北京古籍出版社，1983 年。

14. 劉體仁《七頌堂詞繹》《詞話叢編》北京，中華書局，1986 年。

15. 劉熙載《藝概》上海，上海古籍出版社，1978 年。

16. 劉寅《武經七書直解》中國兵書集成影印本，北京，解放軍出版社，
     1987 年。

17. 劉宗周《劉子全書》上海圖書館藏文淵閣四庫全書補遺本。

18. 龍文彬《明會要》北京，中華書局，1956 年。

19. 龍榆生《近三百年名家詞選》上海，上海古籍出版社，1998 年。

20. 魯迅《魯迅全集》北京，人民文學出版社，2005 年。

21. 陸世儀《復社紀略》《中國內亂外禍歷史叢書》上海，上海書店，1982
     年。

22. 洛地《詞樂曲唱》北京，人民音樂出版社，1995 年。

M

1. 毛晉刊《詞苑英華》本《草堂詩餘》北京圖書館館藏影印本。

2. 毛先舒《潠書》康熙刻本，思古堂十四種書本。

3. 冒襄《同人集》道光間冒氏水繪園刊本。

4. 孟森《明清史講義》北京，中華書局，1981 年。

5. 孟森《明清史論著集刊》北京，中華書局，1959 年。

6. 《民國叢書》第二編，上海，上海書店，1990 年。

7. 《明人詩抄》清乾隆刻本《四庫禁燬》。

8. 《明通鑒輯覽》見上海圖書館藏四庫全書本。

N

1. 倪會鼎撰，李尚英點校《倪元璐年譜》北京，中華書局，1994 年。

P

1. 彭賓《彭燕又先生文集》上海圖書館藏四庫存目本。

2. 彭孫遹《金粟詞話》《詞話叢編》北京，中華書局，1986 年。

3. 《偏安排日事迹》《臺灣文獻叢刊》全文檢索資料庫，第三零一種。

Q

1. 祁彪佳撰，魏畊校定《遠山堂詩集》北京圖書館藏清初祁氏東書堂
    抄本。

2. 錢基博《中國文學史》北京，中華書局，1993 年。

3. 錢穆《晚學盲言》南寧，廣西師範大學出版社，2004 年。

4. 錢穆《中國近三百年學術史》，北京，商務印書館，1997 年。

5. 錢謙益《列朝詩集小傳》上海，上海古籍出版社，1983 年。

6. 錢謙益《牧齋初學集》上海，上海古籍出版社，1985 年。

7. 錢謙益《牧齋有學集》上海，上海古籍出版社，1996 年。

8. 邱濬《大學衍義補》北京，京華出版社，1999 年。

9. 屈大均《翁山佚文輯》北京，商務印書館，1946 年。

R

1. 饒宗頤、張璋《全明詞》北京，中華書局，2004 年。

S

1. 森正夫《日本學者研究中國史論著選譯》北京，中華書局，1993 年。

2. 沈德潛《明詩別裁序》上海，上海古籍出版社，1979 年。

3. 沈謙《東江集鈔》上海圖書館藏康熙十五年刻本。

4. 沈義父《樂府指迷》《詞話叢編》北京，中華書局，1986 年。

5. 宋存標《秋士偶編一卷附董劉春秋雜論一卷》上海圖書館藏明末刻本。

6. 宋懋澄《九籥集》續修四庫全書上海，上海古籍出版社，2003 年。

7. 宋翔鳳《樂府餘論》《詞話叢編》北京，中華書局，1986 年。

8. 宋徵璧《抱真堂詩稿》上海圖書館藏康熙七年刻本。

9. 宋徵璧《抱真堂詩話》上海圖書館藏善本。

10. 宋徵輿《林屋全集》上海圖書館藏清康熙中九籥樓藏版。

11. 宋徵輿《林屋詩稿》上海圖書館藏清康熙中九籥樓藏版。

12. 宋徵輿《林屋文稿》上海圖書館藏清康熙中九籥樓藏版。

13. 孫承宗《春明夢餘錄》上海，上海古籍出版社，1993 年。

14. 孫康宜《陳子龍柳如是詩詞情緣》西安，陝西師範大學出版社，1998 年。

15. 孫之梅《明清學術與文學》北京，中國戲劇出版社，2003 年。

T

1. 談遷《國榷》北京，中華書局，1960 年。

2. 譚獻《復堂詞話》《詞話叢編》北京，中華書局，1986 年。

3. 譚獻《復堂日記》石家莊，河北教育出版社，2001 年。

4. 譚元春《鵠灣文草》長沙，嶽麓書社出版社，1988 年。

5. 譚元春《譚友夏合集》上海圖書館藏明崇禎 6 年刻本。

6. 譚元春《譚元春集》上海，上海古籍出版社，1998 年。

7. 唐圭璋《詞話叢編》北京，中華書局，1986 年。

8. 唐浩明《胡林翼集》長沙，嶽麓書社，1999 年。

9. 滕咸惠校注王國維《人間詞話新注》濟南，齊魯書社，1986 年。

W

1. 萬樹《詞律自序》上海，上海古籍出版社據光緒刊本影印，1984 年。

2. 汪紀澤《清眞詞選釋》福州，福建人民出版社，1984 年。

3. 汪祖綬《光緒青浦縣志》光緒五年尊經閣刻本，上海圖書館藏中國歷代方志集成。

4. 王昶《明詞綜》新世紀萬有文庫（第一輯）傳統文化書系瀋陽，遼寧教育出版社，2003 年。

5. 王夫之《船山全書》長沙，嶽麓書社，1992 年。

6. 王鴻緒《明史稿》清雍正敬慎堂刻本。

7. 王驥德《曲律》中國戲曲研究院編《中國古典戲曲論著集成》北京，中國戲劇出版社，1959 年。

8. 王士禎、鄒祇謨《倚聲初集》順治十七年刻本。

9. 王士禎《分甘餘話》北京，中華書局，1989 年。

10. 王士禎《花草蒙拾》《詞話叢編》北京，中華書局，1986 年。

11. 王守仁《王文成公全書》四部叢刊本。

12. 王守仁《王陽明全集》上海，上海古籍出版社，1992 年。

13. 王奕清《歷代詞話》《詞話叢遍》北京，中華書局，1986 年。

14. 王又華《古今詞論》《詞話叢編》北京，中華書局，1986 年。

15. 王運熙、顧易生《中國文學批評通史》上海，上海古籍出版社，1996 年。

16. 魏裳《湖廣通志》見上海圖書館藏《歷代方志集成》。

17. 吳衡照《蓮子居詞話》《詞話叢編》北京中華書局，1986 年。

18. 吳梅《詞學通論》上海，華東師範大學出版社，1996 年。

19. 吳仁安《明清時期上海地區的著姓望族》上海，上海人民出版社，

1997 年。

20. 吳素公《明語林》上海圖書館藏四庫存目叢書。

21. 吳偉業《綏寇紀略》見《歷代筆記全集清》北京，中華書局。

22. 吳偉業《吳梅村全集》上海，上海古籍出版社，1999 年。

23. 吳偉業《吳梅村全集》上海，上海古籍出版社，1999 年。

24. 吳易《長興伯集》上海圖書館藏。

X

1. 夏燮《明通鑒》長沙，嶽麓書社，1996 年。

2. 謝國楨《明清史談叢》瀋陽，遼寧教育出版社，2000 年。

3. 謝國楨《明清之際黨社運動考》上海，上海書店出版社，2004 年。

4. 謝國楨《南明史略》上海，上海人民出版社，1957 年。

5. 謝元淮《填詞淺説》《詞話叢編》北京，中華書局，1986 年。

6. 謝章鋌《賭棋山莊詞話》《詞話叢編》北京，中華書局，1986 年。

7. 徐秉義《明末忠烈紀實》杭州，浙江古籍出版社，1987 年。

8. 徐光啓《徐光啓集》上海，上海古籍出版社，1984 年。

9. 徐軌《詞苑叢談》上海，上海古籍出版社，1981 年。

10. 徐林《明代中晚期江南士人社會交往研究》上海，上海古籍出版社，2006 年。

11. 許保林《中國兵書知見錄》北京，解放軍出版社，1988 年。

12. 許大齡《明清史論集》北京，北京大學出版社，2000 年。

Y

1. 嚴迪昌《清詞史》南京，江蘇古籍出版社，1999 年。

2. 嚴迪昌《清詩史》杭州，浙江古籍出版社，2002 年。

3. 楊溥《楊文敏集》上海圖書館藏文淵閣四庫全書本。

4. 楊鍾義《雪橋詩話》求恕齋叢書本。

5. 楊鍾義《雪橋詩話續集》求恕齋叢書本。

6. 姚華《菉猗室曲話》，貴陽，貴州民族出版社，2003 年。

7. 葉嘉瑩《迦陵論詞叢稿》石家莊，河北教育出版社，2000 年。

8. 葉嘉瑩《清詞叢論》石家莊，河北教育出版社，2000 年。

9. 葉夢珠《閱世編》上海，上海古籍出版社，1981 年。

10. 葉盛《水東日記》北京，中華書局，1980 年。

11. 印鸞章、李介人《明鑒綱目》長沙，嶽麓書社，1987 年。

12. 永瑢、紀昀《四庫全書總目》上海圖書館藏。

13. 尤振中《明詩紀事會評》合肥，黃山書社，1995 年。

14. 游國恩《中國文學史》北京，人民文學出版社，1964 年。

15. 于龍成《江南通志》見上海圖書館藏中國歷代方志集成。

16. 余懷《板橋雜記》上海，上海古籍出版社，2000 年。

17. 俞平伯《讀詞偶得》《讀詞偶得·清真詞釋》合印本北京，人民文學
    出版社，2000 年。

18. 袁宏道、錢伯城《袁宏道集箋校》上海古籍出版社，1981 年。

19. 袁繼咸《六柳堂遺集》上海圖書館藏清抄本。

Z

1. 張宏生《清代詞學的建構》南京，江蘇古籍出版社，1999 年。

2. 張慎言《泊水齋詞文鈔》太原，山西人民出版社，1996 年。

3. 張廷玉，《明史》北京，中華書局，1974 年。

4. 張綖《詩餘圖譜三卷附錄二卷提要》《四庫全書總目》北京，中華書
    局，1965 年。

5. 張炎《詞源》《詞話叢編》北京，中華書局，1986 年。

6. 張淵懿、田茂遇《詞壇妙品》宣統三年掃葉山房石印本。

7. 張曾泰《浦南三鳳張氏族譜（華亭）》清咸豐七年（1857）寫本。

8. 張仲謀《明詞史》北京，人民文學出版社，2002 年。

9. 章培恒、駱玉明《中國文學史》上海，復旦大學出版社，1996 年。

10. 趙翼《甌北詩話 —— 中國古典文學理論批評專著選輯》北京，人民
    文學出版社，1963 年。

11. 趙園《明清之際士大夫研究》北京，北京大學出版社，1999 年。

12. 趙尊嶽《明詞彙刊》上海，上海古籍出版社，1992 年。

13. 趙尊嶽《惜陰堂明詞叢書敘錄》《詞學季刊》第三卷第四號。

14. 鄭若曾《籌海圖編》上海圖書館藏景印文淵閣四庫全書。

15. 鄭振鐸《插圖本中國文學史》北京，人民文學出版社，1957 年。

16. 中國軍事史編寫組《中國軍事史》北京，解放軍出版社，1985 年。

17. 周濟《介存齋論詞雜著》《詞話叢編》北京，中華書局，1986 年。

18. 周茂源《靜鶴堂集》山東省圖書館藏清康熙天馬山房刻本。

19. 周明初《晚明士人心態與文學個案》北京，東方出版社，1997年。

20. 朱東潤《陳子龍及其時代》上海，上海古籍出版社，1984年。

21. 朱隗《咫聞齋稿》上海圖書館藏善本。

22. 朱彝尊《靜志居詩話》北京，人民文學出版社，1998年。

23. 朱彝尊《明詩綜》北京，人民文學出版社，1998年。

24. 朱彝尊《曝書亭集》上海圖書館藏康熙刊本。

25. 朱鑄禹《全祖望集彙校集注》上海，上海古籍出版社，2000年。

26. 宗白華《藝境》北京，北京大學出版社，1997年。

27. 鄒漪《明季遺聞》臺灣文學叢刊本。

28. 鄒漪《明季遺聞》上海圖書館藏四庫禁燬叢刊清順治刻本。

29. 鄒祗謨《遠志齋詞衷》北京，《詞話叢編》中華書局，1986年。